HÉLOÏSE

Les fleurs du Sérail

Élisa Sebbel

HÉLOÏSE

Les fleurs du Sérail

Roman

Éditions Jeanne & Juliette

De la même autrice

La Prisonnière de la mer, Fayard/Mazarine, 2019 ; Livre de Poche, 2021.

ISBN : 978-2-494473-00-3

Les Éditions Jeanne & Juliette bénéficient pour la diffusion et la commercialisation d'un partenariat avec la Société Nouvelle Éditions Anne Carrière.

www.editionsjeanneetjuliette.com

Aux femmes que l'on enferme,
Aux femmes que l'on fait taire,
Aux femmes dont les droits sont bafoués.
À nous toutes qui ne devons pas oublier de lutter,
Pour nous, pour elles.

Les mots sont l'unique arme dont elles disposent pour lutter contre la violence dont elles sont l'objet.

Fatima Mernissi

Les femmes de condition ne sortent que rarement, ou pour mieux dire ne sortent jamais. Cependant les plaintes de leurs maris sur l'extravagante recherche de leurs vêtements feraient croire qu'elles n'exercent pas une faible influence sur la société, et que peut-être dans le silence elles préparent lentement l'esprit humain à la restauration de ces droits que leur ont arrachés l'ignorance et la barbarie.

Arsène Berteuil

Harem, harem. Mais que voulait bien dire ce mot ? Harem, harem. Le quartier des femmes, il avait dit. Les femmes vivaient-elles ailleurs ?

J'avais un mauvais pressentiment. M'arrêter de marcher. Refuser de continuer. La tunique jaune avait lâché mon bras. Et si je revenais en arrière, et si je courais...

I

Alger, le 2 novembre 1810

Libres, nous étions enfin libres ! Libérés de cette île infernale et en vie. Peu importe où le vent nous menait. Les Espagnols étaient loin, les pontons de Cadix, Cabrera... C'en était fini de ces deux ans de faim, de soif, de froid, de soleil qui brûlait notre peau et nous rendait aveugles, des êtres chers qui mouraient sous nos yeux. Bel et bien terminé !

Je ne regrettais rien. Non, rien. On ne peut pas déplorer les choix qu'on a faits. Et ce choix, personne ne m'y avait poussé. J'avais pris la décision seule. Hâtive peut-être. Impulsive, sûrement. Mais j'avais l'innocence et la passion d'une toute jeune mariée.

J'allais avoir dix-sept ans quand j'abandonnai ma paisible vie de paysanne pour les routes incertaines où nous destinait notre Empereur. Nous étions en 1807. J'avais rassemblé quelques habits, le peu d'argent qui me restait, un pain, trois pommes et un fromage puis m'étais lancée sur le chemin de Senlis à Rouen pour rejoindre Armand. Après quatre mois d'insomnie, de journées de solitude passées dans l'angoisse, je n'y tenais plus.

— La première légion de réserve est à Rouen pour quelques jours. Ils descendent sur l'Espagne, m'apprit un voisin déserteur, le matin même.

Je n'avais pas hésité. Napoléon m'avait enlevé mon mari pour abreuver ses guerres en Europe. Après la Belgique, la Hollande, la Prusse, la Pologne, la Suisse et l'Italie, il s'étendait vers le sud.

— S'ils t'envoient au front, je te suivrai ! avais-je juré à Armand, le jour de son départ pour le dépôt de Lille.

Mais de cette promesse-là, mon conscrit n'en voulait pas. Il me préférait à vivoter dans la métairie, que les bras d'une femme réussiraient difficilement à mener, que d'être sous les feux du danger.

Ce fut pourtant avec la fougue de ses dix-huit ans qu'il me reçut dans la modeste chambre d'une auberge rustique de Rouen. Nos peaux criaient famine. Elles se retrouvèrent et ne purent plus se quitter.

Suis-je revenue une seule fois sur cette décision-là ? Non, jamais. Ni les marches interminables de Bayonne en Andalousie, ni les fusillades, ni les carnages à tout croisement, ni le gel, ni la pluie, ni la chaleur insupportable, ni la nourriture qui diminuait, ne pouvaient dissiper le bonheur de partager chaque instant avec lui : chaque baiser le soir sous le bivouac, chaque regard apeuré le matin des combats, chaque effleurement des doigts quand je lui tendais une tasse d'eau-de-vie pendant les batailles. Le simple son de sa voix suffisait à me faire supporter les engelures, la toux continuelle, la fatigue, les puces, les poux. J'étais devenue vivandière, la seule fonction autorisée dans l'armée avec celle de blanchisseuse. Je vendais de l'alcool, du fromage, de la charcuterie, mais aussi des boutons, des lacets et du papier à lettres. C'était avec fierté que j'arborais ma médaille réglementaire du troisième régiment des dragons, mon tonnelet en bandoulière et mes deux gobelets en cuivre.

Même après cet affreux 19 juillet 1808, cette défaite à Baylen où une balle manqua de m'atteindre, et les cinq longs mois dans la campagne andalouse à la merci des lames affilées des habitants, j'étais heureuse de continuer aux côtés de mes seize mille compagnons. Il n'y avait qu'une seule chose à faire pour être en sécurité : ne pas s'attarder à la queue de la colonne. Tout petit groupe isolé serait pendu, écartelé, démembré, et les femmes violées. Mais je n'avais pas peur, Armand était là. Il veillait sur moi.

Sur les pontons de Cadix où l'on nous entassa jusqu'à mille huit cents par vaisseaux de ligne, comme des morts dans la fosse commune, sans paillasse, sans hygiène, avec des rations insuffisantes à nous sustenter. J'avais résisté au typhus qui s'était emparé de moi, car Armand m'avait veillé, épongé, parlé, alors qu'une quarantaine de cadavres étaient jetés quotidiennement par-dessus bord. Nous étions ensemble. C'était notre force. On survivrait à tout, tant que l'autre serait là.

Ce fut un matin du mois d'avril 1809 que la rage monta, que je criai de toutes mes forces pour qu'on ne l'arrache pas de mes bras. Il était mort dans la nuit, en silence. Il m'avait abandonné sans un dernier mot. Comment avait-il pu faire ça alors que nous voguions vers la France, vers notre liberté ? Ou du moins, c'est ce que l'on croyait.

On ne peut pas revenir sur nos choix passés, mais on peut en faire d'autres. Le libre arbitre, en toutes circonstances, nous appartient. Quand ils nous déposèrent sur cette île déserte, le 10 mai, cinq mille hommes et vingt et une femmes, je pouvais décider entre la vie et la mort. Rejoindre Armand, j'en rêvais souvent. Si mon amie Marie n'avait pas écouté mes pleurs, si le chirurgien Henri ne m'avait pas pris sous son aile après l'irréparable – une femme seule sur cette thébaïde était une proie facile pour les soldats en manque d'amour –, je ne serais plus de ce monde. Nourrir les malades, les réconforter, à défaut de médicaments pour les soigner, était une occupation qui m'empêchait de ressasser. Quand la neurasthénie gagne, la chaleur humaine et l'activité peuvent nous sauver.

Le libre arbitre en toutes circonstances, ai-je dit. Depuis, je me suis souvent questionnée. Est-on vraiment libre quand on aime ? Les sentiments ne dictent-ils pas notre conduite ? Ne s'imposent-ils pas à notre raison ? À Cabrera, j'ai connu la passion. Passion, prison, seulement deux lettres pour les différencier.

J'avais rencontré Armand, enfant. Il me défendait des garnements qui me faisaient des croche-pieds à la sortie de la messe pour s'amuser. Faire pleurer les filles était leur loisir le plus prisé. À l'adolescence, notre profonde amitié avait débouché sur un baiser. L'épouser était une évidence, même si ma mère aurait préféré que j'assure mon avenir avec un propriétaire plutôt qu'un métayer. J'avais pour lui un amour absolu. C'était le frère que je n'avais pas eu, l'ami, l'amant. Nous étions un tout inséparable.

— Et revoilà l'Armand d'Héloïse, l'amant d'Héloïse ! raillait ma sœur pour titiller ma mère alors que nous n'avions que quinze ans.

Dans le village, on nous avait surnommés les Armandises, quand l'un apparaissait, l'autre n'était pas loin. À sa mort, j'avais été amputée. Comment continuer à vivre sans ma moitié ? Je m'étais promis de ne plus m'attacher à personne. Le prix de la perte était trop dur à payer. Henri s'avérait le compagnon idéal, un partenaire pour me protéger, sans l'aliénation des sentiments.

Mais c'était sans compter cet arrivage de nouveaux prisonniers à la mi-juin, ce corps massif inerte, cette mâchoire carrée, ce front large d'homme décidé couronné par de longs cheveux d'une blondeur juvénile qui attendrissait. On venait de le déposer avec les autres malades sur une paillasse du camp de l'hôpital. Je m'approchai de la veste bleu roi à la manchette écarlate et soulevai la tête fiévreuse pour la faire boire. Sa bouche s'entrouvrit, mon cœur s'accéléra inexplicablement et ma main trembla. L'eau s'échappa de la commissure de ses lèvres, glissa dans sa barbe fine jusqu'au cou. D'un geste machinal, j'en essuyai les gouttelettes. Mais mon index s'attarda trop sur la peau douce. Et à ce contact, il ouvrit les yeux. Deux perles gris acier pénétrèrent au plus profond de moi et je perdis pied. Combien de temps restâmes-nous ainsi foudroyés, happés par l'âme de l'autre ? Une éternité.

On ne choisit pas d'aimer, on aime. Tout simplement. Qui tire le fil rouge qui relie deux cœurs ? Qui donne la force de tout affronter au nom de cet amour ?

Survivre à Cabrera, survivre à l'enfer sur terre. Sans l'élan de la passion, sans Louis, je ne crois pas que j'aurais pu y résister. On nous avait abandonnés sur cette île à l'état de nature, sans abris, avec pour tout vêtement ceux que l'on portait, une unique source d'eau insuffisante à nous abreuver et de faibles rations arbitrairement distribuées. Dix-sept mois à braver le temps avec son lot de tempêtes, d'inondations ou de sécheresse, dix-sept mois qui m'avaient transformée en squelette de quarante kilos à peine. Désormais, derrière nous.

Devant nous, se dressait, contre des montagnes brunes, une cité pyramidale à la blancheur éclatante, dont la large base naissait des flots comme par miracle et le sommet aplati s'élevait vers le ciel. Où étions-nous ? Était-ce l'Afrique ?

La bise nous poussait à tribord et Louis laissa le bateau prendre cette direction. Débarquer dans une ville aux mains des pirates barbaresques pouvait être dangereux. Il le savait bien. La côte était accessible, bien que légèrement accidentée : pas de hautes falaises infranchissables, seuls des îlots rocailleux dissimulés dans une eau sombre qui menaçaient notre coque et notre gouvernail. Nous tardâmes à déceler une anse isolée au fond sableux. J'étais soulagée. Après cinq jours de traversée sur une chaloupe de misère, sans boussole, sans carte et pour seule voile des bouts de vieux tissus mal cousus, mon bonheur était immense. Mais l'appréhension de mes compagnons le réfrénait. Qu'allions-nous rencontrer sur cette terre inconnue ? Barbarie ou hospitalité ? Rien ne pouvait être pire que le tartare d'où nous nous étions évadés.

II

Les hommes tirèrent l'embarcation sur le rivage, la cachèrent le mieux possible derrière des rochers et, pour la rendre inutilisable, la dépouillèrent de tout son gréement qui fut enfoui dans le sable. Si les choses tournaient mal, elle pourrait toujours nous servir.

— Et maintenant, où va-t-on ? s'enquit mon ami Gilles, inquiet.

— Nous devons nous diriger vers la cité. On n'a pas le choix. Je crois qu'il faudrait qu'on se sépare. L'arrivée d'une si grande troupe pourrait effrayer les habitants, répliqua Louis d'un ton ferme, pour ne donner aucune possibilité de discussion à sa trentaine de soldats qui murmuraient déjà derrière lui.

D'une main décidée, mon compagnon me tira vers lui et choisit six d'entre nous pour former une avant-garde. Il laissa Gilles à la tête de ceux qui restaient. Ces derniers s'allongèrent sur la plage ocre, épuisés : des spectres vêtus de haillons sales, la barbe hirsute, les cheveux longs, hommes jeunes à qui la guerre avait volé la fleur de l'âge, la fierté, les rêves et la légèreté.

La terre était d'un mordoré particulier, mélange d'argile, de sable et de débris végétaux. Elle était douce sous nos pieds qui avaient été si maltraités par les cailloux effilés de l'île de Cabrera. Je prenais un grand plaisir à étirer mes membres douloureusement ankylosés. Marcher à nouveau me faisait du bien. À chaque pas, une fine poussière dorée enveloppait mes chevilles et collait à ma peau mouillée. Cela sentait bon l'odeur fraîche des aiguilles de pin. Le ciel me semblait ici d'un bleu plus intense, plus cyan, peut-être à cause du sol aux nuances plus chaudes, des résineux touffus plus verts. La nature était plus généreuse que celle que nous avions quittée. Ses occupants le seraient-ils aussi ? Pour se donner du courage, un jeune grenadier derrière moi entonna l'hymne national. Les autres le suivirent :

— *La victoire en chantant nous ouvre la barrière ;*
La liberté guide nos pas.
Et du Nord au Midi la trompette guerrière
A sonné l'heure des combats.
Tremblez, ennemis de la France,
Rois ivres de sang et d'orgueil !
Le peuple souverain s'avance ;
Tyrans, descendez au cercueil :
La république nous appelle,
Sachons vaincre ou sachons périr ;
Un Français doit vivre pour elle,
Pour elle un Français doit mourir[1].

Il ravivait leur cœur, mais resserrait le mien. Cette guerre m'avait enlevé mon mari, ma meilleure amie et bien d'autres. Leur corps inerte défilait sous mes yeux. Armand

1. Appelé le « frère de *La Marseillaise* » par les soldats de l'an II, le *Chant du Départ* (que Napoléon préférait à *La Marseillaise*) est devenu l'hymne national du Premier Empire. C'était une chanson de la Révolution écrite par Marie-Joseph Chénier (1764-1811).

couvert de pustules rouges sur le pont du navire qui nous menait à Cabrera et mes bras qui s'accrochaient à lui. Les marins espagnols qui le jetèrent violemment par-dessus bord comme on l'aurait fait d'un rat mort. Puis ma douce et tendre Marie, son dos broyé par la branche de pin qui l'avait écrasée sur les roches dures de cette maudite île. Son nouveau-né qui sanglotait contre ma poitrine et que je ne pouvais pas allaiter. Et ce geste qui me hantait : les mains tannées de ce Majorquin qui saisissaient le nourrisson. Je n'avais pas eu d'autre choix que le confier à nos ennemis, je n'avais pas pu le protéger.

La victoire en chantant était pour moi la victoire en pleurant. *Sachons vaincre ou sachons périr*, je ne voulais que vivre en paix désormais. Au fond, je me réjouissais que le vent nous ait conduits vers ces côtes, loin de ces terribles massacres qui continuaient en Espagne. J'avais trop donné, trop vu, trop perdu.

Nous avions parcouru deux ou trois kilomètres quand, au détour d'un chemin, trois hommes, à pied, sans armes, surpris par notre présence, se mirent à pousser d'affreux hurlements. Ces êtres farouches, aux yeux noirs et au teint sombre, couverts d'un lin blanc de la tête aux pieds, gesticulaient devant nous comme des possédés. Pourtant, que pouvaient-ils craindre de cette poignée de squelettes ambulants à moitié nus ? Mon compagnon leur montra du doigt la mer, essayant de leur faire comprendre que nous étions des naufragés. Mais ils continuaient à crier dans une langue aux sons si étranges, qu'il nous était impossible d'en comprendre un seul mot. L'un d'eux me désignait en répétant la même question en boucle.

— Que nous veulent-ils, Louis ? demandai-je effrayée.

— Je ne sais pas. Mais recule, mets-toi derrière les hommes s'il te plaît.

Le lieutenant s'avança doucement vers eux, la main tendue, en signe de paix. Ils se turent, hésitèrent, se regardèrent, perplexes. Je retins mon souffle. Ces secondes de tension allaient déterminer notre destin dans cette contrée. Enfin, un large sourire accompagna une franche poignée de main. J'expirai.

Au bout d'une heure, nous atteignîmes la cité. Les indigènes avaient tenu à nous escorter et marchaient d'un pas rapide. Nous peinions à les suivre sauf Louis qui, droit et fier, n'affichait aucun signe apparent d'inquiétude ni d'épuisement.

Une grande muraille crénelée protégeait jalousement la cité de tous les côtés. Cette ville, aux maisons si blanches et si lumineuses qu'elles faisaient ciller nos yeux fatigués, s'étendait du haut de la montagne jusqu'à la mer. Une jetée de plus d'une centaine de mètres la prolongeait sur un phare grandiose, dernier bastion des hommes face à l'immensité. Nous ralentîmes à la vue d'un bâtiment rectangulaire blanchi à la chaux, chapeauté d'une large coupole. Au-dessus, un croissant de lune posé sur trois boules, toutes aussi dorées, miroitait triomphalement au soleil. Les sourcils de Louis se froncèrent. Je l'interrogeai du regard. Il se pencha vers moi et chuchota d'une voix à peine audible :

— C'est le symbole de l'Empire ottoman[1].

Je ne comprenais pas bien ce que cela signifiait. Mais ça ne semblait pas de bon augure. Les guides s'arrêtèrent devant des arcades sur notre droite. À l'abri d'un palmier, sous une

1. De 1516 à 1830, la régence d'Alger était intégrée à l'Empire ottoman tout en étant autonome.

ogive entourée de fines colonnes ornées d'arabesques, une eau claire et abondante jaillissait d'une fontaine en marbre blanc. Le plus âgé d'entre eux remplit un seau en bois et nous fit signe de passer. Les soldats avaient les yeux qui brillaient, mais attendaient patiemment que leur officier se soit servi en premier. Les langues sèches se mirent soudain à saliver.

— Vas-y, toi d'abord !

Un Louis tout sourire me poussait devant lui. Je m'avançai timidement, pris le récipient avec délicatesse et le portai à la bouche. L'eau était fraîche. Le liquide glissait dans ma gorge comme une suave caresse. Bientôt, mon ventre fut prêt à exploser et le seau à moitié vide. Je n'avais pas bu ainsi depuis si longtemps, depuis décembre 1808, juste avant que l'on nous emprisonne sur les bateaux-prisons au large de Cadix. La chaleur dans l'entrepont des pontons était insupportable, les hommes entassés les uns contre les autres, vomissant, suant, urinant. L'eau délivrée par tonneaux était rationnée. C'est là que j'avais commencé à connaître les tourments d'une bouche continuellement sèche, les vertiges et parfois même la confusion. À Cabrera, on suçait un caillou pour saliver. Certains se précipitaient sur l'eau saumâtre d'un puits qui était là à notre arrivée. J'en avais fait l'expérience douloureuse – trois jours entiers de diarrhée – et n'y avais jamais plus touché. Cette eau, à long terme, tuait plus qu'elle ne sauvait.

Tour à tour, mes compagnons se rassasièrent comme des bêtes sauvages, sous le rire bienveillant des habitants. L'eau s'échappait de la commissure de leurs lèvres bien ouvertes et mouillait à flots leurs guenilles. Ces étrangers ne nous voulaient pas de mal, tout au contraire. Mon visage se détendit et celui de Louis aussi.

— Bab El Oued ! Bab El Oued ! crièrent nos cicérones en pointant la ruelle devant nous.

Nous étions entrés dans la citadelle par une petite porte bien gardée. Les rues étaient étroites, pouvant à peine laisser passer un cavalier, et couvertes d'auvents qui cachaient la vue du ciel azuré. Les hauts murs badigeonnés de chaux maintenaient à l'ombre le dallage de pierres froides. C'était agréable sous nos pieds. Je contemplais, les yeux grands ouverts, cette ville qui ne ressemblait en rien à ce que je connaissais : d'immenses demeures blanches, carrées, sans toit, avec peu d'ouvertures et toutes grillagées, de majestueuses portes en bois cloutées, encadrées dans des arcs plein cintre à motifs floraux, et çà et là, des portails grossiers, relevés verticalement sur de minuscules alcôves où se tenaient assis, appuyés sur le rebord, des marchands de tapis, étoffes, paniers, épices et vaisselles dorées. Ils nous observaient en silence de leur regard las, imperturbable.

Un enfant traversa la rue en trombe et manqua de me faire tomber. Il fut suivi de ses camarades qui couraient derrière lui en chahutant. On le gronda. Il se retourna, m'examina, surpris, me signala à ses amis de son bras sûr de petit morveux. Il était pieds nus comme les autres, vêtu d'une chemise en lin et d'un pantalon bouffant vert, resserré à mi-mollet. Dans le groupe, aucune fille. C'est là que je me rendis compte que nous n'avions croisé que des hommes. Mais où étaient donc les femmes ?

Les garçons nous escortèrent et furent bientôt accompagnés d'une foule d'individus bruns, à la barbe prononcée et aux pupilles noires qui me dévisageaient. Mal à l'aise, je me serrai contre Louis le plus possible.

— Ça va ? murmura mon compagnon à mon oreille.

— Oui, balbutiai-je en mentant.

— Il n'y a pas de quoi avoir peur. Ce ne sont que des curieux.

L'odeur du large avait fait place à des effluves épicés : un mélange de cannelle, d'anis, de girofle, d'huile d'olive et de poivrons grillés. Une véritable torture pour mon ventre vide dont l'eau avait aiguisé les tiraillements. La longue rue déboucha enfin sur une toute petite place où notre troupe s'arrêta.

Face à nous, une imposante forteresse, aux lignes bien droites formant un rectangle parfait, doublait en hauteur toutes les autres maisons et s'étalait en longueur sur des dizaines de mètres. À sa vue, je frissonnai. Était-ce une prison ? Ici, au milieu de la cité ? Les habitants nous entourèrent de manière inquiétante, le regard rivé sur nous, les bras levés en grande discussion. Les visages de nos accompagnateurs se durcirent, ou du moins, c'est ce qu'il me sembla. Je surpris une lueur d'angoisse dans les yeux de mes camarades prostrés dans le silence. Ma mâchoire se crispa. Que faisions-nous là à attendre ?

Nous fûmes bientôt rejoints par des gardes qui affichaient sur leur sarouel en drap bleu, juste au-dessous d'une courte veste écarlate, un sabre bien effilé. Sans un mot et d'un geste brusque, ils nous indiquèrent de les suivre. L'immense porte bardée de fer de la forteresse s'ouvrit. D'autres hommes bien armés, imposants dans leur long caftan vermeil, en surveillaient l'entrée. J'étreignis fort la main de Louis. Il gardait son assurance d'officier, la tête haute, les lèvres pincées. Où nous conduisait-on ? Nous traversâmes à pas rapides un vestibule décoré de carreaux de faïences multicolores dont le plafond en coupole était somptueusement peint de formes étoilées. Puis nous entrâmes dans une vaste cour pavée de briques rouges. Elle était entourée d'une galerie couverte, soutenue par une enfilade de colonnes et d'ogives dentelées d'un blanc éclatant. Au milieu, quatre orangers faisaient de l'ombre à une fontaine en marbre d'où s'échappait dans une coupe finement ciselée une eau limpide qui abreuvait un bassin carré. La beauté de ce lieu ne correspondait en rien à l'austérité carcérale. Nous n'étions pas dans une prison, mais dans un palais. Je poussai un soupir de soulagement. On n'allait pas nous enfermer ! Un homme d'un certain âge, enturbanné et richement vêtu d'un long manteau en brocart, vint à notre rencontre :

— *Assalamu aalaykum.* Bienvenue chez nous à Alger. Je suis l'interprète de Sa Majesté, le sultan d'El-Djazaïr, Effendi Hadj Ali dey. Vous êtes français, n'est-ce pas ?

— Bonjour à vous. Nous vous remercions de votre hospitalité. En effet, nous sommes Français, soldats et officiers de l'armée du général Dupont de l'Étang aux ordres de notre Empereur, Sa Majesté Napoléon Bonaparte, répliqua Louis d'un ton assuré. Nous venons d'échouer sur vos côtes et souhaitons demander protection à Son Excellence.

— Ce cher vice-consul de France ne nous a pas prévenus de votre présence. Qui vous a envoyé ici ?

L'interprète nous jaugeait, dubitatif. Notre état déplorable soulevait bien des questions.

— Nous nous sommes échappés de l'île de Cabrera où les Espagnols nous retenaient prisonniers. Le vent nous a poussés vers votre terre et des hommes rencontrés par hasard nous ont conduits jusqu'à vous. Notre embarcation n'a malheureusement pas résisté, mentit Louis très naturellement.

Le haut fonctionnaire ordonna que l'on nous serve une collation en attendant l'audience avec le pacha. Des figues séchées, dattes, raisins, quartiers d'orange furent apportés sur des plateaux en argent avec des verres de citronnade en cristal taillé. À la surprise des serviteurs noirs, mes camarades se précipitèrent sur les fruits, les saisissant à poignées. Moi, je savais qu'il ne fallait pas trop manger, car nos estomacs privés d'aliments depuis si longtemps n'y résisteraient pas. Le lieutenant me tendit une datte :

— Qu'est-ce que c'est ?

— Goûte ! C'est le fruit du palmier.

Mon compagnon ne cessait de m'étonner. À ses vingt-neuf ans, il avait déjà une ample connaissance du monde. La guerre lui avait fait traverser l'Atlantique et la Méditerranée, et en connaître ses merveilles et ses monstruosités. Ce fils d'une famille de l'ancienne noblesse provinciale du Languedoc avait tout juste terminé l'école d'hydrographie et de mathématiques de Toulon à ses quinze ans, quand il s'embarqua comme cadet sur le vaisseau *Guillaume Tell* pour servir dans la campagne d'Égypte contre les Anglais. À son retour en France, après la défaite de Malte, ce fut comme enseigne[1] qu'il partit à Saint-Domingue sur *L'Indomptable*. Il venait de fêter ses vingt ans. L'exotisme pittoresque des Caraïbes, abreuvé par les rêves de son enfance et une admiration sans bornes pour le navigateur Lapérouse, s'écroula sous la réalité des machettes des guérilleros et des maladies tropicales. Peu de son équipage y résistèrent. Mais sa bravoure lui valut d'être désigné pour intégrer l'unité d'élite de l'Empereur : les marins de la garde impériale. La campagne de Prusse lui apporta le grade de lieutenant, et tout comme moi, il finit sur les chemins de l'Espagne. Si j'estimais avoir beaucoup vécu pour mon jeune âge, mon parcours me semblait dérisoire devant l'ampleur de celui de Louis. Il connaissait même ce fruit d'Afrique que je savourai pour la première fois.

1. Enseigne de vaisseau est le premier grade du corps officier dans la marine. Il est suivi de ceux de lieutenant, puis de capitaine.

La chair fondante et la saveur sucrée de ce petit doigt doré me transportèrent bien loin de là, dans la chaleur de mes souvenirs d'enfance. Je retrouvais les tartines de miel dont ma grand-mère nous régalait les jours de fièvre, quand nous restions emmitouflés dans le lit à écouter des histoires de loups, de feux follets et de sorcières qui nous faisaient délicieusement frémir. Je m'abandonnai, tout entière, à la délectation, oubliant tout, la frayeur que me causait ce pays et une angoisse plus forte encore, celle de mon retour en France.

Pendant toute la traversée, une question m'avait taraudée sans cesse : une fois dans ma patrie, où aller ? À Senlis, il ne me restait plus rien. Mon mari était mort, le propriétaire de la métairie avait dû reprendre son logis. Revenir chez ma mère ? Elle ne pourrait pas me pardonner d'avoir suivi Armand à la guerre. Cette veuve qui s'était conformée religieusement à son sort et n'avait agi qu'avec prudence et sagesse, s'épuisant au lavoir du matin au soir pour nourrir sa progéniture, ne pourrait pas comprendre que j'eusse voulu écouter mon cœur. Je n'osais même pas imaginer ce qu'elle dirait en me voyant revenir aux bras d'un lieutenant des marins de la garde, comte de surcroît. Elle me traiterait sûrement de catin et me congédierait. Dans notre famille, on respectait les rangs et l'on ne vendait pas ses filles aux puissants. Nous apprenions, très jeunes, à baisser le front, à ne jamais regarder le maître dans les yeux et surtout à ne pas lui parler. On hochait simplement la tête en signe d'obédience et s'esquivait rapidement d'un pas léger. Silencieux, obéissant, inexistant. Les trois mots qui définissaient notre longue lignée de domestiques et de paysans. Et moi, j'avais rompu tout cela. Je n'avais même pas respecté les deux ans de deuil de mon mari. Ma mère qui suivait strictement la morale chrétienne, les valeurs de la famille et du mariage ne le supporterait pas. Revenir dans le Nord n'était donc pas une option.

Louis voudrait-il me présenter à ses parents ? S'y risquerait-il ? Le fils d'un comte n'épouse pas une fille du peuple. Notre amour ne serait pas accepté par son père. Il faudrait vivre dans l'illégalité. Mais où et, surtout, comment ?

Je repris une deuxième datte, une troisième, une quatrième puis une cinquième ne désirant pas sortir de ce tendre mirage. Cela faisait si longtemps que la vie me privait de toute douceur.

On ne tarda pas à nous conduire dans une autre cour, juxtaposée à cette première, tout aussi belle. Ses murs recouverts de sièges ornés de carreaux émaillés, aux dessins géométriques vert, jaune et bleu, étaient un pur plaisir pour les yeux. L'un des côtés s'ouvrait sur une longue galerie qui menait à la salle d'audience du sultan.

Le pacha nous reçut fermement assis sur un trône en marbre, recouvert d'un tapis vermillon. Deux lionceaux dormaient paisiblement à ses pieds. À leur vue, je tressaillis. D'un signe de la main, l'interprète invita Louis à s'approcher. Je restai en arrière avec mes compagnons et observai la scène, nerveuse. Le lieutenant se pencha et baisa avec respect la main que lui tendait le dey[1]. Cet homme majestueux avec son turban doré, son caftan en velours cramoisi aux larges manches brodées de fils d'or, avait de la gravité dans le maintien, mais de l'affabilité dans les gestes. Son sourire était rassurant. Louis lui expliqua notre situation et le pria de bien vouloir nous aider, en précisant que nous étions trente-deux hommes plus une femme et que les autres ne tarderaient pas à nous rejoindre.

1. Titre porté par le chef de la Régence d'Alger de 1671 à 1830. Il était élu par les chefs corsaires, puis par les officiers de l'armée.

— Nous vous accordons notre protection et allons prévenir le vice-consul français, M. Ferrier, de votre présence. C'est lui qui s'occupera de votre rapatriement, traduisit le haut fonctionnaire. En revanche, la femme ne peut pas rester avec vous. Elle doit intégrer le harem.

— Le harem ?

— Le quartier des femmes. C'est la coutume dans notre pays.

Le corps de mon ami se raidit. Le sultan me fixait intensément. Louis se tourna légèrement vers moi. Je pâlis.

— Nous préférons la garder avec nous, objecta résolument mon compagnon.

— Impossible ! Elle doit aller dans le harem avec toutes les autres.

La réponse fut tranchante et les yeux du pacha s'obscurcirent. Personne ne devait contester son autorité. Il s'adressa immédiatement à un servant noir qui se trouvait près de lui. Et sans que j'eusse le temps de réagir, la longue tunique jaune enturbannée s'avança vers moi, me saisit par le bras et m'emporta avec lui sous le regard désespéré de Louis, impuissant.

III

Le silence, la mi-obscurité, la vacuité froide me firent frissonner. On m'avait conduite dans une pièce tout en marbre blanc et signalé d'un doigt pointé son unique meuble : un divan recouvert de soie rouge qui longeait le mur. Qu'allait-on me faire ? Pourquoi m'avoir séparée de mes compagnons ? Je m'assis délicatement sur la banquette y appuyant le moins possible ma jupe bariolée de taches de sel. Mes yeux finirent par s'habituer à la pénombre et je distinguai, de l'autre côté de la salle, une cascade murale formée de coquilles en pierre superposées. De fines gouttelettes tombaient d'une vasque à l'autre. De l'eau douce pour me laver ! Mais je n'osais pas bouger. Je contemplai mes mains craquelées et sales, mes phalanges trop protubérantes, mes ongles striés. Des doigts de vieille alors que j'allais avoir vingt ans !

Les minutes passaient, longues, et personne ne venait. Le tintement plaintif de l'eau exacerbait mon angoisse. Pourquoi me faisait-on attendre si longtemps ? Pour la détourner, je me levai et m'approchai de la fontaine. Le liquide caressa ma peau tiraillée par l'eau de mer. Il était frais, divin. Mes avant-bras recouvraient, peu à peu, leur blancheur d'origine. Un pur plaisir qui m'avait été interdit pendant tant d'années. Mon dernier bain avait eu lieu dans l'Adour à Bayonne, avant que nous quittions la France, en 1807. En Espagne, je n'avais jamais osé m'éloigner des campements pour chercher un coin isolé dans une rivière. Le risque était trop grand. Plus d'une vivandière avait subi l'assaut des guérilleros et certaines n'y avaient pas survécu.

Mon visage était encore mouillé quand des chuchotements me firent reculer d'un bond, comme prise en flagrant délit. Une dizaine de jeunes femmes richement vêtues, toutes plus belles les unes que les autres, m'entourèrent, les yeux ronds. L'une d'entre elles m'adressa la parole dans un français presque parfait :

— Que la paix soit sur toi. Je m'appelle Leïla. Bienvenue dans notre maison du bonheur. Et toi, qui es-tu ?

— Bonjour ! Héloïse Delage, vivandière du troisième régiment de dragons de l'armée française, répliquai-je sur un ton plus formel que je ne l'aurais voulu. Mais qu'est-ce que je fais ici ?

Ma question resta sans réponse. Le groupe soudain muet recula pour faire place à une vieille dame qui s'arrêta devant moi. Sans préambule, elle saisit brusquement mon menton, ouvrit ma bouche, approcha son nez de mes dents, remonta ma paupière pour vérifier le blanc de l'œil, souleva les cheveux de ma nuque, observa le lobe de mes oreilles. Puis elle essaya d'écarter ma chemise, mais je l'en empêchais en portant mon bras à la poitrine. Elle vociféra alors quelques mots rocailleux à mon intention.

— Ne crains rien, laisse-toi faire ! Elle ne te fera aucun mal. Elle veut juste voir si tu n'es pas malade avant que tu n'ailles au hammam, m'assura Leïla.

La douairière continua son examen de mon corps tout entier, mon torse, mes jambes, mon entrejambe, mes pieds.

J'avais l'impression d'être du bétail que l'on achetait au marché. Elle s'adressa ensuite à une jeune servante noire qui la suivait et renvoya d'un geste toutes les autres filles, Leïla y comprise. Les yeux baissés, elles obtempérèrent toutes et quittèrent la salle à pas feutrés. Je me retrouvai seule avec la domestique et mon auscultatrice. *Hammam, hammam*, de leur conversation, je ne discernai que ce mot-là. Mais que pouvait-il bien vouloir dire ?

Nue, enroulée dans un lin brodé bien serré de la poitrine aux mollets, chaussée sur des plateformes en bois de plus de vingt centimètres qui n'avaient qu'une bande de cuir travaillé pour retenir le pied, j'avais du mal à marcher. Je titubai jusqu'à la salle voisine quand une épaisse vapeur sulfureuse m'aveugla. L'essence de myrrhe me prit à la gorge. Je suffoquai. Une quinte de toux secoua alors mon corps tout entier, je perdis l'équilibre et tombai sur le sol mouillé. Il brûlait. *Qabqab, qabqab !* me cria la servante en signalant les socques incrustés de nacre. J'y remontai bien malgré moi.

La pièce était spacieuse, entièrement carrelée de marbre blanc, surmontée d'une monumentale coupole à huit pans, percée d'étoiles et de cercles qui laissaient passer une lumière tamisée. La domestique me fit asseoir sur une estrade octogonale, elle aussi en dalle de Carrare, qui en occupait tout le centre. Elle se dirigea vers l'une des vasques en pierre adossées au mur, puis ouvrit les robinets en bronze. Les deux têtes de cygne superposées commencèrent à déverser leur eau limpide. Je l'observais, affairée avec les bols en argent ciselé qu'elle avait posés dans une niche murale.

Je m'habituais peu à peu à l'étuve. Mes poumons contractés se détendaient, ma respiration ralentissait. La vapeur me faisait transpirer à grosses gouttes jusqu'autour des lèvres, mes membres s'amollissaient. J'avais l'impression de fondre sur la pierre chaude. La servante passait et repassait devant moi, la poitrine nue ballante, transportant tantôt des seaux brillants, tantôt des coupelles de poudre grise. Lasse, je m'allongeai et fermai les yeux. Mon angoisse se diluait et s'évaporait par mes paupières en sueur. Mon esprit flottait dans le vide. Combien de minutes, restai-je ainsi dans cette douce griserie ? Je l'ignore. Le temps avait perdu de son épaisseur.

Quand la jeune Africaine retira le linge qui cachait ma nudité, je perçus dans son regard une lueur de pitié devant mon corps décharné aux os si proéminents qu'ils en étaient effrayants. Je recouvris instinctivement mes parties intimes. À ce geste, elle esquissa un sourire. Ses grandes dents perlées illuminaient son visage ébène et la rendaient sympathique. Elle versa de l'eau tiède sur ma tête. Ses mains lentes glissèrent sur chaque membre pour l'enduire d'un savon noir qui sentait bon la cendre et l'huile d'olive. Je ne rechignai même pas lorsqu'elle étala sur mes aisselles et mon mont de vénus une pâte jaune grisâtre dont l'odeur âcre et alliacée prenait au nez[1].

C'est quand elle me laissa imberbe comme une fillette à l'aide d'une coquille de moule qu'un léger malaise s'immisça dans mon esprit embué. Pourquoi me retirait-on les poils ? Que voulaient-ils de moi ?

S'ensuivirent des gestes énergiques et une éponge végétale rêche sur ma peau réveilla brusquement tout mon corps assoupi. La domestique me frottait des pieds à la tête. Elle s'obstinait à m'enlever ces trois ans de crasse qui s'était accumulée depuis mon départ de notre ferme à Senlis. Trois

1. Le *rusma* était un dépilatoire composé d'un mélange de chaux vive et d'orpiment (sulfure d'arsenic), gélifié par de l'amidon, utilisé par les femmes des harems orientaux.

interminables années de guerre, de longues marches du nord de la France au sud de l'Espagne, de batailles, de boue, de poussière, de sueur, de puces, de tiques, de poux, de ponton infâme, d'île déserte. Plus la sensation était forte, plus je me délectais de voir tomber les particules sombres sur le sol humide, comme si en me dépouillant de mes peaux mortes, je me débarrassais de ce lourd passé. Le bain n'en finissait pas. Un seau d'eau froide me prit par surprise, puis un masque d'argile grise qui fleurait la terre mouillée me transforma en sculpture vivante, m'emprisonnant sous elle à mesure qu'elle durcissait et craquelait. Finalement, libérée par un jet d'eau tiède et d'habiles mains qui aidaient au rinçage ainsi qu'au démêlage de mon épaisse chevelure ondulée, je fus essuyée tendrement comme l'on sèche un enfant. Je me sentais bien, si propre, et me dirigeais déjà vers la porte par où nous étions entrées, quand la domestique me retint et m'ordonna de m'étendre à nouveau sur la plateforme centrale.

Un liquide froid versé sur mon dos me fit frémir. Des doigts chauds commencèrent à me masser la plante des pieds, glissant vers les mollets et le derrière des cuisses. J'aurais voulu les en défendre. Personne n'avait le droit de me toucher à part Louis. Mais ma langueur et les frissons qui remontaient tout le long de mon corps m'empêchèrent de réagir. Je m'abandonnai à nouveau. Ces paumes qui s'enfonçaient dans ma chair, montaient et descendaient le long de mes jambes, de mes fesses, de ma colonne vertébrale et s'attardaient sur mon cou, emportant mes sens dans un bien-être infini. L'odeur opulente et sucrée du jasmin, exaspérée par la vapeur, m'enveloppait d'une douce sensualité. L'image de Louis, son torse maigre et musclé sur la paillasse humide à Cabrera, ses yeux gris, éveilla en moi une inavouable envie.

— Je t'aime.

Il l'avait murmuré comme ça au milieu de la nuit. Il me croyait endormie. Je n'étais pas montée dans la chaloupe avec les autres et l'avais choisi, lui. Un an après notre arrivée, nos ennemis avaient décidé que les femmes et les officiers seraient transférés en Angleterre. Seuls les soldats étaient condamnés à demeurer sur l'île. J'avais fait la queue jusqu'au bout, relevé ma jupe pour enjamber le canot et rejoindre mon protecteur Henri, quand sa main avait saisi la mienne. Louis allait rester et me suppliait de faire de même.

J'avais ouvert les paupières.

— Qu'est-ce que tu as dit ?

Je voulais l'entendre à nouveau.

— Rien.

Il détourna le regard, gêné. Il ne verbalisait jamais ses émotions. Ces mots-là, je ne le savais pas encore, mais il ne les prononcerait qu'une fois, et c'était ce soir-là. Pour le lieutenant, les gestes comptaient plus que les paroles. L'amour s'exprimait par les actes, pas par les mots.

— Moi aussi, je t'aime, répliquai-je en l'embrassant.

Il avait alors dévoré avec fureur chaque parcelle de ma peau pour vérifier que j'étais bien là, entière, comme si à tout moment je pouvais m'envoler en fumée. Je l'avais pris dans mes bras, serré entre mes jambes, m'étais arrimé à lui comme à une bouée. C'était bien ça, une bouée de sauvetage, la seule chose dans cette île qui m'avait permis de tenir. Contre lui, rien ne pouvait m'arriver. Contre lui, plus rien n'existait. Quand la lave s'était emparée de mon corps et que le volcan avait fini par exploser, j'avais éclaté en sanglots. La tension, l'émotion, l'extase.

Le massage cessa. De toutes ses forces, la petite Africaine se mit à étirer mes pieds et mes bras, puis à les replier d'avant en arrière, faisant craquer mes os de façon inquiétante. La réalité me frappa de plein fouet.

Vêtue d'un pantalon bouffant en soie jaune jusqu'au-dessous du genou, d'une chemise blanche, échancrée, si légère qu'elle en était presque transparente, d'un corselet en velours rouge brodé de fils d'or, un voile à franges orangé sur mes cheveux luisants, et chaussée de sandales en satin, je me sentais si belle. Louis n'allait pas en croire ses yeux. Il ne m'avait jamais vu que nu-pieds, avec ma vieille jupe trouée de vivandière et ma camisole déchirée, jaunie par les années. Il me tardait de le retrouver et de lui en faire la surprise. Mais je devais attendre encore un peu.

Le ciel de la cour s'était assombri. C'était l'heure du dîner. On allait me faire manger avant de revenir auprès de mes compagnons. Avaient-ils déjà soupé ?

Un effluve d'épices embaumait l'air dès l'entrée. La salle était vaste et sombre. Des croisillons en bois serrés, assemblés en losanges, gardaient jalousement les fenêtres en arcade. Une cinquantaine de femmes de tous âges, vêtues tout aussi élégamment que moi, couvertes de bijoux dorés étaient installées en tailleur autour de tables basses incrustées d'ébène et de nacre. Au milieu d'un bourdonnement de voix pondérées, je pris place sur un coussin en velours aux côtés de Leïla et de quatre autres jeunes filles.

Une servante noire, chaussée de ces malheureux *qabqabs* et revêtue d'une serviette blanche enroulée autour de la taille en guise de tablier, mit un bol en argent devant moi. Je pris le savon qu'elle me tendait. L'eau qu'elle versa sentait bon la rose. Comme pour une reine, une deuxième domestique m'essuya les doigts. Autant d'attentions me gênaient.

Elles ne convenaient pas à une fille de mon rang. Nous, les paysannes, nous servions et n'étions jamais servies. Je me sentais déplacée, les rôles inversés.

On apporta ensuite un plateau contenant une soupière en porcelaine, des raviers de légumes confits au vinaigre, une salière à trois godets pour le sel, le poivre et la cannelle et un carafon de jus de citron frais, mais ni assiettes ni verres.

Bismillah, au nom de Dieu miséricordieux murmurèrent mes compagnes de table avant de se servir directement dans le plat. Je les contemplai étonnée. Elles plongeaient et replongeaient avec grâce leur cuiller dans le potage tout en bavardant et en m'observant.

— Tu n'as pas faim ? Vas-y ! Prends ! insista Leïla.

Je saisis méticuleusement la cuillère en bois de rose, posée devant moi sur une serviette en mousseline. Le manche en ambre était fin et délicat. J'avais peur de le casser. Au centre du plateau, la soupe aux vermicelles me paraissait bien loin et je craignais de la renverser. D'une main tremblante, elle rejoignit ma bouche, mais pas sans que quelques gouttes s'échappent sur la nappe ronde placée sous la table pour protéger le tapis en soie. Mes camarades se mirent à rire devant mon visage déconfit.

— Ce n'est pas grave. Tu verras ici, tout s'apprend, me rassura ma voisine.

Sa remarque m'étonna. Que sous-entendait-elle ? Je n'avais rien à apprendre ici. Moi, j'allais bientôt repartir avec mes compagnons en France.

Les plats se succédèrent, tous plus épicés les uns que les autres, des saveurs que je ne connaissais pas de cumin, coriandre, gingembre, curcuma, safran, toutes bien agréables. Je ne voulais pas beaucoup manger, mais ne souhaitais pas offenser mes hôtes et goûtais à chaque mets. Sauf les jours de fête dans la cuisine de la baronne pour qui travaillait ma grand-mère, je n'avais jamais vu un tel étalage de nourriture : ragoût de mouton, aubergines, poivrons, tomates, oignons cuits dans de l'huile d'olive, feuilletés farcis de viande hachée ou fromage et épinards, riz pilaf, perdrix rôties, poisson grillé accompagné de peignes de miel, salade verte. Toujours, sans assiette ni couverts, avec légèreté et délicatesse, le pouce, l'index et le majeur de la main droite, saisissaient les aliments et les portaient aux lèvres sans en faire tomber une miette. Maladroitement, j'essayai d'en faire de même, en me servant une seule fois de chaque denrée.

Quand les desserts arrivèrent, des reflux acides embrasaient déjà mon œsophage. Compotes de fruits frais, carrés de gomme au goût de rose, millefeuilles fourrés aux noix, beignets au sirop longs comme un doigt ou ronds comme un nombril, cela en était trop ! Ce spectacle m'éblouissait et m'écœurait à la fois, tant de sucre, de miel et de friture ! Je pensais aux hommes que l'on avait laissés derrière nous à Cabrera, à la poignée de fèves mal cuites dans l'eau saumurée qui brûlait notre estomac, au lendemain de famine qui suivait. Et moi, là, devant un festin de mariage que je ne pouvais ingurgiter. L'image furtive du visage émacié d'Henri me serra le cœur. Cet homme qui m'avait pris sous sa protection, qui m'avait aimée, chérie et que j'avais trahi en restant avec Louis sur l'île serait-il suffisamment alimenté dans les prisons anglaises ? Les femmes autour de moi se servaient et se resservaient, avalant avec gourmandise les pâtisseries qui ne tarderaient pas à approvisionner leur poitrine exubérante et leurs hanches bien rondes.

— Mange ! Tu en as bien besoin, m'encouragea Leïla, en me tendant un carré feuilleté regorgeant de miel que je contemplais avec répugnance. Je peux te demander pourquoi tu es si maigre ? On ne te nourrissait pas sur ton île ?

Je ne pouvais pas ingérer une bouchée de plus. Je tins longtemps le gâteau du bout des doigts avant de le reposer discrètement sur le plateau tout en lui expliquant notre misérable vie sur le rocher, abandonnés à notre propre sort, sans rien : les nuits passées à la belle étoile, couchés directement sur le sol rocailleux, puis sous des cabanes de branchages à peine aussi longues et larges que nos corps, la queue interminable à l'unique source de l'île incapable de nous abreuver tous, nos rations quotidiennes sans fruits, ni légumes ni viandes, seulement 375 grammes de mauvais pain, accompagnés de 60 grammes de gourganes et d'une cuillerée d'huile d'olive, sans parler des jours dc tempête qui signifiaient famine, car aucun bateau ne prenait la mer. Ses yeux vert opaline soulignés d'un trait de khôl noir s'agrandissaient au fur et à mesure que je racontais mon histoire. De temps en temps, ils se tournaient vers les autres filles, à qui elle traduisait mes paroles.

— Et vous, que faites-vous là ? osai-je demander à la fin de mon récit.

— Nous sommes les concubines de son Altesse Hadj Ali Pacha.

— Concubines ? C'est-à-dire ?

— Les maîtresses du sultan. Nous sommes des esclaves qui servent Son Excellence. Son épouse dîne dans son appartement.

Je dévisageais, stupéfaite, une à une, toutes ces dames au teint plus ou moins pâle, blondes ou brunes, jeunes ou âgées, rivalisant de beauté ; les unes mélancoliques, les autres plus joyeuses ; toute propriété d'un seul et même individu. Comment était-il possible qu'un homme détienne des femmes comme l'on possède des chiens pour la chasse à courre ? Ma voisine me passa une jarre en terre poreuse qui contenait une boisson glacée à la fleur d'oranger. Comme je l'avais vu faire, je bus directement dans le broc. On nous lava à nouveau les mains et le café fut servi. Mes compagnes de table se présentèrent alors, prononçant des prénoms aux sons gutturaux que je ne comprenais pas. Je répétais le mien chaque fois, mais Leïla m'interrompit et déclara sur un ton enthousiaste :

— Toi, tu seras, Alev. Cela veut dire la flamme. La flamme de l'espoir qui ne s'éteint jamais. La flamme que l'on voit au fond de tes yeux.

IV

Elles avaient insisté pour que je dorme dans le quartier des femmes. Selon la coutume du pays, le beau sexe devait passer la nuit dans le harem et non pas avec les hommes. Je n'avais pas eu d'autre choix que de m'y résigner. Au premier étage, un large salon entouré de divans rouges avait été transformé en chambre à coucher. On avait recouvert les sofas d'un fin matelas, étalé trois oreillers plats, enveloppé le tout d'un drap et ajouté un édredon en taffetas brodé. Partager l'intimité nocturne dans cette espèce de dortoir avec ces inconnues me gênait. Leïla avait regagné sa chambre. La favorite avait un espace à elle comme les concubines déjà mères.

J'avais dû me déshabiller devant ces étrangères. Elles m'avaient observée du coin de l'œil, et surprise par mon extrême maigreur, s'étaient mises à chuchoter derrière moi. Mais bien vite, la vieille dame les avait fait taire, enjoint à se coucher et soufflé les chandeliers sur pied, pour ne laisser qu'une bougie dans une lanterne vitrée, sur une nappe blanche à l'entrée. Le lit était si moelleux et les draps si fins et si doux, embaumés d'un délicat parfum de rose, que je m'endormis aussitôt, exténuée.

On nous réveilla au lever du soleil. Je n'avais pas eu le temps de rêver. J'étais en pleine forme et si heureuse à l'idée de rejoindre Louis. À l'extrémité de ma couche, sur un coffre en bois sombre, une servante avait posé une nouvelle tenue, un pichet d'eau et une vasque en argent. Mes camarades se lavaient le visage, les dents, les mains, les avant-bras et les pieds avant de s'habiller. Je les imitai. Ma voisine prit le petit tapis en soie matelassé à côté de mon lit et le déroula près du sien en me tendant une voilette. « *Salat, salat* », répéta-t-elle. Les autres filles, déjà voilées, debout au bord de leur carpette, commencèrent un étrange exercice. Elles portèrent les paumes ouvertes aux oreilles puis posèrent la droite sur la gauche à hauteur du ventre. Le buste s'inclina et se redressa. Puis genoux à terre, le front entre les mains toucha le sol, se releva et se pencha encore. Je restai là, ahurie, à contempler ces marionnettes articulées qui chuchotaient une curieuse prière.

Ce fut quand elles s'installèrent nonchalamment à leur table de toilette en acajou que je perdis patience. Leurs gestes d'une lenteur infinie m'exaspérèrent : les essais interminables de bijoux, les sourires et grimaces dans les miroirs dorés pour vérifier la bonne pose du khôl noir autour des yeux et sur les sourcils ou la coiffure que l'on faisait retoucher à une servante impassible. Le dortoir empestait le parfum et le mélange d'essence de rose, jasmin, musc, benjoin et aloès sur mon estomac à jeun me donnait la nausée.

Le soleil était déjà haut quand nous quittâmes enfin la pièce sombre. Toutes les chambres s'ouvraient autour de la galerie qui s'élevait sur la cour du rez-de-chaussée. Des femmes aux riches étoffes bariolées déferlèrent de tous les côtés comme une nuée de papillons colorés. Les enfants qui les accompagnaient chahutaient et couraient vers l'escalier. Je les laissai passer et m'appuyai sur le garde-corps en bois ouvragé.

La veille au soir, dans la pénombre, je n'avais pas remarqué la somptuosité et la grandeur de cet espace. Comme dans le cloître d'un monastère, des arcades en demi-lune soutenues par des colonnes torsadées en pur marbre blanc s'enfilaient les unes après les autres. Sous la rambarde, deux rangées de carreaux de faïence aux motifs floraux jaune, brun, vert et bleu descendaient verticalement sur une file, juste en haut des piliers de l'étage inférieur. Ce même carrelage bigarré décorait toute la partie basse de l'intérieur de la galerie et entourait les fenêtres protégées par d'épaisses grilles en fer forgé. Au-dessus, des fleurs bleutées étaient peintes à même la façade. Sur toutes les boiseries, portes, plafond, balustrade, une teinte identique rouge, or et vert se faisait écho. Je clignais des yeux et cherchais, en vain, la porte d'entrée, mais ne distinguais que les immenses vantaux de plus de trois mètres de haut qui donnaient sur les salons du patio.

Leïla, toute fraîche, m'attendait dans la cour juste à côté de la fontaine. J'étais heureuse de la voir. Elle m'indiquerait par où sortir.

— Que la paix soit avec toi ! Tu as bien dormi ? s'enquit-elle gentiment.

— Oui très bien, merci. Saurais-tu par où je dois aller pour retrouver mes compagnons ? Pourrais-tu demander à quelqu'un de m'accompagner, s'il te plaît ?

Comme si elle n'avait pas entendu ma question, elle poursuivit :

— On déjeune et dîne dans la même salle. Viens, c'est par là.

— Je mangerai avec les miens. Je dois vraiment partir.

Du coin de l'œil, j'aperçus une porte basse et, sans plus attendre, me précipitai vers elle, le cœur battant. Comme elle était fermée, je tapai sur son pan.

— Mais que fais-tu ?

Leïla me tira doucement par le bras.

— Il faut que je retrouve Louis. Il va s'inquiéter. C'est la porte par laquelle je suis entrée, n'est-ce pas ?

— Oui. Mais tu ne peux pas sortir, me souffla-t-elle en baissant les yeux.

— Comment ça ?

— C'est interdit. Nous n'en avons pas le droit sans autorisation. Aucun homme ne doit nous voir. Seul notre bien aimé sultan. C'est ainsi.

— Mais qu'est-ce que tu racontes ? criai-je presque en la foudroyant du regard.

— Alev, écoute-moi. Son ton se fit doux. Il faut que tu comprennes. Tu appartiens à ton nouveau maître, Son Excellence, Hadj Ali pacha. C'est pour ça que tu es là. Tu es l'une de ses concubines maintenant, comme nous.

Leïla disait n'importe quoi. Elle se trompait. Moi, je n'étais qu'en visite ici. J'étais Française et propriété d'aucun homme. On ne pouvait certainement pas m'enfermer. Ignorant ses paroles, je lui tournai le dos et me remis à frapper sur le bois dur, calmement au début puis de plus en plus fort. La rage montait, mes phalanges brûlaient, mais je continuais désespérément. Personne n'ouvrit. La vieille dame qui m'avait examinée à mon arrivée finit par nous rejoindre, alertée par le bruit. Elle éleva la voix contre moi. La favorite inclina la tête, penaude, et me pria d'en faire de même. J'avalai ma fureur et obéis. Pourquoi avais-je obtempéré ? Cette douairière m'impressionnait. Et puis, les humeurs n'étaient pas bonnes conseillères. Si je voulais arriver à mes fins, il valait mieux ne fâcher personne. « Ne fais jamais rien dans la colère ! Hisserais-tu les voiles dans la tempête ? » me répétait souvent Louis. Il connaissait mon caractère impétueux et s'en moquait tendrement : « Et revoilà ma furie à la chevelure de serpents ! Qu'a-t-elle fait de ma vierge d'albâtre ? ».

Le déjeuner fut aussi copieux que le dîner de la veille. Je ne touchai à aucun plat. J'avais le cœur lourd, mais maintenais les apparences, fière et digne devant ces étrangères qui m'observaient avec curiosité. Le regard prostré sur le plafond multicolore, je ne répondais pas aux insistances de Leïla qui m'invitait à manger. J'essayais de me calmer pour réfléchir. Il devait bien y avoir une solution. Tout cela n'était qu'un malentendu. Le pacha nous avait promis que le vice-consul français s'occuperait de notre rapatriement. Il fallait trouver un moyen de lui parler. Et puis, en ne me voyant pas revenir auprès de lui, Louis agirait, c'est sûr. Je pouvais me tranquilliser. Tout allait s'arranger. Ce n'était qu'une question d'heures.

La vive lumière de la mi-matinée qui entrait par la porte grande ouverte égayait l'immense pièce toute en longueur. Elle faisait briller l'argenterie, la cristallerie et les broderies d'or des coussins tout en se reflétant dans les miroirs qui entouraient la salle. Tout n'était que teintes éclatantes : les riches tapis en soie, les lourdes tentures, les faïences et les arabesques en stuc polychrome qui ornaient les murs et le plafond. Ces femmes étaient cloîtrées, mais dans une prison dorée, et à entendre leurs rires et leurs discussions animées, elles semblaient bien s'y plaire.

À peine le repas terminé, les enfants en groupe, filles et garçons, se dirigèrent vers une galerie ouverte de l'autre côté de la cour. Elle était recouverte d'une immense natte et de pupitres sur lesquels étaient posés un livre, un encrier, une plume en bambou et l'omoplate polie d'un chameau en guide d'ardoise. Je les observais s'asseoir en tailleur et attendre en silence, alors qu'une maîtresse d'aspect assez sévère, une baguette de roseau dans une main et un bol d'encre en cuivre dans l'autre, s'avançait vers eux. Les concubines se dispersèrent vers les salons ou les chambres du premier étage, et dans le patio, il ne resta plus que moi, Leïla et une jeune servante noire.

— Nous allons rendre visite à Son Altesse, la troisième épouse de notre bien-aimé pacha, m'informa ma camarade. C'est elle qui régente tout ici. Surtout, ne parle pas avant qu'elle ne t'adresse la parole et fais exactement tout ce que je fais.

Les appartements de la sultane étaient vastes et majestueux. Son lit à baldaquin doré trônait dans un coin de la pièce. Elle était assise en tailleur, droite et altière, sur un divan en brocart vermeil, à côté d'une tasse de café qui fumait encore. La favorite s'inclina devant elle et baisa la main qu'elle lui tendait puis recula légèrement. J'en fis de même. Ce petit bout de femme ridée, couverte de perles et d'or, m'examina de son regard dur, un sourire figé aux lèvres, puis adressa quelques mots à Leïla. Cette dernière me les traduisit immédiatement :

— Bienvenue chez nous. J'espère que tu t'y sentiras comme chez toi. Voici Naïlé, qui parle un peu français. Elle pointa discrètement du doigt la jeune Africaine qui nous avait suivies.

— Elle est à ton service. Tu peux lui demander tout ce que tu veux. C'est ton esclave particulière. Leïla, en qui j'ai entièrement confiance, t'enseignera tout ce qu'il faut savoir ici.

Je la contemplai stupéfiée, ne comprenant rien à ce qu'elle disait. Pourquoi m'attribuait-on une servante ? Je devais m'expliquer au plus vite pour dissiper toute équivoque.

— Ma sultane, je vous remercie beaucoup de votre accueil. C'est très aimable. Mais il me semble que vous vous méprenez. Je suis française, vous savez, vivandière du troisième régiment des dragons de l'armée de notre grand Empereur, Napoléon. Nous avons échoué sur vos côtes et votre pacha a accordé sa protection à ma troupe. On m'a enjointe à passer la nuit avec vous, car c'est la coutume ici, m'a-t-on dit. Mais je ne voudrais pas abuser de votre hospitalité et l'on m'attend. Mon compagnon s'inquiète sûrement. Si vous pouviez demander que l'on me conduise auprès de lui…

Leïla resta muette. Je la regardai surprise. Mais pourquoi ne traduisait-elle pas mes paroles ?

— Tu as entendu ce que je t'ai dit ? Tu veux que je répète ? insistai-je agacée.

Extrêmement pâle et dans un lent murmure, elle finit par s'exécuter. Les yeux de la sultane s'adoucirent, son ton aussi. Elle me comprenait. Je reprenais espoir.

— Notre vénéré sultan t'a choisie comme concubine. C'est lui qui a ordonné ton entrée dans le harem. Il n'y a aucune confusion. Tu ne retourneras pas avec ces hommes. Ta vie est maintenant au service de ton pacha. Mais tu verras, cet endroit est un jardin, un jardin secret. Si tu te laisses faire, il te nourrira et tu t'épanouiras comme une fleur, reprit l'interprète.

Comme si l'on venait de me gifler, je portai la main au visage. Ce n'était pas possible. On ne pouvait pas m'enfermer à nouveau. Non, ils ne pouvaient pas me faire ça ! Dans un élan incontrôlé, je m'avançai vers la deye et me jetai à ses pieds en la suppliant de m'aider. Je lui expliquai que j'avais un ami qui m'aimait et m'attendait, qu'il fallait qu'elle parle à son époux, qu'il avait promis de communiquer notre présence au vice-consul français, que tout ça ne pouvait être qu'une terrible méprise.

Le visage de Fatma Effendi demeura impassible et sa voix prit un accent impérieux qui me frappa de stupeur.

— Tu es la propriété de Son Excellence désormais. Je ne peux rien faire pour toi. Ton nom sera Alev. Leïla a raison, Alev te va bien. Mais tu devras atténuer cette flamme. Ici, on ne tolère ni les insoumises ni les insolentes. Notre foyer a un ordre et il faut le respecter. La retenue et l'humilité y sont la règle d'or en toutes circonstances. La colère, la tristesse, le désespoir ou la joie, on ne les livre qu'à Dieu dans nos prières. Mais tu verras Alev, tout s'apprend. Et nous sommes là pour t'accompagner.

Aucun mot ne put sortir de ma bouche. Ma gorge était trop nouée. Des larmes de rage grossissaient sous mes paupières. Je la remerciai par un signe de tête puis les pupilles clouées au sol, reculai jusqu'à la porte, comme j'avais vu faire Naïlé. J'avais besoin d'être seule. Mais où aller ?

Je partis presque en courant sans attendre Leïla, qui avait été retenue par la sultane. Partout, dans les galeries, dans les salles, il y avait quelqu'un. Des yeux ronds me regardaient entrer et sortir. Je marchai de plus en plus vite. J'avais bientôt parcouru tout le premier étage et la cour du rez-de-chaussée. Voilà. Il n'y avait plus d'endroits où me réfugier. J'avais fait le tour de ma cage. Dans une dernière tentative, je me précipitai à nouveau vers l'unique issue, puis m'effondrai sur le sol froid du patio contre un pilier en marbre. Même là, le mouvement des esclaves noires chargées de plateaux de boissons et de fruits était incessant. Ma tête bourdonnait. J'avais envie de crier, à bout.

Ils ne pouvaient pas me retenir loin des miens. Je n'y résisterai pas. Sur le ponton de Cadix, il y avait eu Armand, à Cabrera, Henri et Louis. Qu'allais-je faire ici seule, sans personne, au milieu de ces étrangères avec qui je ne pouvais pas communiquer ? À la merci d'un homme qui ferait de moi ce qu'il voudrait. Dieu désirait-il me punir d'avoir lâchement trompé Henri ? Il me faisait payer le mal que je lui avais fait en m'éloignant de Louis. Sa vengeance était bien dure. Les larmes roulaient sur mes joues salées comme les perles d'un collier violemment arraché. Je contemplai désespérément les nuages laiteux qui couvraient le ciel bleu. Eux aussi me refusaient la vue de l'infini et prétendaient me claquemurer. Je me sentais toute petite, une fourmi insignifiante que l'on pourrait facilement écraser. Un insecte qu'un enfant aurait mis dans une boîte en carton pour jouer avec quand il le désirait. Je restai prostrée longtemps, les bras autour des genoux, le regard vague, les yeux rouges qui avaient fini par sécher.

Puis un bruit derrière moi me fit tourner la tête. Naïlé était là, debout, et me contemplait en silence.

— Aide-moi ! l'implorai-je. Aide-moi ! Je dois revenir avec les miens. J'ai besoin de toi.

— Peux rien faire Maîtresse. Peux pas. Veux, mais peux rien. Faut prier Maîtresse, faut prier.

V

Mon prénom est Héloïse. Je m'appelle Héloïse. Je répétais cette phrase sans m'arrêter jusqu'à m'en étourdir. Hé-lo-ï-se, les voyelles emplissaient ma bouche et je les savourais. Ils pouvaient me détenir dans ce cachot humide. Que croyaient-ils ? Que j'allais oublier qui j'étais pour devenir la poupée qu'ils désiraient ? Qu'on pouvait simplement vider de substance mon esprit et garder mon corps pour le servir en pâture à la bête qui en ferait ce qu'elle voudrait ? Courber la tête, baisser le regard quand on m'adressait la parole, marcher sur la pointe des pieds, écouter, se taire et obéir, je pouvais faire. Chez nous, les paysans et les domestiques, cette attitude était naturelle. Nos parents nous l'inculquaient dès notre tendre enfance. Et même si j'avais toujours été un peu rebelle, comme les autres, je me soumettais. Se faire violer, on en connaissait le risque et l'acceptait.

Mais nous n'étions pas des catins et ne le serions jamais. Préparer sa peau, ôter les poils, la rendre douce pour qu'un homme ait le plaisir de la toucher, apprendre les gestes sensuels pour l'exciter, se former à l'art de l'amour : ça jamais ! Jamais je ne le consentirais !

Au milieu du cours de danse qui avait lieu un jour sur deux, alors que je devais agiter lascivement ma poitrine et que la maîtresse me corrigeait, mes lèvres s'étaient mises à crier : *Mon nom est Héloïse, pas Alev ! Héloïse !* L'écho du prénom avait rebondi contre la faïence lisse et heurté les oreilles des élèves. L'enseignante était restée interdite, mais ne m'avait pas réprimandée. Les sagattes[1] et les tambourins avaient repris, en revanche, le bas de mon ventre dénudé refusait de se déhancher. Elle m'avait sermonné à plusieurs reprises. Je ne bougeais toujours pas.

On avait alors fait appel à un eunuque qui était sous les ordres du chef des gardiens du harem. De sa voix fluette et ferme, il m'y avait sommé une dernière fois. Puis son bras vigoureux avait saisi le mien pour m'emmener dans le sous-sol du palais. Il m'avait lâché à terre avec violence dans une pièce minuscule. Froidement, sans colère, les coups étaient tombés dans le dos, pas au visage. On ne tapait que là où les traces seraient peu visibles pour ne pas abîmer la marchandise du dey. Je ne lui avais pas fait le plaisir de hurler. Ma mâchoire était restée bien fermée même si mes lèvres avaient été mordues à sang. Il avait ensuite verrouillé la porte m'abandonnant dans l'obscurité totale. J'avais mis du temps à me relever, à parcourir à quatre pattes l'espace, un cagibi d'à peine trois mètres carrés. À tâtons, j'avais trouvé un pot de chambre et un matelas humidifié par les murs qui suintaient. Je m'y allongeais et toussais. Il faisait froid. Je grelottais dans ma tenue légère de danse. Recroquevillée sur moi-même, épuisée par la douleur, je finis par fermer les yeux et sommeiller.

1. Castagnettes en métal.

Le plus dur était le silence absolu. Était-ce le jour ? Était-ce la nuit ? En collant mon œil contre la fente sous la porte, je pouvais parfois distinguer un trait de lumière au loin. On s'habitue à l'obscurité. On ne s'habitue pas au silence. Il fait naître en nous les bruits les plus affreux, ceux des démons enfouis au plus profond de soi. Le roulement des tambours, le sifflement incessant des balles, la détonation sourde des canons, les sabots des chevaux au galop martelant le sol dur, puis le tintement strident des épées et le hurlement des hommes blessés. Ces mugissements sur le champ de bataille, je ne m'y faisais pas. Je les étouffais autant que je pouvais en serrant fort ma coiffe contre les oreilles.

Mais le bruissement le plus insupportable était celui de la peur : la respiration accélérée, la voix éraillée, les dents qui claquent, les pas qui traînent. Le plus inaudible de tous nous terrassait.

Ensuite venaient les insultes de nos geôliers et les gémissements des corps putréfiés mêlés au clapotis des vagues contre la coque des pontons. Le gargouillement incessant de mon ventre affamé. Le coup sec des morts que l'on jetait à la mer, celui de la dépouille de mon mari Armand.

C'est à ce moment-là que je pleurais. Mes larmes emplissaient le silence. Pour les chasser, je me mettais à chantonner *Mon amant me délaisse, O gué, vive la rose, Mon amant me délaisse, O gué, vive la rose, je ne sais pas pourquoi, Vive la rose et le lilas, je ne sais pas pourquoi, Vive la rose et le lilas*[1]... Et après, je partais dans des rêves inouïs. Je m'inventais un futur pour conjurer les réminiscences cauchemardesques de Cabrera : le souffle du vent et les trombes d'eau qui détruisaient nos cabanes, le mutisme sur notre île les jours de

1. Chanson traditionnelle du XVIIIe siècle.

famine, le cri aigu des mouettes et le hurlement des hommes à l'arrivée de la barque à pain, les voix éraillées par la soif, le crépitement des cadavres que l'on brûlait. Tout cela m'était insupportable.

Alors, je m'imaginais revenir en France avec Louis. Nous étions loin de chez moi et de chez lui, mais cela n'avait aucune importance. Nous nous enfermions dans une chambre d'auberge et restions là, corps à corps, nus. Je mangeais sa peau, lui la mienne. Nous n'en avions jamais assez. Tantôt doucement, tantôt plus violemment, emportés par le désir qui renaissait sans cesse. Puis je posais ma tête sur son torse et nous parlions de nous, comme s'il fallait se connaître à satiété. Il y avait toujours un nouveau détail à apprendre : le premier souvenir, le premier accident, le premier amour. Je pouvais passer des heures à caresser sa clavicule. C'était mon endroit préféré. Lui, de son index, dessinait des arabesques dans mon dos. J'en frémissais de plaisir.

Quand la nuit tombait, nous faisions monter le souper et nous nous préparions avec une certaine cérémonie. Il aimait me laver soigneusement, même à l'interstice le plus intime, me brosser les cheveux, me lacer le corset. J'en faisais de même toujours en silence. Et si l'envie revenait, nous la gardions précieusement pour après le dîner. Nous savourions chaque plat avec lenteur, les yeux dans les yeux, sans parler. Nous observions nos lèvres, avides d'autres mets, plonger dans le vin rouge. Au dessert, je retenais encore le feu qui naissait entre mes cuisses. Il le voyait et riait. C'était notre jeu à nous : l'attente exaspérée.

Combien de jours s'étaient écoulés ? Je n'en avais aucune idée. J'interrogeais sans relâche l'eunuque qui venait retirer mon pot et m'amener une soupe, un morceau de pain et de l'eau. Étions-nous lundi, mardi ou mercredi ? Il ne daignait pas me regarder, encore moins me répondre. Je n'existais pas. Je n'existais plus pour personne.

Que faisait Louis ? Pourquoi ne me cherchait-il pas ? L'avait-on enfermé lui aussi ?

Perfide, une concubine géorgienne avait insinué l'impensable. Ses paroles résonnaient dans ma tête :

— Tu peux attendre longtemps ! Mais que crois-tu ? Tes compagnons ont été envoyés aux chiourmes, c'est sûr, comme mon frère. Ils sont avec les autres esclaves dans les bagnes du Beylik ou des travaux publics. Prie pour qu'ils ne soient pas dans ceux de la marine ! Ce sont les pires.

Les imaginer travaillant du matin au soir, levant des pierres, sous une pluie de coups, nourris d'une seule poignée de biscuits, m'était insupportable. Mais ce n'était pas vrai. La parole du sultan était digne de confiance. Leïla et Son Altesse Fatma me l'avaient assuré. Il leur avait promis protection et rapatriement, et le ferait.

Me mentaient-elles pour me protéger ? Les idées noires revenaient. Il fallait les dissiper.

Les bruits étaient de plus en plus assourdissants. Je n'arrivais pas à les faire taire.

Mon nom est Alev !

J'allais devenir folle. J'étais si épuisée.

Alev !

Je tapais ma tête contre le mur. Qu'on arrête les sons, les voix ! Je ferais tout ce qu'ils exigeraient.

Je suis Alev !

Je hurlais de plus en plus fort.

Laissez-moi sortir ! Je veux aller danser.

Mes poings se mirent à tambouriner de toute leur force contre la porte.

Ayez pitié ! Je ne désobéirai plus, je le promets.

Une lumière éclatante éclaboussa le réduit. On avait ouvert le battant de part à part. Je portai la main à mes yeux et me levai avec difficulté. Mes jambes peinaient à me soutenir. Une voix m'ordonna de sortir. C'était Amber Agha, le chef des eunuques lui-même, l'homme qui m'avait séparée de Louis.

Héloïse était morte dans cette cellule, Alev était née.

VI

Dans le harem, les jours s'écoulaient, longs, interminables, vides. La même routine futile, encore et toujours. La prière au lever, à la mi-journée, après la sieste, au coucher du soleil et à la nuit tombée, entrecoupée par le déjeuner, le goûter, le bain et le dîner. Je ne vivais plus. Je ne pensais plus. Je répétais. Comme un automate, je refaisais les gestes imposés. Réfléchir était trop dangereux. Je me l'interdisais. Cela pouvait mener au pire. Et les esclaves étaient là pour veiller à l'éviter. On ne pouvait pas s'évader du harem, même par mort volontaire. Nous étions un bien précieux qu'il fallait conserver.

J'apprenais de force une nouvelle religion, une nouvelle culture, un nouvel alphabet. Il n'existait plus rien de mon ancien monde ni les couleurs ni les odeurs ni les saveurs. Seul me restait le collier en perles de genévrier que Louis m'avait donné, dans mon coffre à bijoux, bien caché.

J'étais devenue le fantôme de moi-même. Héloïse était loin. Alev avait réussi peu à peu à la faire disparaître. Mais elle revenait encore le soir quand l'image de Louis hantait mes rêves. Je plongeais toutes les nuits dans ses bras, heureuse et protégée, sur notre piètre paillasse, dans cette maudite île que le souvenir avait édulcorée. J'y retrouvais les effluves frais de la brise marine, mêlés aux émanations acides de nos corps en sueur, ces senteurs pures, vraies, qu'aucune fragrance ne cachait.

Dans le harem, partout, des parfums entêtants brûlaient dans des cassolettes pour neutraliser l'effet du mauvais œil : la myrrhe sucrée et anisée, le styrax cuivré et épicé et le benjoin vanillé et boisé. Tout cela me prenait à la gorge et m'empêchait de respirer à pleins poumons. D'ailleurs, ici, mon corps était toujours en rétention. La voix éteinte n'atteignait à aucun moment les aigus, les bras se mouvaient lentement, jamais brusques, les pieds légers frôlaient le parterre pour éviter le moindre bruit, les pupilles constamment rivées au sol. Mon enveloppe flottait, irréelle comme dans un mirage. L'esprit avait cessé de l'habiter.

Après le cachot, Leïla avait été une bonne tutrice. Seulement un mois s'était écoulé et elle avait déjà fait de moi la parfaite concubine. J'avais fini par l'écouter. Avais-je le choix ? Sa douceur était préférable aux ordres d'Amber Agha. Et puis son amitié m'était indispensable : avoir quelqu'un avec qui parler. Parfois, je me demande pourquoi je m'étais rendue si facilement. La peur avait-elle affaibli mon caractère ou était-ce la solitude ? Toutes ces années de guerre et de prison, je les avais vécues avec mes compagnons. L'isolement total du harem vainquait toute résistance. S'adapter, accepter sa nouvelle condition était le seul moyen de ne pas devenir folle. Et surtout ne jamais regarder en arrière. La nostalgie était notre pire ennemie.

Les concubines avaient toutes fait table rase sur un passé tragique qu'elles partageaient. Arrachées de force à leurs parents assassinés par les corsaires algériens, enfermées dans des soutes nauséabondes jusqu'à leur arrivée à Alger, elles étaient vendues au marché aux esclaves du Badistan ou présentées directement au dey, à qui revenait de droit un huitième du butin des prises maritimes.

Cela avait été le premier conseil de Leïla à ma sortie de la geôle :

— Si tu ne veux pas souffrir, efface tout, oublie ! Ta vie commence aujourd'hui.

Cette jeune Circassienne[1] ne parlait jamais de sa famille massacrée devant ses yeux par une bande de pillards albanais ni de sa sœur de trois ans ni d'elle enlevée alors qu'elle avait à peine sept ans. Ni de son cœur éclaté en mille morceaux lorsqu'on l'avait séparé de sa cadette à son arrivée à Alger. Ni de la marchande d'esclaves qui l'avait achetée pour quelques sous et revendue pour six cents pièces d'or des années plus tard à la sœur du pacha. Non de ça, elle n'en soufflait pas mot. C'était Naïlé qui avait fini par tout me révéler après avoir été maintes fois interrogée. La favorite, au contraire, ne cessait de louer son ancienne maîtresse qu'elle comblait de cadeaux :

— Sans elle, que serais-je devenue ? Elle m'a aimée à sa façon, tu sais. Elle a fait de moi une bonne musulmane, m'a tout appris comme une mère : le français, la danse, la *kouitra*, l'élégance. Sans son aide, je n'aurais jamais pu réaliser mon rêve d'enfant et devenir la favorite du sultan. Je lui dois tout.

Leïla était l'une des seules filles heureuses ici. Sa belle humeur constante était communicative. Auprès d'elle, je

---

1. La Circassie est une région historique située au nord du Caucase sur la côte de la mer Noire. Aujourd'hui, les Circassiens vivent dans différentes républiques de la Fédération de Russie. Les femmes circassiennes, qui avaient les cheveux clairs, les yeux bleus ou verts et le teint pâle, étaient prisées des hommes turcs.

me sentais toujours bien. Après mes cours de lecture et d'écriture du coran avec les jeunes élèves sur la natte de l'école et mes leçons de danse que j'abhorrais, je la rejoignais en début d'après-midi, juste après la prière du *Dhohr*, pour qu'elle m'apprenne à broder. J'appréciais ces moments d'intimité dans son appartement, seules elle et moi, loin du reste des femmes. Celle qui était devenue mon amie me parlait souvent du sultan qu'elle idéalisait. Elle qui se gardait bien d'exposer ses émotions en public, froide et supérieure envers les concubines, se confiait à l'étrangère comme elle ne l'aurait fait avec personne d'autre.

Le pacha la couvrait de bijoux. Chaque semaine, elle me montrait la nouvelle pièce, tout en émoi : un large bracelet ou une bague en or finement ciselé, une brochc ornée de perles, de longues boucles d'oreilles en diamant rose... Et la même remarque, chaque fois comme pour se rassurer elle-même :

— Il n'y a qu'à moi qu'il fait des cadeaux comme ça. Pas même à la sultane ! Je suis la seule dans son cœur.

Elle amoncelait les joncs à ses bras délicats, jusqu'à six ou sept de chaque côté. Ses doigts étaient entièrement couverts de pierres précieuses. Son buste ferme ne pouvait porter un autre collier. Il lui arrivait aussi de me réciter des vers de Nedîm que Son Excellence lui avait lus et qu'elle avait retenus.

— « Torrent d'amour qui tombe de ma montagne. Fais ainsi que moulin à eau tourner mon corps distordu », ne cessait-elle de me répéter ce jour-là. Tu vois, il m'aime. Il n'aime que moi. Les autres, il les désire, mais ne les aime pas.

Elle riait et riait encore, redevenait l'adolescente de seize ans qu'elle était. Sa fraîcheur et son innocence juvénile me rappelaient la jeune fille qui avait épousé Armand.

Moi aussi, j'étais tombée follement amoureuse. Moi aussi, j'avais fait des bonds de joie à tout geste de mon bien-aimé, cherché à interpréter ses moindres paroles, vécu dans la seule attente de ses baisers. Je comprenais Leïla même si j'avais du mal à concevoir que l'on puisse être éprise d'un homme de trente ans son aîné et, surtout, qui s'accouplait avec tant d'autres. Je n'aurais pas pu accepter ça. L'amour ne pouvait être qu'exclusif. L'esprit, le corps, tout devait n'être que pour moi. Mais la favorite n'était pas jalouse. Le dey l'aimait. Cette métaphore le prouvait. Et cela seul importait.

Puisque, dans ce pays, la coutume voulait qu'un homme prenne jusqu'à quatre épouses et autant de concubines qu'il pouvait maintenir pour assurer sa descendance, le partage était totalement assumé. Dans notre harem, il y avait une quarantaine d'enfants, mais je ne sus jamais exactement combien le sultan en avait eu. Certains, déjà mariés, avaient quitté le palais, emmenant avec eux leur vieille mère. Les femmes vivaient ensemble et les enfants, égaux en droit, avaient toujours plusieurs frères ou sœurs de leur âge avec qui jouer. Le pacha était bienveillant avec tous même si, comme dans toutes les familles, il y avait des préférés. Certaines de ses filles savaient savamment le manipuler avec leur charme et leur intelligence. C'était le cas de la petite dernière de la sultane. Elle voyait d'un mauvais œil l'importance grandissante qu'il portait à la favorite du même âge qu'elle, et faisait tout ce qui était en son pouvoir pour lui porter tort.

La première femme du dey était morte depuis longtemps. Ses enfants, tous adultes, avaient abandonné le palais de la Djénina. La seconde avait suivi son fils à Constantinople. Son Altesse Fatima était désormais la seule à régner sur le harem et la jeune princesse comptait bien ne pas perdre le privilège que sa mère lui assurait.

Ce n'était malheureusement pas l'unique ennemie de Leïla. Elles étaient nombreuses les jolies concubines qui enviaient sa place et formaient une alliance contre elle. Mon amie souffrait terriblement de cette animosité quotidienne, mais s'en gardait bien de le montrer. Elle offrait à toutes une figure heureuse, sûre d'elle, voire arrogante. Malgré son jeune âge, la protégée de la sœur du sultan avait déjà appris à se faire respecter.

Une esclave vint nous servir des *sherbets*[1], des fruits et des confiseries. À cause de ces sucreries au miel pur d'amandes, de pistaches ou de noisettes, j'avais tellement grossi que mes seins débordaient de la *ghlila*[2] que l'on portait échancrée sur le buste. Je n'avais jamais eu une poitrine aussi exubérante. Comme j'en avais un peu honte, je décidai de limiter les douceurs et me contentai de prendre une poire. Tandis que je m'apprêtais à la croquer à pleines dents, Leïla me posa une question qui me fit lever le front :

— Tu veux savoir un secret ?

Ses yeux de jade pétillaient. Elle entortillait autour de son doigt, à la fois nerveuse et souriante, l'une de ses mèches dorées. J'acquiesçai d'un signe de tête.

— Mais tu ne dois le répéter à personne. À personne, tu m'entends. Même pas à Naïlé.

Je la regardai, intriguée.

— Promis-juré. Tu peux me faire confiance.

— Ça fait quelque temps que j'ai des nausées au réveil. Cinq mois déjà. Cette fois-ci, c'est pour de bon. La sage-femme me l'a confirmé ce matin.

---

1. Citronnade additionnée de lait et parfumée à l'eau de fleur d'oranger.

2. Courte veste en velours brodé de fils d'or.

Elle en avait les larmes aux yeux.

— Je vais donner un nouveau fils à Sa Majesté. C'est sûr, cette fois, c'est sûr, répétait-elle comme pour s'en persuader.

Je la pris dans mes bras. Leïla éclata en sanglots. Cela faisait déjà plus d'un an qu'elle était ici. Une année entière qu'elle attendait ce moment qui n'arrivait jamais. Elle avait eu de nombreux retards, quelquefois d'un ou deux mois, mais rien, toujours rien. J'étais si heureuse pour elle. Aimer, être aimée et porter le fruit de cet amour. C'était un bonheur que la guerre m'avait volé.

Mon mariage avait duré si peu de temps avant que Napoléon réquisitionne mon bien aimé. Et puis quand désespérée, je l'avais suivi, Armand avait pris toutes les précautions nécessaires pour que je ne sois jamais grosse. Je l'aurais pourtant voulu parfois. Mais il était ferme. Il était hors de question de souffrir davantage sur les routes d'Espagne. J'en avais assez avec ces marches interminables, les ampoules, les engelures, les entorses et la toux qui ne me quittait pas. Puis, après la bataille de Baylen, avec la détention sur les pontons de Cadix et la captivité à Cabrera, mon corps amaigri avait cessé de saigner. Il n'aurait, de toute façon, pas eu la force d'alimenter un nouveau-né. Louis aussi s'était préoccupé du sujet. Et je l'avais rassuré : il ne serait pas père.

Une pointe amère d'envie se glissa dans mon cœur. Mais je la fis taire immédiatement. Leila ne méritait pas ma jalousie, elle qui avait été si bonne avec moi. Les autres filles me toisaient d'un mauvais œil depuis que mes formes, toujours plus féminines, s'embellissaient jour après jour. Elles ne voulaient pas de cette concurrente aux prunelles bleu ciel, au teint de lys et aux épais cheveux de jais qui répondait trop aux goûts de leur maître.

Je ne comprenais pas pourquoi la favorite ne désirait rien dire.

— Tu devrais l'annoncer au sultan. Il sera si content.

— Je veux patienter encore un peu. Le pire serait de le décevoir. C'est plus sage d'attendre. J'ai peur, tu sais, m'expliqua-t-elle, les sourcils froncés. Et puis, je préfère, pour l'instant, ne pas attiser les jalousies. On me déteste suffisamment comme ça. Imagine la réaction de Yasemin lorsqu'elle l'apprendra !

La dernière fille de la sultane ne le supporterait pas et n'hésiterait pas à lui jeter le mauvais œil. Mon amie, comme toutes les femmes du harem, était superstitieuse. Elle croyait qu'un seul regard d'envie pouvait provoquer le malheur. Aussi, pour s'en prévenir, elle s'était bien assurée du silence de la sage-femme. Quatre pièces d'argent avaient suffi.

L'heure de l'*Asr* sonna déjà. Naïlé vint m'apporter mon tapis de prière et mon voile, et nous commençâmes nos ablutions.

Allah est grand... Au nom d'Allah, le Tout Miséricordieux, le Très Miséricordieux..., je connaissais désormais par cœur toutes les sourates. Mais la favorite, à mes côtés, murmurait une oraison que je n'avais jamais entendue :

— Je me réfugie auprès du Seigneur de l'Aurore contre le mal qui est commis. Et contre le mal de l'obscurité qui s'introduit, et contre le mal de celles qui soufflent sur les nœuds, et contre le mal d'un envieux qui porte envie.[1]

Leïla, visage tendu, voix tremblante, implorait Dieu de protéger son enfant. Je priai aussi pour elle.

Cette nuit-là, je me mis à pleurer en silence en me rappelant ce soir d'été à Cabrera, où après notre baignade dans la

1. Coran, Sourate 113, *Al-falaq*, l'Aube naissante.

baie, devant un coucher de soleil incandescent, Louis et moi avions parlé d'enfants.

— Naviguer te manque ?

Assis sur le sable, le lieutenant souriait, les yeux rivés sur l'horizon. Il tarda à me répondre.

— Oui, évidemment. La mer, c'est la liberté infinie, c'est la force, la violence, le calme, les opposés réunis. Elle nourrit son homme, l'attrape, l'ensorcelle. C'est comme être hors du monde. Et puis, c'est un défi qui ne s'arrête jamais. Je ne sais comment te l'expliquer. C'est enivrant.

— Alors tu comptes repartir immédiatement sur une frégate à notre retour en France ?

Ce doute me taraudait. Allait-il me quitter pour l'océan ? C'était sa vocation. Il m'avait déjà fait part de son ambition de devenir capitaine.

— Tu sais, même si la mer est ma passion, je voudrais fonder une famille un jour, des enfants... Comme dit ma mère, je ne suis plus tout jeune.

— Ça, c'est vrai ! 28 ans, c'est vieux ! ris-je pour dissimuler mon trouble.

— Et toi ?

— Quoi, moi ?

Il toussota.

— Toi, tu aimerais une grande famille ? Même avec un père souvent absent.

— Pour que je sois enceinte, il faut quand même qu'il soit là de temps en temps, plaisantai-je bêtement, ne sachant comment gérer la vague d'émotion qui déferlait en moi après sa déclaration implicite.

Il éclata de rire à son tour.

— Disons donc six au minimum ! Trois petites têtes blondes et trois brunes.

Il me concevait comme la future mère de ses enfants. J'étais comblée, moi qui ne rêvais que d'une vie stable comme avant, rien d'autre qu'une maison modeste, un jardinet et des mouflets qui criaient en jouant.

J'essuyai les larmes sur mes tempes avec le drap. Il nous arrivait à toutes de craquer, mais personne ne le montrait. Nous faisions les dures : celles qui pouvaient, celles qui étaient radieuses malgré tout, comme si le malheur était une honte, une faiblesse à cacher. Mais les esclaves, elles savaient, en trouvant l'oreiller mouillé. Elles nous lançaient alors un regard compatissant. Elles nous comprenaient.

La pluie, qui avait commencé dans l'après-midi, me berçait de son doux cliquetis. Son odeur vivifiante se glissait par les fenêtres ouvertes de notre chambre. C'était la première fois depuis mon arrivée à Alger que je respirais de l'air frais. Je me sentais tout à coup vivante. Agir. Le verbe traversa mon esprit. « Vivre, c'est agir ». Combien de fois Louis me l'avait-il dit ? C'en était assez de la longue torpeur où je m'étais réfugiée ces dernières semaines. Allais-je me laisser faire ? Rester ici ma vie entière ? Des éclats de lumière éblouirent la pièce. Un coup de tonnerre me fit sursauter. Les autres filles dormaient, sereines. La flamme de la bougie allumée à l'entrée se mit à vaciller. Puis le sol commença à trembler.

VII

Dans les galeries, les femmes paniquées couraient, emportant avec elles des enfants qui n'arrêtaient pas de hurler. Le sol allait les ensevelir, il fallait sortir. J'étais allée chercher Leïla dès la première secousse. Elle n'avait rien vu ni entendu et s'étonnait de me trouver là. Mais à nouveau, les murs bougèrent, une fine pluie de chaux tomba du plafond et les battants en bois de cèdre sculpté du placard se mirent à s'ouvrir et à se fermer violemment. Mon amie prit si peur qu'elle sauta d'un bond du lit, saisit son coffre à bijoux et se précipita vers les escaliers en m'entraînant.

Dans la cour, les concubines affolées, accompagnées de leurs braillardes esclaves, se poussaient devant la petite porte de sortie du harem, qui, comme chaque soir, avait été soigneusement verrouillée à vingt et une heures. Mais personne ne l'ouvrait. Allait-on nous abandonner là ? La sultane élégante, malgré les circonstances, arriva avec toute sa suite. La foule bruissante s'écarta aussitôt pour la laisser passer et se tut les yeux baissés. Même face au danger, les rangs étaient respectés. La deye donna trois coups contre le pan. Rien. Elle recommença.

Un nouvel éclair et un roulement de tonnerre nous firent toutes tressaillir. Le parterre vibrait-il à nouveau ou était-ce juste une impression ? Les mères seraient fort contre elles leurs jeunes enfants qui s'étaient remis à pleurer. La sultane finit par s'écrier :

— Amber Agha, je vous ordonne d'ouvrir immédiatement.

Le battant grinça. Le grand servant noir au long caftan doré en barra le passage.

— J'attends les ordres de Son Excellence, Mon Altesse. Pour l'instant, vous devez demeurer dans le harem.

— Amber Agha, veuillez presser Sa Majesté ! Souhaitez-vous que le toit s'effondre sur nous ?

L'averse avait redoublé et une violente bourrasque entra dans le portique nous mouillant de la tête aux pieds. Frissonnantes de peur et de froid, nous patientons en silence. Les plus petits ne tardèrent pas à se lasser. Certains s'échappèrent en quête de leur lit douillet, vite rattrapés par une domestique zélée.

Enfin, le pacha se présenta, sans son turban, dépourvu de ses reluisantes armes à la ceinture, en simple tunique et caftan. Il rassura son épouse :

— Ce n'est rien. C'est passé. Allez toutes vous recoucher !

— Si vous en êtes sûr, Majesté, ce sera comme vous l'ordonnez.

La sultane n'en était pas convaincue, mais personne ne pouvait contester les paroles du maître, pas même elle.

— Amber Agha va veiller sur vous cette nuit. Vous pouvez dormir tranquille ! ajouta-t-il.

Je le revoyais, pour la première fois, depuis ma réclusion. Loin de son trône et de ses lionceaux, il était bien moins effrayant. Avant de tourner les talons, il lança un large sourire dans notre direction. Je réalisai alors que je l'avais regardé et que c'était à moi qu'il souriait. Leïla, qui avait gardé la tête inclinée comme il se devait, n'avait heureusement rien vu.

Je me réveillai ce matin-là avant tout le monde. La nuit avait été si agitée que même nos esclaves dormaient encore. Il avait cessé de pleuvoir. En ce tout début de décembre, la fraîcheur matinale piquait la chair. Je me saisis d'une couverture en cachemire et descendis dans la cour vide et silencieuse, salie par la tempête et les feuilles boueuses de jasmin que le vent avait emportées. Le ciel s'offrait à moi dans son cadre bien carré tel le tableau d'un grand peintre. L'horizon infini m'était désormais interdit. Les nuages gris s'étaient éparpillés et laissaient entrevoir des coups de pinceau bleu sombre. Peu à peu, ils s'embrasaient, mêlant le rose à l'orange doré d'une main féerique... Comme chaque jour, le monde renaissait. Comme chaque jour, la vie reprenait. La lumière éclaboussait l'ombre. Rien n'était immuable, tout changeait.

Une mouette traversa mon champ de vision, blanche, légère. Comme je l'enviais ! Moi aussi, je rêvais de m'envoler, de recouvrer ma liberté. Elle passa une seconde fois pour me narguer. Puis elle se posa sur l'une des tuiles vertes du toit, juste en face de moi, et émit un cri aigu. Que désirait-elle ? Un morceau de pain ? Je n'avais rien à lui donner. Elle me regarda fixement et reprit de plus belle. Mais de quoi, se plaignait-elle ? Elle pouvait aller où elle voulait, retrouver les siens ou pêcher.

Je fermai les paupières un instant. Des ailes me poussaient, je volais au-dessus du palais puis de la Méditerranée. Le bleu pénétrait dans mes yeux, immense et profond. La brise iodée chatouillait mes narines. Le soleil caressait mon corps éthéré. Je planais, simplement je planais, où bon me semblait. Il n'y avait que moi, le ciel et la mer.

Une porte claqua derrière moi. L'oiseau n'était plus là. Une nouvelle journée commençait. Elle serait comme toutes les autres. Mais moi, je n'étais plus la même. C'en était fini de me résigner.

Je recopiai les lignes du Coran, concentrée, avec mon calame. Écrire ces caractères plus ou moins appuyés n'était pas facile. Un seul point ou un seul trait mal placé et le mot avait une signification différente. Il fallait de la légèreté dans le geste et de la précision. *Quand nous voulons une chose, notre parole est « Sois ». Et, elle est.*[1] Cette sourate me parlait. Vouloir était pouvoir. Il suffisait d'y croire. Je voulais revoir Louis. Je désirais sortir d'ici. Et il en serait ainsi.

Je souriais devant mon omoplate de chameau. Ma calligraphie était parfaite et mon esprit à nouveau plein d'espoir. L'institutrice qui observait mon travail du coin de l'œil approuva d'un sourire, satisfaite. Au début, cela m'avait fait drôle de prendre place au milieu de ces enfants de sept à dix ans, filles et garçons confondus. Puis je m'y étais habituée. Toutes les nouvelles concubines devaient savoir lire le Coran et compter jusqu'à mille.

J'apprenais vite : *Al-fatiha*, la première sourate qui débutait chacune de nos leçons et était indispensable à nos prières, des versets d'*Al-Baqarah* et d'autres. J'y retrouvai le même Dieu de la Bible, tout puissant et miséricordieux, le seul et l'unique véritable qui nous guiderait sur le droit chemin.

Mais moi, je ne voulais plus de cet Allah qui dirigeait nos vies, qui dictait la mort ou la souffrance de mes amis.

1. Coran, Sourate 16, *An-Nahl*, Les Abeilles, Verset 40.

Ce seigneur-là, injuste et cruel, avait tué mon Armand, ma tendre Marie et permettait que l'on enferme loin de chez elles toutes ces femmes pour le bon plaisir d'un seul homme. Réciter, marmonner, ça, je pouvais faire, mais croire, plus jamais. Mon destin n'était qu'entre mes mains. Si je devais avoir confiance en quelqu'un, c'était en moi.

À la fin de la leçon, après la deuxième prière, l'une des jeunes servantes de la sultane vint me chercher. Son Altesse désirait me parler.

Fatma Effendi m'attendait sur son divan écarlate avec ses deux filles assises auprès d'elle, le sourire en coin. La tête baissée, les mains croisées sur la poitrine dans une attitude respectueuse, je demeurai près de la porte avec Naïlé, sans oser avancer.

— Approche-toi ! N'aie pas peur, Alev ! Viens prendre des pâtisseries avec nous !

Sa voix habituellement ferme se voulait douce. Je baisai sa main couverte d'émeraudes et de diamants et pris place autour du plateau en argent. À mes côtés, Yasemin était étrangement radieuse.

— On m'a félicitée sur tes progrès, que ce soit à l'étude ou à la danse. Nous sommes fières de toi. Je suis très heureuse de constater que tu apprends vite. Un mois et te voilà déjà prête.

Naïlé, restée debout derrière moi, me traduisait à voix basse. Je commençais à comprendre le sens général d'une conversation, mais il m'était encore impossible d'en saisir toutes les nuances.

Si la sultane n'avait pas apprécié ma venue, elle voyait dorénavant en moi un excellent moyen de détourner son mari de l'affection croissante qu'il portait à Leïla. Ma jeune esclave, vive et informée de tout, m'avait raconté qu'à mon arrivée elle avait essayé d'avertir le pacha du danger qu'il encourait à me garder. Retenir une vivandière et des soldats de l'armée napoléonienne pouvait nuire à la Régence et attiser la colère de l'Empereur qui les avait déjà menacés à plusieurs reprises. Mais le dey était fier et obstiné. Tant que la France ne payerait pas la dette de 200 000 piastres qu'elle lui devait pour le blé fourni aux troupes françaises pendant l'expédition d'Égypte, tous ses sujets lui appartiendraient. Lui n'était pas son prédécesseur, Hadj Ahmed Ben Ali[1], il n'obéirait pas au diable français. Il pouvait venir les attaquer, ses janissaires n'en feraient qu'une bouchée.

— Son Excellence a demandé que l'on te prépare pour cette nuit. Je voudrais juste m'assurer que l'on t'a bien instruite de tous les détails. Je te rappelle que tu ne dois jamais lever les yeux sur notre sultan, même dans l'intimité, ni lui adresser la parole sauf s'il te questionne. Tu entres, tu vas à sa rencontre, tu t'agenouilles, les mains jointes sur les cuisses et tu attends, le regard au sol. Surtout, n'engage aucun mouvement. Nous savons que, pour toi, ce ne sera pas la première fois. Espérons que tu trouveras le moyen de le charmer par ton expérience et ton humilité.

J'approuvai d'un mouvement de tête. Le sourire de la veille se concrétisait. Les propos étaient clairs. On souhaitait m'élever au rang de favorite. Pouvais-je faire ça à Leïla ? J'essayais de faire taire le pincement de culpabilité qui naissait au creux de mon ventre. Mais c'était pour moi une occasion inespérée de parler avec le dey et d'en savoir plus. Si je gagnais sa confiance, il serait peut-être indulgent avec moi et mes compagnons.

---

1. En 1807, sous la menace de Napoléon Bonaparte, le dey Ahmed II libéra 106 esclaves génois et sardes.

Dans un turc rudimentaire, je remerciai la souveraine pour ses conseils et lui affirmai qu'elle pouvait compter sur moi, que je ne la décevrai pas. Yasemin, un sourire en suspens, me tendit un coffret en bois marqueté de nacre. L'adolescente jouissait à l'idée de faire du mal à mon amie.

— Comme tu n'as pas encore de bijoux, je te donne cette parure.

Un merci à peine audible s'échappa de mes lèvres serrées. Sur un capiton en velours grenat, un collier de perles à sept rangées, trois joncs en or finement ciselés et deux bracelets de cheville incrustés de pierres précieuses brillaient. La simple paysanne que j'étais, n'osait pas les toucher. Je n'avais jamais possédé d'autres joyaux qu'un vulgaire anneau nuptial en laiton, anneau qui m'avait été dérobé lors des fouilles sur les pontons de Cadix. Nos ennemis m'avaient tout volé, même le souvenir le plus heureux que j'avais. Ici, la métayère était devenue princesse, et comme dans tous les contes de mon enfance, la belle avait été enfermée dans une tour dorée d'où elle ne pouvait s'échapper.

— Bon, le temps passe. Il faut aller aux bains.

Soudainement incommodée par ce rapprochement avec sa fille, la sultane me renvoya.

Je retrouvai avec plaisir la chaleur moite du hammam, la peau en sueur, les muscles relâchés. J'avais appris à me délecter de ces gommages qui revigoraient, de ces massages qui détendaient, de cet esprit qui fuyait, de ce temps hors du temps. Dans cet antre obscur et embrumé, pendant deux heures j'oubliais tout. Qu'allais-je dire à Leïla ? Oserais-je interroger le dey sur le sort de mes compagnons ? Comment m'ouvrir à cet homme qui me révulsait ? Je fermai les yeux et me laissai aller.

Après m'avoir enlevé tous les poils du corps, Naïlé, d'une main experte, dessina une jolie arabesque de henné autour de mon nombril et couvrit ma chevelure avec le reste de la pâte brune. Mes cheveux ondulés qui frôlaient les reins étaient resplendissants. La jeune esclave en avait coupé toutes les pointes abîmées dans la salle froide. En seulement un mois, j'étais méconnaissable. Ma peau desséchée et craquelée était douce et satinée, mes pommettes anguleuses, roses et charnues. Disparues les engelures, les crevasses aux mains et aux pieds, les lèvres gercées, les gencives gonflées qui saignaient.

Je ressortis métamorphosée. Je me sentais belle. Mon corps n'était plus source de souffrance, mais de plaisir. À Cabrera, j'avais nié son existence, les tiraillements de l'estomac, la bouche sèche, les frissons. Le hammam m'avait permis de me le réapproprier et d'apprendre à l'aimer. On me laissa dans la salle de repos un instant, allongée et enroulée dans une serviette en lin brodé, des baklavas et un verre de *sherbet* sur un plateau à mes côtés. Je ne pouvais m'empêcher de songer à Louis.

Ma voisine de lit, une Grecque du nom de Selma, priait souvent pour son fiancé, capturé avec elle, qui servait dans l'arsenal d'Alger au renforcement de la digue du port. Peu de bagnards survivaient longtemps aux travaux forcés. La vie de ces infidèles n'avait aucune valeur si la rançon demandée pour leur rachat n'avait pas été payée. Seuls ceux qui se convertissaient à l'islam bénéficiaient d'un sort plus léger. Louis et Gilles, si fiers, prendraient-ils le turban pour se sauver ? Je devais séduire le pacha, gagner sa confiance et essayer d'en savoir plus.

Accompagnée de deux autres esclaves noires plus âgées, Naïlé me conduisit dans une pièce isolée où je fis ma troisième et quatrième prière avant un rapide dîner. Si pour une circonstance extraordinaire, l'on manquait à l'une des oraisons, il nous était possible de la récupérer avec la suivante. Puis, comme on l'aurait fait pour une princesse, elles commencèrent à me vêtir avec grande cérémonie : une chemise transparente aux larges manches en dentelle, une *ghlila* en velours rouge vif passementé de fils d'or, une *hzam* – constituée de cinq rangées de perles et d'une fleur dorée au cœur de rubis – nouée autour de la taille, un sarouel en soierie damassée multicolore et des babouches brodées.

— Maîtresse magnifique ! s'exclama ma petite servante en frappant des mains.

Elle était si fière que sa maîtresse soit, pour une nuit, celle que le sultan avait élue. C'était pour elle aussi un honneur. Comme chez les concubines, les esclaves avaient leurs rangs. Servir une favorite était un grand pas dans l'échelon.

— Maintenant les bijoux !

Naïlé jugea que les joyaux de Yasemin n'étaient pas suffisants. Elle y joignit un collier de tête, un sautoir enchâssé de diamants et rubis, et deux bracelets assortis dont j'ignorais la provenance. Elle reculait, m'observait, discutait avec les autres servantes, leur faisait rajouter du khôl noir sur mes sourcils, du carmin sur mes lèvres. Puis elle saisit le parfum et m'en aspergea à outrance. Je toussai et me tournai. Devant moi, le miroir mural reflétait l'image d'une poupée orientale. En quoi m'étais-je convertie ? Une catin ! Et si ma mère me voyait ainsi. Mais avais-je le choix ?

Quand je fus finalement prête, la sultane, ses filles et toutes les anciennes favorites vinrent me féliciter, comme le voulait la tradition. Leïla ne se présenta pas. C'était mieux comme ça. Je n'aurais pas pu supporter son regard blessé. Ne l'avais-je pas trahie ? La cadette de la deye en profita pour le faire remarquer et ordonna aussitôt à Naïlé d'aller la chercher. Mais Amber Agha arriva et je le suivis dans les longs couloirs vides.

Devant l'immense porte en bois aux rectangles et losanges vert et rouge, je me mis à trembler.

VIII

Les deux pans de la lourde porte tardaient à s'ouvrir. Deux serviteurs armés en gardaient l'entrée. Comment me donner à un homme qui avait le double de mon âge ? Cruel et despote, à ce qu'on disait. Naïlé m'avait parlé des têtes coupées qui arrivaient de toute l'Algérie, des trois crochets en fer sur la muraille de la porte de Bab Azzoun où les criminels étaient continuellement empalés vivants jusqu'à leur mort, des deux cents coups sur la plante des pieds pour toute offense que l'on soit esclave ou haut fonctionnaire. Ne détestait-il pas l'Empire et ses sujets ? Le consul français avait dû rentrer en France et son successeur avait été forcé d'embarquer sur un navire américain à la suite d'un différend avec le ministre de la Marine, en avril dernier[1]. Était-ce une simple légende pour effrayer le peuple ? Ma petite

1. Le consul français Charles François Dubois-Thainville rentra en France le 17 juin 1809, laissant la gestion du consulat à M. Alexandre Louis Ragueneau de la Chainaye. Le dey Hadj Ali ordonna à ce dernier d'embarquer sur un navire des États-Unis le 1er avril 1810, à la suite d'une altercation avec l'*Oulkil el Khardj* (ministre de la Marine). L'intérim fut assuré par M. Jean Joseph Roch Ferrier.

servante avait-elle voulu m'effaroucher un peu pour que je me tienne à ma place ? J'avais pourtant entendu chuchoter Selma le matin même. Il venait de faire étrangler cinq de ses proches accusés de conspiration.

Les gonds grincèrent. Mon cœur battait. L'air était devenu soudain épais et j'avais du mal à respirer. Me voyant immobile, Amber Agha me poussa doucement vers l'avant. Le tintement métallique de mes bracelets emplissait l'espace. J'avançais, la tête baissée. Où était le dey ? Les battants se refermèrent brusquement derrière moi. Je m'arrêtai au milieu de la pièce, seule, et m'agenouillai sur le tapis fleuri. Silence. Pas un bruit, pas une respiration outre que mon souffle long. La chambre était sombre, éclairée uniquement par des chandeliers sur pied en bronze doré. Les minutes s'écoulaient. Mes mains sur les genoux commençaient à suer. Je finis par lever les yeux, curieuse.

La pièce était grande : des murs à la chaux vermeille, une psyché incrustée d'ébène et de nacre, une chaise et une table en acajou où étaient posés quelques papiers et plusieurs livres, deux fenêtres donnant sur la ville couverte d'épaisses tentures en velours ocre, une cheminée dont la hotte en demi-cône doré ressemblait à un chapeau de fée, puis un imposant lit à baldaquin en bois, aux arabesques mordorées, vert olive et grenat. Les rideaux en mousseline qui l'entouraient étaient fermés. Je clignais des yeux. Ma vue avait diminué depuis ma captivité à Cabrera. Sous la couverture en satin rouge, il me semblait deviner une forme. Y avait-il quelqu'un ? Devais-je m'approcher ?

Personne ne bougeait. J'attendis encore un peu, interdite, puis décidai de me relever. Un léger froissement de drap me fit sursauter. Le sultan était bien là. Ce n'était pas ce que l'on m'avait expliqué. Que faire ? Je regardai autour de moi, espérant un signe. Mais rien, toujours rien. La bouche serrée, je fis un pas en avant, puis un autre, sur la pointe des pieds. Le pacha dormait peut-être. Je parvins enfin à atteindre le lit. Allais-je oser soulever la gaze ? Ce geste serait-il perçu comme un manque de respect ? Je l'ouvris timidement et passai mon visage en premier. Son Excellence me reçut tout sourire. Cela l'avait bien amusé.

— Elle est bien courageuse la Française ! La hardiesse d'un vrai petit soldat.

Il éclata de rire devant ma figure décomposée. D'une tape sur l'oreiller, il m'invita à m'asseoir. Son humeur joviale était bon signe. Je ne l'avais pas offensé.

Il me déshabilla avec délicatesse, embrassa mes seins doucement. Mon corps se crispa. Je savais qu'il fallait me détendre. « Fais moins mal si toi relâchée », m'avait conseillé Naïlé. « Toi pense autre chose. Moi j'chante dans ma tête et fonctionner ». Elle avait de l'expérience. Sa jeune chair avait déjà servi à plusieurs loups. Les lèvres du dey glissèrent sur mon cou. Elles allaient rencontrer les miennes. Je détournai le visage. Il pouvait avoir mon creux, mais ma bouche n'appartenait qu'à Louis. Il n'insista pas et se redressa. Comme elle avait refusé sa langue, il y introduisit son membre et les mains posées sur mon crâne, il l'enfonçait chaque fois plus profondément. La saveur amère de l'urine mêlée à l'odeur âcre de sa sueur me donnait envie de vomir. Il ne fallait pas vomir. Le frottement âpre sur la muqueuse tendre jusqu'au fond de la gorge fit pleurer mes yeux. Et si je mordais ? *Nous n'irons plus au bois, les lauriers sont coupés, la belle que voilà ira les ramasser. Entrez dans la danse. Voyez comme on danse. Sautez, dansez. Embrassez qui vous voulez.* Le rythme de la chanson s'accélérait dans mon esprit. Je le laissai écarter mes jambes, indifférentes. Il pouvait faire de moi ce qu'il voulait, je n'étais plus là. J'avais dix ans, la ronde tournait et tournait. Ma sœur me serrait fort la main en riant.

Il s'endormit aussitôt après et je restai à l'observer. Cet homme jouissait de nous posséder contre notre gré. Croyait-il que nous le désirions aussi ? Les autres concubines le désiraient-elles ? Assoupie, la bête avait des traits d'agneau : des lèvres encore charnues, bien marquées, presque féminines, qu'entourait une longue barbe poivre-sel, des yeux ronds enfantins au-dessus d'un nez aquilin et des joues de chérubin.

Celui qui faisait régner la terreur dans son pays était à côté de moi, inoffensif. J'aurais pu facilement lui couper la gorge. Mais dans le harem, il n'y avait pas d'objets tranchants. C'était trop tentant. Les filles auraient pu avoir envie de s'ôter la vie.

Le temps passait. J'hésitais. On ne m'avait pas instruite sur la marche à suivre ensuite : partir ou rester. Certaines bougies s'étaient éteintes. La chambre s'obscurcissait. Devant moi, les lourds rideaux jaune foncé. Derrière, la cité. Je me levai lentement, sans bruit. L'envie était trop forte. Revoir l'horizon juste une seule fois. Je traversai la pièce, nue. Le liquide gluant glissait sur mes jambes, laissant une fine traînée sur le tapis. Je me sentais sale et salie. J'avais offert mon corps à un étranger. Il s'était servi en silence, m'ignorant totalement. Seule ma chair l'intéressait. Alev n'était rien d'autre qu'un objet. Je n'avais même pas pu lui parler, m'enquérir de mes compagnons. Je pris tout à coup conscience de ce que le mot esclave signifiait. Je n'étais personne, à peine un animal, juste un instrument de plaisir.

Je tirai la tenture. La lune ronde éclaboussait d'une blancheur éclatante les flots argentés. La ligne d'horizon était plate, immobile, comme les mâts des frégates du port derrière la digue. Un désir profond de mer me prit aux entrailles, celui de plonger dans ses eaux et de m'abandonner à elle. De la laisser me bercer, me réconforter. D'imprégner tous mes sens de son odeur iodée. Cette mer qui m'avait sans cesse protégée, qui avait refusé ma mort quand je le lui avais demandé. Là, majestueuse, elle me faisait comprendre que, patiemment, elle m'attendait, car elle savait que je la rejoindrais. Je fermai les yeux pour bien graver son image, en reconstituer chaque détail et les rouvris, mouillés.

Combien de temps avais-je passé ainsi ? Une demi-heure, peut-être une heure. Dans la pièce, aucun mouvement. Je me rhabillai et sortis furtivement. Les gardes étaient à leur place. L'un d'eux alla prévenir Amber Agha qui déverrouilla la porte du harem et me raccompagna jusqu'à ma chambre.

Cette nuit-là, je dormis peu. Prise d'une angoisse incontrôlable, je ne pouvais m'empêcher de pleurer. Ma vie allait-elle se réduire à ça ? Ne plus aimer et ne plus être aimée, juste un objet convoité. Sans personne à qui parler, car j'avais perdu mon unique amie.

La matinée se passa comme toutes les autres. La même routine, toujours et encore. Leïla ne descendit pas déjeuner avec nous. Elle était indisposée. Après la prière du *Dhohr*, je rejoignis ma chambre, ne sachant que faire. Je m'assis dans un coin, seule, avec mon voile à broder. Les filles, réparties en petits groupes selon leurs affinités, bavardaient, lisaient, jouaient aux cartes ou sommeillaient sur les lits devenus canapés. Elles me jetaient de temps en temps un coup d'œil et chuchotaient en gloussant. Ma servante, agacée, se tourna soudain vers elles sur le point d'ouvrir la bouche, puis au dernier moment, se ravisa et se tut. Une esclave ne devait pas s'adresser à une concubine sans y être invitée. Je levai mes yeux de mon ouvrage et l'interrogeai :

— Qu'y a-t-il, Naïlé ? Que murmurent-elles ?

J'avais saisi quelques mots mais pas assez pour tout comprendre. La jeune domestique hésita. J'insistai.

— La Sarde dit toi passe pas nuit entière. Toi sais pas séduire pacha. Toi vieille, toi plais pas. Sultan aime pas marchandise d'occasion.

Ma voisine de lit s'exprima d'un ton ferme et les rires cessèrent d'un coup.

— Et Selma, qu'a-t-elle répliqué ?

— Dit Maîtresse réussit détourner attention de pacha de peste de Leïla. Aucune autre pouvoir. Elle félicite Maîtresse. La favorite ravaler orgueil. Élève dépasser maître. Veux j'réponds quelque chose ?

— Non. Ne dis rien, s'il te plaît.

Je n'avais pas le courage de les affronter. De toute façon, à quoi cela aurait-il pu servir ? Les unes étaient jalouses, les autres détestaient mon amie. Je m'allongeai et fermai les paupières, lasse.

Louis me retrouva dans mes rêves. Nous étions sur l'île de Cabrera, tout en haut du promontoire, au pied des contreforts du château, les yeux fixés sur l'horizon vide.

— Ils viendront nous chercher. Tu verras. Tôt ou tard, on partira.

— Tu le crois vraiment ?

— Il ne faut jamais perdre espoir, Héloïse. C'est ça notre seule force. Même dans la plus grande obscurité, il y a un trait de lumière. Tout passe, tu sais. Tout.

Il me serra fort contre lui et déposa un baiser dans mon cou. Mon compagnon avait un optimisme sans faille, souvent perçu par ses soldats comme de l'orgueil. Il est vrai que Louis n'avait peur de rien. « Tout est possible » rétorquait-il aux sceptiques et n'hésitait pas à prendre les devants pour le démontrer. D'ailleurs un officier pouvait-il se permettre de montrer sa crainte ? Son devoir n'était-il pas de motiver sa troupe même quand la situation était désespérée ? Il était intransigeant avec lui-même et avec les autres et n'acceptait jamais un « je ne peux pas » comme réponse. Je l'avais vite appris à mes dépens.

Moi, il m'arrivait de fléchir de temps en temps. Cela durait un jour ou deux. J'avais besoin de ces crises où je sanglotais toute la journée pour évacuer la tristesse, sortir la rage, comme un gros orage avant l'arc-en-ciel. Puis je repartais, le cœur et le corps vidés, légère et rassérénée. Pleure ! me disait souvent ma grand-mère, il n'y a pas de meilleur remède. Ma mère, elle, ne versait aucune larme. C'était peut-être pour ça qu'elle était si dure et amère. Elle gardait le malheur qui pourrissait en elle et finissait par l'empoisonner.

— Regarde autour de toi ! Il y a pire. Nous avons un toit, nous ne sommes pas malades. Et surtout, nous sommes en vie, Héloïse, en vie ! Que veux-tu de plus ?

Il avait raison, il n'y avait que cela qui importait. Chaque jour, le nombre d'entre nous diminuait. Nous étions les chanceux qui survivaient. Je me retournai et lui donnai un baiser.

Je me réveillai avec une saveur aigre en bouche et un mal de tête. Louis n'était plus là. Naïlé s'approcha de moi et me tendit une boîte à bijoux ronde en argent émaillé.

— Pour vous, Madame. Notre bien aimé maître vouloir remercier vous.

J'ouvris délicatement le coffret. Un énorme rubis flamboyant, comme une goutte de sang frais, était monté sur un anneau en or massif dentelé d'arabesques. Là était le prix de ma chair, la récompense de mon service. Je le jetai avec fureur sur le tapis et me précipitai hors de la pièce. Ma jeune esclave s'empressa de le ramasser et de courir après moi. Elle m'implorait de me calmer. Si les autres filles prévenaient la sultane de mon acte, je serais sévèrement punie. De tels gestes ne pouvaient être tolérés dans le harem. J'avais fait un affront au pacha. Il fallait immédiatement aller s'excuser auprès de mes compagnes et s'assurer qu'elles ne diraient rien.

Mais tout m'était égal. La colère montait, de plus en plus grosse, comme une houle prête à se briser, balayant toute raison. J'avais ravalé ma haine, obéi pendant trop longtemps. La fatigue me faisait perdre tout contrôle et j'explosai en cris contre la pauvre Naïlé. Bientôt, un cercle de curieuses se forma autour de nous. Puis quelqu'un me saisit le bras par-derrière et m'emporta. C'était Leïla.

— Mais que fais-tu ? Tu es devenue folle. Tu risques la bastonnade sur la plante des pieds. Tu sais ce que c'est ?

Je me recroquevillai sur son divan, encore sanglotante. Elle m'enlaça et me berça doucement.

— Ma jolie poupée, murmura-t-elle comme elle l'aurait fait pour une fillette, cela ne vaut pas la peine de s'emporter. Les choses sont comme ça. Il faut les accepter. C'est Allah qui en a voulu ainsi. C'est ta destinée. On ne peut pas se rebeller contre la providence.

Je soupirai, et peu à peu, contre son corps tiède, me tranquillisai.

— Tu ne m'en veux pas ? balbutiai-je d'une toute petite voix.

— T'en vouloir de quoi ? Ce n'est pas ta faute. Je suis triste, oui. Il en a préféré une autre. Ça fait mal, c'est vrai. Mais moi aussi, je dois apprendre à me détacher, à ne pas laisser les choses autant me bouleverser.

Je lui répliquai que le pacha n'aimait qu'elle, qu'il s'était simplement servi de mon corps pour assouvir ses besoins, puis s'était endormi sans m'adresser un seul mot. Que je trouvais abominable d'utiliser les femmes de cette façon ! Le visage de la favorite s'illumina.

— Tu sais, il n'est pas si mauvais que ce que l'on dit. Il faut juste le connaître un peu. Lui aussi a été forcé d'entrer dans cette cage. Il ne voulait pas devenir dey. Il est comme nous, emprisonné.

Elle m'expliqua que les deys étaient successivement assassinés par la milice turque et que personne ne souhaitait régner sur le pays. Son prédécesseur, meurtrier lui-même du précédent régent, n'avait duré que quelques mois avant d'être étranglé. Notre Majesté Hadj Ali Ben Khelil était alors le *Khodjet al Khil*, receveur général des impôts d'Ali Ben Mohammed pacha. L'assemblée des janissaires, le *divan*, avait voté pour lui, puis l'avait revêtu du caftan du sultan mort et obligé à s'asseoir sur le trône. Il lui aurait été impossible de refuser cette suprême dignité sans y perdre la tête. Les raisons ne lui manquaient pas d'être méfiant et de prendre toute sorte de précautions pour déjouer les conspirations, même chez ses proches.

— C'est la peur, tu comprends, qui l'a rendu cruel. Soit il tue, soit il est tué, c'est aussi simple que ça. Mais c'est un homme sensible et instruit qui lit les grands poètes et connaît le Coran comme un ouléma. Je suis désolée qu'il se soit comporté avec toi de la sorte. Il était peut-être fatigué hier soir. Tu dois admettre qu'il t'a fait un bel honneur en te choisissant. Sois en lui reconnaissante ! Toutes les femmes n'attendent que ça. Et tu verras si un jour tu es mère, tout changera.

Mon amie l'avait bien résumé. Dans notre harem, tout tournait autour d'un même soleil. On espérait désespérément un geste, un regard, un mot, une visite qui faisait l'objet d'une immense fierté et le sujet d'un continuel bavardage. Les enfants aussi n'aspiraient qu'à être remarqués. Il faut dire que le pacha leur portait, à tous, une véritable tendresse et les gâtait beaucoup. Sa journée commençait par le bonjour affectueux de ses princes et princesses, à qui il ne manquait pas d'offrir des friandises. Dès qu'il le pouvait, il les invitait à dîner à sa table. Et la plupart de ses visites au sérail n'avaient pour autre objet que de jouer avec eux et parler avec leur mère de leurs progrès. Leur innocence et leur vivacité lui faisaient oublier, pour quelques heures, la guerre et la brutalité derrière les portes du palais.

J'écoutais Leïla, attentive, défendre son bien aimé. Il est vrai que cet homme religieux n'offensait jamais une femme, cela aurait signifié violer la frontière sacrée d'Allah. Son respect redoublait pour les concubines qui lui avaient donné un héritier. Heureusement, moi, j'avais la chance de ne pas pouvoir tomber enceinte. Je n'aurais pas pu supporter d'avoir un bébé dans ces conditions.

Un tambour appela à la prière. Je partis dans ma chambre avec Naïlé. Les autres filles étaient toujours là. Je m'excusai de mon attitude, les suppliant de ne pas dénoncer mon impudence. Certaines me toisèrent avec mépris, d'autres acquiescèrent d'un battement de cils, compréhensives. Allaient-elles ne rien dire ?

Ce soir-là, pendant le café, Selma prit place à mes côtés. J'avais exprimé par mon geste toute la haine qu'elle aussi ressentait. Je n'étais pas une concurrente, mais l'une des leurs qui souffrait. Elle m'invita à venir écouter un conte dans les appartements d'une ancienne favorite, maman d'une jolie fillette de cinq ans qui se maquillait déjà comme une poupée de porcelaine : pommettes orangées et lèvres coquelicot. L'enfant, au lieu de jouer avec les autres, était restée près de la mère, bien droite sur le divan et attendait patiemment.

La conteuse, voilée comme toutes les dévotes, était sa chère nourrice. Son visage en forme de lune, aux joues rebondies et luisantes s'achevant en double menton, ses épaules basses qui s'harmonisaient avec son ventre tout aussi rond lui conféraient un aspect maternel bienveillant. Elle s'assit sur une banquette matelassée de damas vert et doré et nous prîmes place à ses pieds. Les servantes passèrent avec des *sherbets* et des loukoums à la rose.

— Écoutez, je vais vous conter une histoire, Allah fasse qu'elle soit belle et se déroule comme un long fil, commença la narratrice.

Naïlé était restée auprès de moi. Elle me faisait un résumé à voix basse des principaux éléments de l'action. C'était le récit d'une dame à la robe de plumes. Un jeune homme, beau mais ruiné par le vin et les compagnies galantes, était parti chercher fortune sur une île perdue. Un soir, alors qu'il contemplait la mer, les mouvements gracieux d'un grand oiseau sur la plage attirèrent son attention. Soudain, l'animal enleva son vêtement en plumes et apparut une jolie femme nue qui plongea dans les vagues. Fou d'amour, il déroba l'habit resté sur la rive et se cacha. Privée d'ailes, la dame devint sa prisonnière. Il l'épousa, la couvrit de soie et de pierres précieuses et l'enferma entre les hauts murs d'un palais. Quand elle lui donna deux descendants, il commença à faire de longs voyages, convaincu que son épouse ne voudrait plus jamais voler. Mais un jour, à son retour, il fut surpris de voir qu'elle s'était enfuie avec les enfants. Elle n'avait jamais cessé de chercher la robe en plumes et avait réussi à la trouver. Elle revint dans son île natale. Dans un mot, elle lui disait que s'il en était assez courageux, il pouvait la rejoindre. Après maintes aventures, il retrouva sa famille et ils vécurent heureux. La métaphore me semblait si juste. Nous étions bien toutes des albatros à qui l'on avait coupé les ailes. Pourquoi les hommes de ce pays avaient-ils si peur de notre liberté ?

— Et trois pommes sont tombées du ciel. Une pour le conteur, la seconde pour les auditeurs et la troisième pour moi.

À peine les derniers mots de la fable avaient-ils été prononcés que l'une des esclaves de la sultane fit interruption dans la salle. Elle venait me chercher.

IX

Son Altesse ne pouvait pas laisser mon acte impuni. Je passais donc à nouveau quelques jours au cachot, mais évitais la bastonnade. Cette fois-ci, je savais ce qui m'attendait et mon esprit préparé put mieux résister. À ma sortie, on m'emmena au bain, puis dans la chambre du sultan. Ma rébellion s'était apaisée, je n'avais pas le choix. Durant neuf nuits, je chantais *Nous n'irons plus au bois* et tamponnais d'eau chaude mon aine cuisante. Le dey demeurait toujours aussi muet. Je finis par oser le questionner à propos de mes compagnons. Il se contenta de sourire et continua à me caresser, ignorant totalement mes paroles.

Le dixième soir, la douleur dans mon entrejambe était telle que j'avais du mal à m'enfuir dans mon doux souvenir. Je serrais fort les dents pour m'empêcher de crier. J'avais envie de l'étrangler. J'imaginais mes mains autour de son cou, son corps qui tremblait, ses yeux exorbités. Vint enfin le dernier râle. Il retomba sur les draps, se tourna et je m'empressai de me rhabiller. Combien de temps de plus, pourrais-je supporter cette torture ?

J'entrouvris doucement la porte et me glissai par l'étroit interstice. L'un des gardes n'était pas là et l'autre, appuyé contre le chambranle, s'était assoupi. Je regardai à droite, à gauche. Personne. La providence m'offrait une occasion unique. Je n'hésitai pas une seule seconde à m'engouffrer dans le couloir, dans la direction opposée au harem. Mon cœur battait vite. Tout mon corps était sous tension. J'arrivai sur une galerie éclairée par des lampions. Où étais-je ? Des ombres se dessinaient de l'autre côté. Il y avait une cour au-dessous. Il fallait trouver l'escalier. J'enlevai mes sandales, rasai les murs et commençai à la contourner sur la pointe des pieds. Même s'il était tard dans la nuit et que tout le monde dormait, je me baissai devant chaque fenêtre. Toutes les portes étaient heureusement fermées. Mon sang cognait à grands coups dans les tempes. Je réussis à trouver des marches en marbre, mais ne me décidai pas. Dans un espace si étroit, il n'était pas possible de se cacher. Et si un janissaire montait ? Les mains moites, je les dévalai presque en courant. Elles débouchèrent sur un patio que je reconnus immédiatement. Nous l'avions traversé pour nous rendre à la salle d'audience du pacha, le premier jour de notre arrivée à Alger. Plusieurs tuniques rouges le surveillaient. Je restai dans le recoin sombre. Que faire ? Remonter ? L'escalier descendait encore. Je ne réfléchis pas et m'y lançai.

Il menait dans un corridor obscur, au plafond bas, qui dégageait une forte odeur d'humidité. J'avançai rapidement à l'aveuglette puis ralentis, mes mains tâtonnant les parois qui suintaient. Je frissonnai. De temps en temps, elles rencontraient la surface sèche d'une porte ou le vide d'un coin. Je tournai à gauche, puis à droite et à gauche encore une fois. Cela n'en finissait pas. La pénombre était devenue nuit noire. Je commençai à trembler et à tituber. Allais-je trouver une issue ? J'avais perdu la tête. C'était de la folie. Et si l'on se rendait compte que j'avais voulu m'échapper, j'étais bonne pour la bastonnade ou pire encore.

Le silence était lourd, angoissant. Affolée, j'augmentai mon allure. La sortie ne devait pas être bien loin. Je repris courage quand un bruit sourd me fit trébucher. Quelqu'un marchait vers moi. Je m'arrêtai. Où me cacher ? Retourner vers la cour ? Mes doigts touchèrent l'encadrement d'une porte avant d'en trouver la poignée. Elle s'ouvrit comme par miracle.

Je la refermai lentement, posai ma joue contre son battant et écoutai. Les pas se rapprochèrent. Une sueur froide mouilla mon front. Une voix puis une autre. Ils étaient deux. Ils passèrent devant moi. Je retins mon souffle. Ils s'éloignèrent. J'attendis encore, immobile. Le silence de nouveau. Je soufflai de soulagement et me retournai. Une faible bougie éclairait le fond de la pièce. Des hommes étaient allongés à même le sol. Leur respiration était lente et régulière. Ils dormaient. Je ne devais pas paniquer. Il suffisait de sortir sans bruit. C'était facile. Mon œil se posa sur l'un d'eux d'une constitution frêle presque enfantine. Je le scrutai. Il m'était familier. Ce n'était pas possible ! Mon imagination me jouait des tours. Je m'approchai de lui. C'était bien ça. C'était Gilles ! Je contemplai les autres. Il n'y avait aucun doute. Mes compagnons de Cabrera étaient tous là. Tous, sauf Louis. Je passai à nouveau en revue chaque corps. Mais sans succès. Où était-il ?

Je m'agenouillai près du caporal-fourrier et lui touchai le bras. Il ouvrit un œil hagard, sursauta, puis finit par me reconnaître : « C'est toi, Héloïse ? » Cela faisait un mois et demi que je n'avais pas entendu mon nom. J'acquiesçai timidement d'un hochement de tête, prise par l'émotion. Gilles me fit signe de me taire, se leva et m'entraîna dans un coin de la pièce, loin des dormeurs. Je me jetai à son cou.

— Tu vas bien ? Comment nous as-tu retrouvés ? chuchota-t-il d'une voix troublée.

— Par hasard. Je voulais m'enfuir et je me suis perdue. Puis j'ai entendu des pas. J'ai alors ouvert cette porte pour me mettre à l'abri. Louis est avec vous ? Je ne le vois pas.

Gilles se racla la gorge, embarrassé.

— Non, il n'est pas là. Il est chez le vice-consul. Le sultan a accepté de le laisser partir, mais juste lui. Nous, il veut nous garder dans son palais jusqu'à l'arrivée du corsaire français qui ne devrait pas tarder à nous rapatrier.

— Comment ça, vous rapatrier ? Et moi ? On va me rapatrier, moi ? Vous m'avez déjà oubliée ? éclatai-je, furieuse.

— Chut... Mais qu'est-ce que tu dis ? Évidemment qu'on ne t'a pas oubliée ! Louis est mort d'angoisse. M. Ferrier et lui n'ont pas cessé de te réclamer. Le dey refuse toute négociation, ni argent ni échange commercial. On a cru qu'il t'avait envoyée à Constantinople en cadeau pour le grand sultan de l'Empire ottoman. Mais tu es là ! Bien là !

Le caporal me prit par les épaules, ému. Je clouai mes yeux embués dans les siens.

— Fuyons Gilles ! Partons maintenant ! Allons rejoindre Louis ! S'il te plaît, il faut que tu m'aides. Je ne peux pas rester ici plus longtemps.

— Ce n'est pas possible, Héloïse ! Les gardes sont partout. Nous avons bien étudié les lieux. Les portes d'entrée sont étroitement surveillées. Nous n'aurions aucune chance si ce n'est de nous faire tuer. Ce pacha est cruel. Il fait couper des têtes sans hésiter.

— Tout ça, je le sais très bien. Et alors ? On attend quoi ? Bien sûr que c'est risqué. Mais qui ne tente rien, n'a rien. Tu crois qu'il va me laisser partir si facilement ?

— Écoute, un peu de patience. Louis et le vice-consul ont écrit à l'Empereur lui-même. Ce n'est qu'une question de temps pour que tu sois libérée. Aie confiance ! Si Napoléon s'en mêle, le sultan devra céder.

— Tu es vraiment sûr de ça ? répliquai-je d'une voix vacillante, peu rassurée.

— Tu crois que Louis partirait sans toi ? Tu as oublié qui il est ? Il est fou d'amour et de rage. Je ne l'ai jamais vu dans un tel état !

Gilles serra mes doigts entre ses mains.

— Ne fais pas de bêtises, je t'en prie ! Repars d'où tu viens ! Va te coucher et dors tranquille ! On s'occupe de toi.

Je le pris dans mes bras au bord des larmes. J'avais tellement envie de lui raconter ce que le dey me faisait – ces viols journaliers que mon corps ne pouvait plus endurer – et surtout pleurer comme une enfant et être cajolée. Mais je n'en fis rien. Un homme bougea devant nous. Nous restâmes un instant en silence, figés. Puis mon ami m'accompagna jusqu'à la porte et la referma avec précaution derrière moi. Le cœur gros, je parcourus le couloir sombre, les escaliers et la galerie, sans encombre. Les deux gardes, réveillés cette fois-ci, furent surpris de me voir. Je bredouillai que je m'étais perdue, que je ne trouvais pas la porte du harem. Ils ne firent aucun commentaire et se contentèrent d'aller chercher Amber Agha.

Épuisée, je m'effondrai sur le lit. J'allais sortir de cet enfer. Oui, c'était sûr. Il n'y en avait plus pour longtemps. Louis y veillerait. N'avait-il pas réussi à nous faire échapper de Cabrera ?

Cette entreprise avait été folle : dérober la chaloupe amarrée aux flancs de la frégate espagnole qui nous surveillait à l'entrée de la baie. Au départ, ses compagnons s'étaient tous opposés à cette idée trop téméraire. Mais Louis était obstiné et sûr de ses capacités. Il s'était entraîné chaque jour à nager toujours plus loin. Par une nuit houleuse bien noire qui dissimulait son corps, il avait atteint l'embarcation et constaté que le câble goudronné qui l'attachait n'était pas impossible à couper. On lui avait juste retiré tous ses agrès. Des mois durant, les futurs fugitifs avaient fabriqué une voile avec des bouts de tissus, une longue corde, un mât, un gouvernail et des rames. La peur m'avait ôté le sommeil. Louis, au contraire, ne doutait pas. Quand une décision était prise, il fonçait. Quoiqu'il arrive, il n'abandonnait jamais.

— L'angoisse est ton pire ennemi. À quoi ça sert de trembler pour quelque chose qui n'est pas encore arrivé et qui n'arrivera certainement pas ? Garde tes forces pour ce qui est nécessaire et existe déjà ! me répétait-il sans cesse.

Ses paroles retentirent dans ma tête et je m'endormis d'un sommeil lourd, en confiance.

X

Le mois de décembre, long, sombre et triste, s'était achevé. Leïla avait annoncé qu'elle attendait un enfant et le dey m'avait oubliée. Mon corps se remettait de ses blessures. Mais une mélancolie insidieuse envenimait mon esprit. Une année de plus loin de chez moi. Cela en faisait désormais trois. Je revoyais, dans une boucle infernale, les visages apaisants de ma sœur, ma mère et ma grand-mère à Senlis, toutes les trois rapiéçant ou tricotant le soir autour de la cheminée, avec l'odeur alléchante des châtaignes grillées, les ragots des voisines que l'on rapportait, l'hilarité qu'ils déclenchaient. Puis venait mon feu Armand, grand et robuste. Il m'emportait dans ses bras pour la première fois jusqu'au lit de notre nouvelle métairie, brusque et maladroit, avec nos rêves sans limites, nos projets de famille, nos éclats de rire innocents, notre avenir brillant. J'en voulais à notre Empereur de m'avoir arraché à tout ça. Combien de familles avaient dû payer, de leur sang, les ambitions démesurées d'un seul homme ? Ma mère évoquait souvent les années de la Terreur. Elle était convaincue qu'elle marquerait la fin des rois tout-puissants et de leurs vues guerrières.

— Mes enfants, vous êtes nées sous la Révolution, mais vous connaîtrez la paix, réitérait-elle à satiété comme pour s'en persuader.

À toute heure, des larmes traîtresses s'échappaient du coin de mon œil. Je les essuyais discrètement. Ma tristesse n'était qu'à moi. Je ne voulais la partager avec personne et affichais en toutes circonstances un impassible sourire, le masque d'une pantomime. Heureusement, les heures de calligraphie de la matinée me distrayaient. L'attente était interminable. Deux semaines à peine s'étaient écoulées depuis mon entrevue avec Gilles, mais cela me semblait des mois. La joie des premiers jours nourrie par ce nouvel espoir s'était vite envolée. Il fallait remplir les heures, s'occuper pour ne pas penser.

Leïla, dont la bonne humeur grandissait à mesure que s'arrondissait son ventre, se chargeait de me faire sourire. Mon amie m'entraînait souvent dans ses appartements pour me montrer les petites attentions dont le sultan la comblait. Elle était plus que jamais la favorite. Le pacha ne demanda pas à me revoir et j'en fus bien soulagée, mais j'en tremblais encore. Le groupe de la Sarde ne me jalousait plus, son dard ne visait désormais qu'une seule cible : Leïla. La sultane avait été déçue. Yasemin me lançait des regards noirs chaque fois qu'elle me croisait dans les couloirs. Elle ne supportait pas que je me sois réconciliée avec son ennemie. Selma, elle aussi, s'était fâchée avec moi :

— Tu vas la laisser pavoiser ainsi et continuer à faire partie de sa cour ? Tu te trompes d'amie. Elle n'aime personne. C'est une ambitieuse sans scrupule. Elle se servira de toi comme de toutes les autres. Je t'aurais prévenue.

J'étais restée coite. Leïla m'avait pris sous son aile et elle m'avait pardonné mes nuits avec le dey. Beaucoup ne l'auraient pas fait. Son amitié me paraissait sincère.

Cet après-midi-là, la favorite avait fait venir une devineresse. Toutes ses proches et servantes s'étaient réunies auprès d'elle. J'avais fini par comprendre que dans le harem, il n'y avait que deux camps : celles qui étaient pour la favorite et celles qui étaient contre. Yasemin gérait habilement cette deuxième faction. Il était impossible de demeurer neutre. Les femmes avaient toutes peur du mauvais œil que chaque membre du clan adverse pouvait leur jeter. Pour s'en prévenir, elles accumulaient amulettes de main de Fatma, croissant ou œil bleu.

— Djinns, attention Maîtresse ! s'était exclamée un jour Naïlé, alors que je lui montrais un serpent dans un livre.

Mes yeux ronds l'avaient interrogée.

— Esprit malin, mauvais, méchant, m'avait-elle expliqué.

Ici, on croyait au surnaturel et il faisait peur. Plus une chose était entourée de mystère, plus elle était aveuglément acceptée. Comme dans les contes de fées que me racontait ma grand-mère, les concubines faisaient régulièrement appel à des sorcières pour les soigner, protéger leur enfant, préserver leur jeunesse, reconquérir l'amour du dey ou rendre leurs rivales stériles ou malades. Ma mère, elle aussi, était superstitieuse, mais elle recourait au chapelet.

Une vieille Berbère menue, toute ridée, s'avança vers nous en marchant avec difficulté. Le poids autour de ce frêle torse courbé donnait à penser qu'il allait la faire tomber. Des colliers de perles en verre et en bois, aussi grosses qu'une mandarine, pendaient à son cou. Deux solides fibules et une multitude de pendeloques aussi rondes que des pièces de monnaie ou en forme de main de Fatma étaient accrochées à son châle en laine rayée. Mais le plus effrayant était la tête, la chevelure rouge feu qui dépassait des nombreux foulards enroulés sur eux-mêmes en coton bariolé, jaune, bleu, noir et orangé ; puis le visage, comme les mains, tatoué de toute part à la manière des vieux marins. Une flèche bleue aux multiples crochets s'élançait du nez au sommet du front. Une seconde ligne bleutée, très marquée, entourée de points des deux côtés, partageait la lèvre inférieure et le menton. L'encre avait débordé des losanges de ses joues fripées.

Elle nous sourit. Les dents lui manquaient. Je ne pus retenir un frisson. Ce tout petit être m'impressionnait. Leïla la salua respectueusement et lui exposa sa requête.

— Al-Kahina, *Assalamu aalaykum.* Je vous remercie de m'honorer de votre présence. Je souhaiterais savoir si l'enfant que je porte est bien un fils.

La voyante se contenta de hocher la tête. Aucune d'entre nous n'osait bouger. Avec cérémonie, l'une des esclaves apporta un mangal[1] allumé. Les doigts crochus jetèrent un peu d'encens dans le brasero en laiton et la pièce s'emplit d'une fumée intense qui me fit tousser. Les regards se rivèrent sur moi. Je rougis, mal à l'aise. En articulant des mots inintelligibles d'une voix caverneuse, l'ancêtre frappa alors la paume de ses mains contre le sol. Puis elle se leva et les appliqua sur le ventre rond de la future mère, en reprenant de nouvelles incantations. Leïla se tenait immobile et droite, même quand la devineresse lui arracha quelques cheveux par surprise et les tira sur les charbons ardents en marmonnant. Suivit un long silence inquiétant. Les deux yeux noirs perçants se posèrent sur la favorite. Les mains bleutées restèrent suspendues en l'air, menaçantes. La tension était palpable.

1. Bol en laiton d'une trentaine de centimètres de large et d'une vingtaine de profondeur, posé sur trois, quatre, six ou huit pattes de quinze centimètres de haut que l'on remplit de braise pour réchauffer les pièces.

La sentence tomba d'un coup.

— C'est un garçon. Qu'Allah le protège, il est en danger ! Le mauvais œil ! Le mauvais œil ! proféra-t-elle.

La nouvelle me pétrifia. Je dirigeai aussitôt mon regard sur Leïla. Cette dernière fit un bond en avant puis retomba sur son siège, inerte. Elle s'était évanouie. Ses esclaves se précipitèrent sur elle, lui mouillèrent les tempes, la ventilèrent avec un éventail de plumes de paon avant de lui faire boire un *sherbet*. Elle revint à elle, se releva, digne malgré son état, et fit signe aux servantes de s'écarter. La terreur qui transperçait ses pupilles me glaça.

— *Al-Kahina*, vous devez m'aider, je vous en prie. Votre pouvoir est immense et j'ai confiance en lui, supplia la favorite d'une voix faible, tout en tendant une bourse en velours remplie de monnaies d'or à la prophétesse.

La Berbère la remercia d'un signe de tête et leva les bras et les yeux au ciel. Elle semblait chercher l'inspiration divine.

— Le plomb est la solution, décréta-t-elle enfin d'un ton grave. Dans un tel cas, il sera sûrement nécessaire de le faire couler sept fois. Votre enfant sera bien protégé. Je viendrai vous rendre visite ensuite pour m'en assurer.

Le remède était simple : faire fondre du plomb. Après l'avoir fait tourner sept fois autour de soi, on le liquéfiait en récitant des versets du Coran puis le projetait dans une cuvette contenant de l'eau. Les vapeurs dégagées apportaient déjà un grand soulagement. Une fois le grésillement du métal terminé, on retirait le lingot solidifié. S'il prenait une forme pointue, d'œil, de visage, de monstre, c'était mauvais signe. Il fallait s'en débarrasser vite. S'il était intact, lisse, bien brillant, nous étions guéris du mal occulte. Généralement, cette opération se répétait trois fois de suite, et jusqu'à sept fois dans le pire des cas.

Leila exprima avec effusion toute sa gratitude avant de prendre congé.

Quand le tambour appela à la prière, la favorite était toujours aussi blême. Je restai avec elle pour réciter la 113e sourate. Nous prîmes ensuite le dîner dans ses appartements avec deux autres de ses amies. Ce repas eut une saveur bien particulière. C'était le dernier diurne pour les trente jours qui suivaient.

L'institutrice m'avait longuement expliqué que le neuvième mois de l'année, il était indispensable de jeûner pour purifier le corps, mais surtout l'esprit, et être plus près d'Allah. Pendant ce mois saint, la fête du Coran, toute boisson et nourriture étaient interdites de l'aube au coucher du soleil.

— Se concentrer est plus facile quand les entrailles n'ont rien à digérer, quand les fonctions du corps sont au repos. Le corps ainsi pur, la prière prend tout son sens, tu comprends. Car prier, c'est créer le vide, oublier le monde un instant pour penser à Dieu, m'avait-elle rappelé.

Pendant cette étape de pénitence, nous étions tenus de rentrer en nous-mêmes, d'examiner notre conscience, de reconnaître nos fautes en demandant pardon au Seigneur et de nous efforcer de devenir meilleurs.

À dire vrai, j'avais déjà fait l'expérience de nombreux jeûnes sur l'île de Cabrera ou sur les pontons de Cadix. La faim, je connaissais. Le ventre creux me faisait désespérer plus que me recueillir. Les viscères devenaient tyranniques et prenaient entièrement possession de l'esprit qui cherchait alors un moyen de les satisfaire, même si la seule manière était un artifice : de l'herbe fraîche à mâcher. Mais de ça, je ne lui disais rien et acquiesçais simplement de la tête.

Toutes ensemble, nous essayions de distraire Leïla. Nous évoquions avec enthousiasme les sorties prévues dans les jours à venir : la visite des tombeaux des sultans et des saints, juste en dehors de la porte de Bab El Oued et celle de la grande mosquée pour écouter les prédicateurs. Mon amie me demanda de l'accompagner chez la sœur du dey dont elle avait reçu une invitation. Les autres concubines, excitées à l'idée de pouvoir enfin s'évader quelques heures de notre cloître, énuméraient la liste interminable des gens à visiter. Un soudain flot de solitude s'abattit sur moi. J'arrêtai de sourire. Je n'avais personne à voir. Leïla le remarqua et me caressa gentiment le bras. Je l'avais elle, c'était déjà ça.

XI

Cela faisait déjà deux semaines que le ramadan avait commencé. Tout notre quotidien s'était inversé. Nous vivions la nuit et dormions le jour entre les oraisons. C'en était fini des leçons du matin. Dès l'aube, après la prière du *Fajr*, nous nous couchions jusqu'à celle du *Dhohr*. On sommeillait encore ensuite un peu. Après l'*Asr*, les préparatifs débutaient par un bain au hammam. La chaleur moite nous faisait tellement suer que l'on en ressortait assoiffées. Il m'arrivait souvent d'ouvrir discrètement la bouche pour attraper les gouttes d'eau qui dégoulinaient de mes cheveux. Ensuite, on passait les heures les plus difficiles de la journée – celles où le ventre nous tiraillait dans l'attente heureuse du premier repas – à se faire belle avant de sortir ou de rejoindre les grands salons du harem pour célébrer la nuit.

En fin d'après-midi, dissimulées derrière des paravents dorés, la sultane et sa cour allaient écouter les sublimes voix des théologiens qui venaient réciter les versets du Coran dans des pièces attenantes à nos appartements. J'évitais autant que je le pouvais la deye et sa fille, et avais donc refusé les invitations de Selma et de mes compagnes de chambre qui ne manquaient aucune session. Bien plus que par dévotion, elles s'y rendaient pour entendre le son d'un homme, ses inflexions rauques qui les troublaient et alimentaient leurs rêves cachés. Certaines, comme moi, avaient connu les plaisirs du corps avant d'être enfermées. D'autres les avaient découverts dans le hammam, en secret. Cela faisait partie de leur éducation : apprendre à s'ouvrir telle une fleur et à satisfaire un homme. On n'envoyait pas dans le lit du sultan une amante inexpérimentée. Pourtant, entre nous, toute proximité était interdite et sévèrement punie. L'appel de la peau était réservé au pacha. Entre-temps, elle jeûnait, elle aussi. Les plus âgées réussissaient à la taire, en revanche, les jeunes, plus impétueuses, l'assouvissaient parfois la nuit entre les draps de soie.

Le souvenir du doigt de Louis sur ma bouche me rendait folle. Il avait cette habitude de mouiller son pouce et de le passer sur ma lèvre inférieure. Juste le bas. Le baiser d'un doigt. Ce geste m'avait surpris la première fois. Il était venu me rejoindre dans ma cabane sur l'île, en cachette, quand le campement s'était endormi. La veille avait été notre première nuit. Je l'avais guetté, impatiemment assise devant la natte qui me servait de porte. Il était entré sans un mot et s'était accroupi face à moi, la bouche entrouverte. Je croyais qu'il allait m'embrasser, mais il avait introduit nonchalamment son pouce à la commissure de mes lèvres, puis avait caressé ma chair rouge. J'en avais frémi jusqu'au plus profond de mon être. Par la suite, c'était devenu son signe à lui pour me dire : je te désire, là, maintenant. Il savait parfaitement ce que ce geste enclenchait en moi.

Leïla avait décidé de faire le ramadan tant qu'elle le pouvait. Elle le préférait à devoir récupérer les jours de jeûne, une fois le nourrisson né. Les malades ajournés étaient aussi obligés de s'acquitter de leur devoir dans le courant de l'année. Seuls les enfants de moins de douze ans en étaient dispensés. Mon amie résistait bien mieux que moi qui avais des nausées et des malaises inexplicables au lever. La future maman était resplendissante de sensualité avec sa poitrine opulente qu'une *ghlila* violette saupoudrée de perles et de pierreries peinait à contenir, ses hanches gracieuses marquées par les soieries brochées du sarouel et son épaisse chevelure blonde ceinte d'un diadème de palmes de diamant. Mais son teint plus pâle qu'à l'accoutumée, ses prunelles de jade éteintes et son sourire forcé dévoilaient ses inquiétudes qui ne la quittaient pas. Le plomb avait fini par apparaître lisse, mais cela suffirait-il pour déjouer le mauvais œil ?

Mes compagnes de chambre avaient appris la nouvelle et s'en réjouissaient. Aucun secret ne restait longtemps gardé. Les filles étaient avides de commérages, de quoi occuper leur esprit pour un temps. Le malheur des unes faisait toujours le bonheur des autres. Et les disgrâces de la favorite étaient un sujet bien croustillant. Selma fut particulièrement odieuse :

— Elle ne la ramène plus autant, la petite reine ! Elle peut bien avoir peur. Ce sera comme d'habitude, elle va le perdre. Et le sultan se lassera d'elle si elle ne lui donne pas un fils. Tu auras alors toutes tes chances Alev !

Je la fustigeai du regard.

— Tais-toi, s'il te plaît. Si Allah t'entend.

— Yasemin m'a dit que notre bien aimé pacha a parlé de toi avec la sultane. Tu es encore sujet de conversation... et bientôt plus peut-être. Son Altesse Fatma y travaille activement.

Cette nouvelle m'abasourdit, mais était-elle vraie ? La cadette de la deye avait certainement inventé ce stratagème pour miner ma relation avec la favorite. Je décidai de l'ignorer. Rien n'allait gâcher ma première sortie du harem. La sœur du dey nous avait invitées à fêter le ramadan chez elle, le soir même. L'énergie m'était tout à coup revenue et je me laissais porter par la gaieté qui régnait dans notre foyer, surtout celle des enfants, libres toute la journée de faire ce que bon leur semblait.

Ils avaient fini par adopter cette étrange fille de vingt ans qui s'asseyait en silence sur la natte de l'école, après m'avoir longtemps observée du coin de l'œil. De leçon en leçon, de sourire en sourire, ils avaient commencé à s'approcher. Un mot, puis deux et finalement une phrase. Je les faisais beaucoup rire chaque fois que j'ouvrais la bouche et me trompais. Ils m'emmenaient parfois dans leurs appartements pour me montrer leurs beaux jouets qui venaient d'Europe : dînette en fine porcelaine, poupées vêtues de dentelles, boîtes à musique, petites voitures, chevaux, fusils, trompettes et autres. Ils étaient heureux, insouciants, pleins de vie et toujours prêts à faire des bêtises qui rendaient folles leurs gouvernantes. Leur amitié m'avait fait gagner celle de leur mère et je leur en étais reconnaissante.

Dans notre galerie, les princes endimanchés couraient, sautaient et se battaient dans tous les coins, alors que les princesses couvertes de bijoux marchaient droites et dignes vers les salons, non sans en être bousculées par leurs demi-frères qu'elles réprimandaient. À ce brouhaha se mêlaient les claquements des mains, les cris et le bruit sec et ininterrompu des sandales en bois des esclaves.

La cour du rez-de-chaussée, tout aussi mouvementée, offrait une délicieuse fantasmagorie de couleurs. Les servantes, qui portaient des plateaux de *sherbets*, de fruits et entremets, s'étaient également parées de leurs costumes bigarrés. Les Africaines n'hésitaient pas à mélanger les tonalités les plus vives. La lumière rosée du crépuscule faisait scintiller les créoles à leurs oreilles et les épais bracelets sur leurs avant-bras noirs. Ma bouche salivait déjà à la vue de la nourriture. Plus qu'une demi-heure et nos estomacs pourraient être apaisés par une poignée de dattes après la prière du *Maghrib*.

— Elle est bien jolie la Française ! Le ramadan lui va à ravir.

Une voix derrière moi me fit sursauter. Son Excellence Hadj Ali était à quelques mètres de moi. Je me tournai vers lui et m'inclinai immédiatement pour le saluer. Tandis que je relevais la tête, il s'approcha et retira une fleur de jasmin prise dans ma chevelure. Le vent l'avait emportée de l'une des plantes du patio. Je frissonnai. Instinctivement, mon corps eut un mouvement de recul. Le contact de ses doigts dans mes cheveux et cette odeur forte de santal lui étaient insupportables.

— Une fleur sur une fleur. Mais qui est la plus belle ?

Il se mit à rire et continua son chemin vers les salons de la sultane. J'aperçus Yasemin au fond de la galerie, le sourire en coin. Nous avait-elle entendus ?

Le *haïk*[1] blanc qui recouvrait entièrement mon corps et ma tête entravait ma démarche et freinait mes mouvements.

---

1. Étoffe blanche de soie rectangulaire de plus de six mètres de long sur deux mètres de large, enroulée puis maintenue à la taille par une ceinture et ramenée ensuite sur les épaules où elle est fixée par des fibules.

Mes seules prunelles bleues à la vue, une voilette brodée dissimulant le bas de mon visage, j'avançais avec lenteur vers ce seuil tant désiré. Nous partions pour la résidence de la sœur du dey. La rencontre avec le pacha m'avait déstabilisée. J'avais des sueurs froides à l'idée qu'il puisse à nouveau me demander. Il fallait que je me reprenne. Leïla avait un œil de lynx et devinait tout. Elle était devant moi et me souriait. Nous traversâmes les mêmes cours que celles que nous avions parcourues le jour de notre entrée au palais. Je cherchais, furtivement, dans tous les recoins, un signe, une trace de la présence de mes compagnons. Un mois s'était écoulé et j'espérais encore. La missive de notre Empereur ne tarderait pas à arriver. Sinon, Louis finirait par trouver un moyen de me libérer. L'esprit s'aiguise devant les difficultés et la solution apparaît toujours quand on n'y croit plus. Devais-je laisser moi aussi une preuve de mon passage ? Mais quoi ? Je n'avais rien qui pouvait m'identifier. Pourquoi n'avais-je pas pensé à écrire un mot sur un papier ?

Devant la porte du palais, une cohorte d'hommes, à la longue cape rouge et aux armes damasquinées d'or et d'argent, vint à notre rencontre. Les soldats de la garde personnelle du sultan allaient nous accompagner dans les rues sinueuses d'Alger. Sous leur turban blanc, ces visages impassibles évitaient de poser leur regard dur sur nous. Les femmes du pacha étaient *haram*, chose interdite, y compris les servantes qui, en file deux par deux, fermaient la marche. Six d'entre eux éclairaient notre groupe avec d'impressionnantes lanternes : une grande coupole entourée de quatre tourelles où brûlaient des bougies. Leur clarté se projetait en reflets multicolores sous nos pas.

Je retrouvai ce ciel limpide et étoilé que j'avais tant contemplé à Cabrera. L'infini tout entier s'offrait enfin à moi. La fraîcheur de la brise marine transperçait mes narines. J'inspirai profondément et rejetai l'air vicié de nos appartements. Je me sentais bien, de nouveau en vie, après ces longues semaines de langueur. Mes yeux étaient à l'affût du moindre mouvement. Toutes pupilles brillantes à l'angle d'une impasse pouvaient être celles de Louis. L'espoir désespéré me faisait voir des mirages. Mon esprit partait dans des songes improbables : il guettait sa bien-aimée chaque nuit à la sortie de la résidence du dey.

L'avant-garde renvoyait tout passant, quel que fût son rang, dans une ruelle adjacente ou une porte ouverte. Le cortège des femmes du sultan avait la priorité. Personne ne pouvait nous approcher. Mais on devinait les regards des curieux derrière les fenêtres ou en haut des toits plats des habitations.

Leïla était bavarde. Je l'écoutais à peine. Il lui tardait de montrer son ventre rond à sa protectrice. Elle en serait ravie. Safiye Effendi, qui n'avait pas eu d'enfants, s'était prise d'une forte affection pour mon amie et s'en servait ouvertement pour contrer l'ascendant qu'avait Son Altesse Fatma sur son frère. Elle ne supportait pas que cette simple *kouloughli*[1] puisse diriger le harem du sultan d'Alger, la plus haute position à laquelle une femme puisse accéder. Elle, la sœur cadette du dey, d'une grande famille de sang turc, n'avait été mariée qu'au *khaznadji*, le vizir de la régence[2].

1. Fils ou fille de père turc et de mère algérienne. L'élite turque dépréciait les kouloughli qui ne pouvaient accéder à aucun poste du gouvernement de la régence ni devenir janissaire.

2. Second personnage de l'État, il est nommé par le dey et fait office de premier ministre, ministre des finances et de chargé du trésor. C'est l'un des cinq ministères du gouvernement de la régence. Il succède souvent au dey après sa mort.

À mon immense surprise, je découvrais que, dans ce pays, toutes les filles subissaient un sort identique. Esclave ou princesse, pauvre ou riche, aucune n'était libre de leur choix. Toutes étaient mariées par leur père ou leur frère pour des raisons politiques, parfois même à leur propre cousin. On usait et abusait de cet excellent moyen de créer des alliances entre familles et souvent dès le plus jeune âge. L'affection avait bien peu à voir avec ces arrangements. On aimait ses enfants, ses parents, en revanche, l'on devait apprendre peu à peu à chérir son mari. L'amour n'était pas là une chose instinctive, mais une œuvre de construction. Geste après geste, comme pierre après pierre, on bâtissait la cathédrale solide et durable de l'amour conjugal. Un homme respectueux, affectueux et généreux, comme l'avait été le prophète Mahomet – et était tenu de l'être tout musulman – et une femme aimante, douce et obéissante trouveraient la sérénité d'un attachement profond.

Ces principes auraient bien plu à ma mère qui les partageait aussi. Moi, j'avais un cœur différent. Il battait quand bon lui semblait, sans raison, et terminait par tout emporter. *Tête folle, tu es une tête folle !* Ses mots résonnaient dans mon esprit, en cadence avec nos pas sur le pavé des chaussées grimpantes. Peut-être n'avait-elle pas tort ? Toute ma vie n'avait été qu'une amère folie. Se marier avec un paysan sans le sou et le suivre à la guerre, pour finir par le perdre et se retrouver prisonnière sur une île déserte en proie aux pires sévices. Abandonner un homme bon pour une simple passion et laisser échapper la possibilité d'une douce captivité en Angleterre, pour terminer enfermée dans un harem, loin de tous les miens. La vie avait voulu dompter ce cœur rebelle. Mais il continuait malgré tout à espérer avec la secrète certitude que je m'en sortirais.

Notre cortège s'arrêta devant une immense porte arquée, en bois clouté, au-dessous d'un auvent en cèdre. Les servantes de la maison nous reçûmes sans tarder et nous retirâmes nos souliers avant d'entrer.

XII

La sœur du pacha, une jolie femme d'une trentaine d'années, petite, mince, au corps nerveux nous reçut assise sur un divan de brocart d'or. Son allure un peu austère et son long voile, qui recouvrait entièrement les cheveux et les oreilles, lui conféraient l'aspect d'une sévère dévote. Les esclaves baisèrent respectueusement le revers de son châle et se retirèrent debout au fond de la salle. Leïla lui embrassa la main avant de prendre place sur un coussin à ses côtés. J'en fis de même. D'autres amies arrivèrent et la pièce s'emplit peu à peu. Elle était aussi luxueuse que les salons de notre palais. Des faïences polychromes formant de larges feuilles d'acanthe ornaient les murs. Les fleurs géométriques du plafond à caissons en bois sculpté reprenaient les tonalités rouge, orange et vert des tapis en soie.

Les esclaves servirent un véritable festin : *chorbas*, la soupe traditionnelle du ramadan à l'orge, aux pois chiches et aux boulettes de viande hachée de mouton, *bazlamas*, un pain plat cuit à la poêle, *boureks* de pommes de terre et d'olives, une variété de bricks aux légumes, de tajines d'agneau, de pigeons aux dattes ou de poulet au citron confit et divers couscous.

Safiye Effendi s'extasiait devant Leïla, la comblant de compliments et l'invitant à manger pour bien nourrir cet être qui grandissait en elle. Un doux regard maternel illuminait ce visage strict.

— Un garçon ! Moi aussi, je sens bien que c'est un garçon. Et il fera de grandes choses ce petit homme.

Elle se tourna soudain vers moi :

— Et vous, vous êtes bien la jeune fille arrivée par mégarde avec ces soldats français ? Ceux qui sont repartis, il y a deux semaines ?

Je reçus ses paroles comme une claque inattendue et répétai la question dans ma tête. Avais-je bien saisi le sens de la phrase ? Non, mon turc me jouait des tours. Ce n'était pas possible. Ils ne pouvaient pas s'en être allés. Ils avaient promis de m'aider. Louis ne m'aurait pas abandonnée ! Pétrifiée, je restai muette. La femme du vizir m'observait, surprise, sans comprendre ma réaction. Alors, Leïla reprit comme si de rien n'était :

— Oui, c'est bien elle. Elle est un peu timide, mais elle apprend vite. Elle connaît déjà bien nos prières, vous savez.

— Comment ça, repartis ?

Les mots s'échappèrent de mes lèvres violemment sans que je m'en rende compte. J'eus peur que notre hôtesse ne s'en offusquât, mais elle me répondit le plus naturellement du monde.

— Vous n'êtes pas au courant ? Finalement, M. Ferrier, le vice-consul, a convaincu un corsaire de bien vouloir les rapatrier en France. Cela lui a coûté assez cher, m'a-t-on dit.

— Tous ? Même l'officier ?

— Oui, tous, évidemment.

Blême, j'interrogeai Leïla du regard. Mon amie confirma ce que j'avais cru entendre. Elle était soulagée de me donner la nouvelle.

— Tu vois, ils ne sont pas au bagne. Notre sultan tient toujours parole. C'est un homme juste et bon.

Juste et bon ? Avait-il été juste et bon avec moi ? Pourquoi me gardait-il auprès de lui, loin des miens ? J'avais envie de hurler, de taper, de pleurer. Ils étaient partis, Louis aussi. Ils m'avaient oubliée. Comment avaient-ils pu ? Mes doigts se crispaient, ma gorge se serrait, l'air me manquait. J'allais défaillir. Je me concentrai pour retenir les laves de rage qui voulaient déferler. Il ne fallait surtout rien montrer. Ce serait indécent. Je me forçai d'arborer un sourire poli, les paupières gonflées de larmes.

Les pâtisseries défilèrent. Je n'en touchai pas une seule. Autour de moi, les conversations allaient bon train, les rires aussi. De temps en temps, on m'adressait la parole. Mes lèvres souriaient timidement.

Après le café, une esclave apporta deux *kouitras* et tendit l'un des luths à Leïla puis l'autre à une jeune femme en face d'elle. Safiye Effendi adorait la musique. On clappa des mains, les corps se levèrent pour danser. Je restai impassible devant cette effervescence festive. Après la colère, la panique me gagnait peu à peu et la même angoisse tournait dans ma tête : je ne pouvais pas passer toute ma vie enfermée là. Quel avenir avais-je ? Finir comme elles, à chanter, manger, prier un Dieu qui m'était indifférent, et servir de pâture à un homme. Plus jamais de lever ou de coucher de soleil ! Plus jamais les paysages vallonnés et verts de ma tendre France, les senteurs, les saveurs de mon enfance ! Ne plus revoir le visage sévère de ma mère ou les yeux doux de ma sœur. Ne plus entendre la voix rauque de Louis.

Cette nuit-là, le sombre manteau de la solitude m'enveloppa lourd comme une chape de plomb. Ma grand-mère paternelle m'avait pourtant prévenue. Nous naissions seuls, vivions seuls et mourions seuls. Les autres n'étaient là qu'un temps pour nous accompagner. Nous les croisions, puis les abandonnions sur notre chemin qui n'appartenait qu'à nous. Tous, parents, enfants, époux ne faisaient que passer dans ce rêve doux-amer qu'est la vie. Ses mots revenaient à mon esprit : *C'est ta lutte. Ce sont tes choix, ne l'oublie pas ! Ne laisse personne d'autre les faire à ta place et acceptes-en les conséquences ! La solitude, il faut apprendre à l'apprivoiser.*

J'avais toujours admiré en secret cette vieille dame si différente de ma mère, qui m'enseignait à être libre par son exemple. Orpheline, elle avait refusé le prétendant proposé par ses tantes et avait épousé ce garçon de dix ans son aîné – qui la faisait soupirer depuis des années. Elle me racontait sans cesse ce premier émoi ressenti lorsqu'elle l'avait vu pour la première fois. Les muscles de ses bras qui poussaient la charrue, cette fierté dans le port, cette gaieté dans le regard. Elle se taisait alors et partait dans des songes enivrants, les yeux dans le vide. Pourtant, cet homme l'avait bien fait souffrir. Il lui avait donné sept enfants qu'elle avait élevés seule. Artiste, idéaliste, il n'était pas fait pour subvenir aux besoins d'une famille. Ce maquignon abandonnait son épouse des mois entiers et revenait juste pour lui remettre quelques billets et l'engrosser. Ma mère n'aimait pas sa belle-mère et, depuis la mort de mon père, nous la voyions peu. Mais je n'avais jamais oublié ses paroles. Elles étaient restées longtemps au fond de ma mémoire, judicieusement cachées et avaient décidé de refaire surface pour me consoler. J'avais choisi mon destin. Il fallait en assumer la conséquence avec force et courage.

J'essayai de dormir jusqu'à la fin de l'après-midi, étirant le temps dans cette couche réconfortante, refusant d'affronter la réalité. Je me réfugiai dans la douce volupté des rêves, parfois à demi éveillée.

J'étais blottie contre le dos de maman, dans son lit. J'aimais tant son odeur fraîche de savon noir. La senteur du linge qu'elle lavait à longueur de journée, pour la baronne, persistait sur ses mains et me rassurait. Les doigts de ma mère étaient calleux. J'adorais pourtant ces caresses rêches sur ma joue. Ce geste d'affection était malheureusement trop rare. Il fallait être malade pour qu'elle nous prenne dans ses bras. Un pleur ne suffisait pas. Depuis que papa était mort, elle s'était refermée sur elle-même et maintenait ses distances avec ma sœur et moi comme si notre père avait emporté avec lui tout son amour et asséché son cœur. Le jour de l'enterrement, elle n'avait pas versé une seule larme et s'était ensuite murée dans le silence pendant plusieurs semaines. Anne et moi pleurions tous les soirs de tristesse dans l'espoir vain d'une réaction de sa part. Mais c'était toujours grand-mère qui venait nous embrasser et avec qui nous prions devant le bénitier. Elle chantait même quelquefois une berceuse pour nous calmer. Les nuits où mon corps tremblait de fièvre contre le sien, maman était toute à moi. Je ne voulais pas m'endormir pour continuer à entendre son souffle régulier, redoutant l'angélus qui l'éloignerait. On la voyait peu. Elle travaillait de l'aube au coucher, tous les jours de l'année. Heureusement, sa toux à elle n'avait pas été sanglante. La mienne non plus. Papa, lui, n'y avait pas résisté.

Chaque jour, je me réveillai la bouche sèche, les reins meurtris, la tête endolorie, la poitrine prise dans un étau toujours plus serré, les yeux prêts à pleurer. Je me sentais intoxiquée par une nostalgie violente, physique : l'envie irrépressible de revenir chez moi, à Senlis, le besoin infantile du giron de ma mère. Redevenir enfant et tout oublier : la guerre, les hommes et ce Louis qui m'avait abandonnée. Le sourire du lieutenant finissait par apparaître et je versais la première larme de la journée. Pourquoi n'avait-il pas lutté pour moi ? Lui qui avait pris la tête de notre communauté à Cabrera, après le départ des officiers, et qui, avec le soutien des marins de la garde, menait les hommes d'une main de fer. Lui qui n'avait peur ni des assassins qui tuaient pour une poignée de fèves ni des cannibales qui, pire encore, dévoraient leurs victimes. Je l'avais vu en venir plus d'une fois aux poings. Pourquoi avoir renoncé devant un sultan ? Je n'avais plus la force de vivre ni celle de mourir, seulement d'hiberner. Naïlé m'obligeait à me lever pour les prières et m'évitait ainsi le cachot. Mais je retournais immédiatement après dans les bras de Morphée. À la rupture du jeûne, Leïla, préoccupée, venait me chercher et m'aidait parfois à me préparer. Elle grondait alors ma servante, qui n'avait pourtant pas le pouvoir de contrarier les volontés de sa maîtresse.

Laylat al-Qadr, la nuit du destin, arriva vite. Pendant cette nuit bénie, la vingt-septième du ramadan, celle où le Coran fut révélé au prophète Mahomet par l'ange Gabriel, tous nos péchés seraient pardonnés et nos demandes exaucées. J'y croyais peu. Qu'elles soient au dieu chrétien ou à l'Allah musulman, mes oraisons n'avaient jamais été entendues. Leïla vint me réveiller très tôt. Il fallait se rendre à la grande mosquée avec le pacha pour y faire *Icha*, la cinquième prière.

— Allez, Alev ! Dépêche-toi ! Au hammam ! Cela fait combien de jours que tu ne t'es pas lavée ? Mais regarde-moi ces cheveux ! me sermonna mon amie.

Lasse, je m'exécutai. Plus je dormais, plus j'étais fatiguée. Tous mes membres pesaient. Je traînai mes pas jusqu'au bain. L'eau sur mon corps nu qui avait légèrement maigri, mais continuait à afficher une poitrine toujours plus épanouie, me revivifia. Naïlé me frotta vigoureusement en silence. Chaque parcelle s'éveillait peu à peu. Je me laissai aller au bien-être de ses massages. J'en sortis propre et revigorée. Mes cheveux embaumaient le jasmin, ma peau était douce, mon esprit serein. Les larmes avaient fait place à une étrange paix intérieure qui me surprit. Ma servante me vêtit avec la nouvelle tenue confectionnée pour l'occasion. Je me rappelais vaguement en avoir choisi les tissus avant le carême. Puis, cachée sous le long drap immaculé du *haïk*, une voilette délicatement brodée sur le bas de mon visage, je rejoignis les autres concubines. Selma prit place à mes côtés :

— Je suis tellement contente de te voir debout. Moi aussi, ils m'ont pris mon Yanis. J'ai beaucoup pleuré, pensé au pire, pourtant il faut continuer à vivre malgré tout. La vie est précieuse, Alev. On n'a pas le droit de la laisser s'échapper. Ce serait une offense à nos mères qui nous l'ont donnée. Tout passe, tout. C'est même triste, je n'arrive pas à bien me rappeler ses traits. Il n'est plus qu'un portrait à l'encre effacée.

Ses yeux s'embuèrent. Je la remerciai par un sourire. Je savais que tout guérissait, que l'on avançait en créant de nouveaux souvenirs qui ne tarderaient pas à éclipser les précédents. Nous n'étions rien d'autre qu'un amoncellement de sédiments de souvenances qui, peu à peu, façonnaient la butte de notre personnalité. J'avais survécu à la mort de l'homme de ma vie, n'avais pas cédé à la tentation du suicide, même si je l'avais effleurée. Louis avait remplacé Armand. J'avais lutté sans cesse dans le passé, je l'avais fait pour mon mari, pour mon compagnon. Pour qui résister désormais ? Pour moi ? Peut-on vivre que pour soi ? Peut-on vivre sans aimer et être aimé ? J'étais épuisée, sans force pour continuer.

L'épouse du dey et ses filles menaient le cortège, derrière les gardes. La mosquée Al-Sayyida se trouvait devant notre palais de la Djénina. La rue Bab El Oued et la place où nous nous étions arrêtés lors de notre arrivée à Alger avaient été brillamment décorées de lanternes multicolores. Des lampions, suspendus d'un minaret à l'autre, dessinaient en lettres de feu, sur le ciel obscur, des maximes et des mots de piété. Les tours elles-mêmes étaient entièrement recouvertes de lumière. Nous devions entrer dans la mosquée avant les hommes et disparaître derrière les paravents dorés installés à cet effet. Après nous, une parade militaire grandiose escorterait le pacha, dont la venue serait saluée par vingt et un coups de canon, des feux de Bengale et d'artifice.

J'observais avec curiosité ce lieu de culte. Il était aussi impressionnant que nos cathédrales, haut, mais de forme circulaire. Les piliers lisses aux chapiteaux corinthiens, qui soutenaient les coupoles, étaient construits en pur marbre blanc. Des versets du Coran aux caractères d'or sculptés sur des fonds aux teintes variées ornaient les côtés du dôme principal et la niche réservée à l'imam. La partie inférieure du mur était revêtue de faïences peintes. Tant de couleurs vives ! Le sol, simplement recouvert de tapis et sans meubles, augmentait la sensation de grandeur. Je me sentais minuscule dans cette vastitude. On y ressentait la même humilité que dans nos églises, nous insignifiants face à ce Dieu tout-puissant. Nous nous retirâmes, à l'abri des regards, sous l'une des coupoles en stuc.

La voix de l'imam retentissait dans l'espace rempli jusqu'au dernier mètre :

— Au nom d'Allah, le Tout miséricordieux, le Très Miséricordieux. Nous l'avons certes fait descendre pendant la nuit *d'Al-Qadr*. Et qui te dira ce qu'est la nuit d'*Al-Qadr* ?

La nuit d'*Al-Qadr* est meilleure que mille mois. Durant celle-ci descendent les anges ainsi que l'Esprit, par permission de leur Seigneur pour tout ordre. Elle est paix et salut jusqu'à l'apparition de l'aube.[1]

J'avais décidé de rester indifférente à ce discours. En quoi prier en cette nuit sainte allait-il m'aider à m'échapper ? Et puis le ministre de Dieu insistait encore. Les vœux seraient accomplis dans l'année et tout péché serait pardonné. Je finis par me laisser bercer par ces promesses. Seul un miracle pouvait me sauver. Pourquoi ne pas essayer ? Je me vis remercier le Seigneur d'avoir protégé Louis, de m'avoir gardée en vie et lui demander une toute dernière chose : revenir dans ma patrie. Un flot de sourates et d'invocations s'écoula de ma bouche avec force. J'avais tellement envie d'y croire. Cette fois-ci, il m'entendrait. Oui, c'était sûr que si je priais avec conviction, mes oraisons seraient exaucées.

En sortant de la mosquée, une foule immense nous attendait. Pendant tout le ramadan, les portes des maisons et les tables restaient ouvertes à tous, pauvres, riches, amis ou étrangers. Les musulmans se devaient d'être plus généreux avec les démunis pendant ce mois sacré. Nous avions pris de grandes bourses et distribuions des pièces sur notre passage. C'était si agréable de se sentir utile pour une fois. Les mains se tendaient derrière les janissaires et les sourires nous remerciaient.

Après le festin, plus grandiose que ceux des jours antérieurs, nous nous assîmes en rond autour d'une concubine qui commença à lire le Coran. Leïla était heureuse de ne pas me voir déjà recouchée. Les autres nuits, je n'avais pas attendu la collation du *Sahur*, juste avant l'aube, pour rejoindre mon lit.

---

1. Coran, Sourate 97, *Al-Qadr*.

— Si tes prières sont sincères, Allah t'aidera. Il ne faut plus penser au passé. Il est derrière nous, le futur n'existe pas encore. Hier n'est que le souvenir d'aujourd'hui et demain est son rêve. Et puis, tu verras, l'avenir n'est jamais écrit, m'encouragea-t-elle.

Sa franche amitié me faisait chaud au cœur. Je n'étais pas si seule après tout. Elle était là. Je bus ses paroles avec avidité, essayant d'en empreindre mon esprit tout entier. Mon expérience ne m'avait-elle pas démontré que la vie n'était pas linéaire ? Pourquoi le deviendrait-elle désormais ? Il ne fallait jamais désespérer. La mélancolie avait brouillé toutes mes pensées. Tout mon monde s'était teinté de gris. Emportée dans un cycle infernal, mon humeur avait noirci à une vitesse abyssale. Mais ces mots entravaient le rouage et m'obligeaient à réagir.

Mon amie se leva, me prit la main et m'entraîna avec elle. Le jardin du palais était ouvert pendant les fêtes. Les gardes s'en retiraient, mais des janissaires en sentinelle le surveillaient le long des murs extérieurs. À cette heure tardive, les princes et princesses avaient vidé les lieux. Il n'y avait personne d'autre que nous. Il y régnait un silence puissant et réparateur, interrompu par le seul bruissement du vent dans les feuilles. Nous prîmes place sur un banc recouvert de coussins en soie. Par-ci, par-là, des lanternes accrochées aux arbres éclairaient faiblement le sol, mais les couleurs voilées par l'ombre se devinaient encore. Des flots de chèvrefeuilles envahissaient les pieds des bananiers, des morelles aux fleurs blanchâtres et violacées s'élevaient sur les palmiers. J'admirai, un par un, les acanthes, les géraniums, les pélargoniums, les mimosas et les roses blanches qui tapissaient pêle-mêle le parterre. Une divine senteur de fleurs d'oranger se répandait tout autour de nous. J'inspirai à pleins poumons et levai les yeux vers les milliers d'étoiles qui scintillaient dans le ciel. Nous n'osions pas parler, perturber de notre présence le charme de cet éden. Un pétale de rose, emporté par la brise, se posa sur mes genoux. Je le pris dans le creux de la main. Il était délicat, frais, si doux au toucher. J'esquissai un sourire.

Leïla venait de m'initier au plaisir de la contemplation : être là, ancrée dans le moment présent, détendue, jouir de la beauté de ce qui nous entourait, l'unique chose qui vraiment existait.

XIII

Le dernier soir du mois fut attendu avec impatience. Dès que la nouvelle lune serait aperçue dans le ciel, le jeûne terminerait officiellement jusqu'à l'année suivante. La sultane nous avait toutes réunies. Elle voulait les siens auprès d'elle pour cet évènement. Leïla était resplendissante dans sa tenue juste étrennée. Débarrassée définitivement du mauvais œil – la vieille Berbère était venue le lui confirmer, ce qui l'avait rassuré –, la future mère se sentait soulagée et confiante. J'avais repris des couleurs ces trois derniers jours et fait un effort pour m'apprêter au mieux.

Le coup de canon tant désiré ébranla le palais tout entier. Une clameur fit écho aux cris de joie qui provenaient de la ville. Les concubines levaient les bras, s'embrassaient. Je n'avais jamais vu le harem dans une telle frénésie. Même celles qui se haïssaient d'ordinaire se tendaient la main. Les ennemies oubliaient leurs griefs. Le bruit était si étourdissant que l'on entendait à peine les vœux de bonheur que l'on nous adressait. Je découvrais là, pour la première fois, une véritable famille qui s'aimait et se détestait. Cela faisait plaisir à voir.

Toutes les femmes, vêtues de leurs plus élégantes parures, arboraient des paumes et des doigts fraîchement teintés au henné. J'avais dû, moi aussi, me soumettre au supplice de ce traitement de beauté.

À l'époque des fêtes, les arbustes se retrouvaient entièrement dépouillés de leur feuillage et ceux de notre jardin faisaient pitié. Tout d'abord séchées, puis pulvérisées avec du jus de citron vert et quelques gouttes d'eau, les feuilles formaient une pâte qui était malaxée longuement avant d'être exposée au soleil. Une fois retravaillée avec un peu de lime, les esclaves nous l'appliquaient avec délicatesse sur la première phalange, l'intérieur des mains et la plante des pieds jusqu'à deux centimètres au-dessus de ce dernier. Le tout était recouvert de feuilles tendres puis enveloppé solidement dans du linge. Nous devions rester bandées toute la nuit, sans bouger, afin de ne pas déplacer l'enduit. Les moucherons et les moustiques se précipitaient alors sans relâche sur cette proie facile qui ne pouvait se défendre. Ce n'était qu'au petit matin qu'un lavage nous délivrait enfin de ce tourment. La même opération se répétait trois jours de suite. Trois nuits sans dormir. Le chausson orangé durait jusqu'à six semaines.

Son Altesse Fatma vint me saluer. Elle embaumait un mélange fort de rose, d'ambre et de musc.

— J'espère que personne ne te cause de problèmes. Je suis là si c'est le cas, tu peux toujours te confier à moi. Parler fait le plus grand bien quand on va mal.

Son ton était inhabituellement maternant. Je la remerciai pour sa sollicitude et la rassurai. J'allais mieux et personne ne m'avait importunée.

— Tu sais, la chose la plus précieuse que tu possèdes au monde est aujourd'hui. Il y a trois jours de fête devant nous. Amuse-toi, profites-en ! Comme on dit chez nous, ce qui est passé a fui, ce que tu espères est absent, mais le présent est à toi. Qu'Allah te protège ! *Inch Allah* !

Leïla et Son Altesse Fatma avaient peut-être raison. Il était temps pour moi d'apprendre à savourer l'instant. Je n'avais jamais vécu que pour le futur. Toute une adolescence à rêver au prince charmant qui me permettrait de partir de chez ma mère que je ne supportais plus. Puis l'attente heureuse du mariage, les préparatifs pour ce jour qui s'était si vite écoulé. Et enfin, le temps suspendu de ces trois dernières années à espérer, en vain, ce retour en France si désiré. C'en était fini de languir dans le vide et pour des hommes qui m'abandonnaient toujours ! Bel et bien fini ! Qu'est-ce qui m'empêchait de profiter de ce que j'avais ? Ici, j'étais bien traitée, couverte d'or et de soie, sans ne devoir jamais travailler. Il suffisait de prêter son corps de temps à autre. Pouvait-on s'y habituer ?

Quand je partis me coucher, la cour aussi était en ébullition. De toutes parts, des esclaves débitaient des ordres et se querellaient, surmenées qu'elles étaient par les repas du lendemain à préparer. Le bétail, moutons, chèvres, bœufs, poules, canards, pigeons avaient été égorgés, la tête immédiatement séparée, en prononçant les paroles consacrées *Au nom du Dieu miséricordieux*. Des ruisseaux de sang coulaient encore sur le sol en marbre. Je cherchais Naïlé que je ne voyais nulle part. Je la trouvais dans ma chambre, affairée avec les trois nouvelles toilettes achetées expressément pour les fêtes. J'en choisis une sans tarder et la sommai d'aller se coucher. Une longue journée nous attendait. Ma petite servante était nerveuse. Elle désirait que sa maîtresse soit la plus belle pour le *Baïram*[1].

La nuit fut courte. Je me levai excitée à l'idée des cadeaux à offrir à ma domestique et à Leïla. Après ma rencontre

1. Plus connu aujourd'hui dans le monde arabe sous le nom d'*Aïd el-Fitr*.

avec le dey, on m'avait remis une bourse bien pleine qui m'avait permis d'acquérir une paire de créoles et un bracelet d'où pendaient de nombreux *nazar boncugu*. Ces yeux bleus protégeraient mon amie et son enfant.

Après la prière de l'aube, Naïlé vint m'habiller et m'apprêter. Elle se surpassait en parfum, khôl, poudre, baume à lèvres et pestait contre le peu de joaillerie que j'avais. Puis, tout sourire, elle me tendit un paquet :

— Sais donner présents après grande prière, mais voilà, pense plus utile maintenant.

Mes yeux s'arrondirent de surprise. Elle aussi avait songé à moi. Une ceinture en passementerie de pur fils d'or et de soie avait été brodée par ma servante. Çà et là, de fines perles blanches formaient des fleurs. Combien d'heures avait-elle passées à confectionner une telle merveille ? Ce geste me toucha tant que mon regard s'embua.

— Merci ! Vraiment merci. C'est si beau !

Je la pris dans mes bras et l'embrassai. Gênée, elle ne savait trop comment réagir devant cette démonstration de tendresse. Une concubine maintenait toujours ses distances avec le personnel, jamais de familiarité. J'ouvris mon coffret de nacre et d'ébène et en sortis des boucles d'oreilles.

— Ça, c'est pour toi !

La jeune Africaine poussa un cri de joie. Ce n'était pas un bout d'étoffe pour se faire un vêtement ou une de mes anciennes toilettes, comme il était d'usage, mais un bijou en or massif digne d'une des femmes du sultan. Les esclaves ne portaient que de l'argent et des pierres semi-précieuses. Elle les contemplait, les soupesait dans sa main droite. Elles étaient lourdes et presque aussi grandes que sa paume.

— Allez, essaie-les !

Naïlé, tout à coup intimidée, n'osait pas. Je lui approchai un miroir. Cela me faisait tellement plaisir de gâter la jeune adolescente qui était coquette. Elle me servait avec diligence, toujours aux petits soins, honnête et discrète, pas comme la majorité des domestiques qui, dès que leur maîtresse avait le dos tourné, en profitaient pour les critiquer.

Un coup de canon retentit, suivi d'un autre. Ils se succédèrent sans interruption. Les vaisseaux de guerre du port lancèrent vingt et une salves. Le sultan se rendait à la mosquée, escorté de ses fils, dont certains avaient réalisé de longs voyages pour l'accompagner en ce jour sacré. À ce que l'on m'avait raconté, le déploiement des janissaires était extraordinaire. Sur tout le parcours du cortège, l'infanterie faisait la haie en rangs serrés pour maintenir le peuple en arrière. Les ministres à cheval ouvraient la marche, suivis du *khaznadji* et du *Cheikh-ul-Islam*. Ensuite venait le dey, majestueux sur son étalon blanc, caparaçonné d'or et de pierreries, deux écuyers en costume à ses pieds. On entendait du palais le clairon qui annonçait son arrivée pour que les troupes présentent les armes et que la fanfare joue la marche royale. S'ensuivaient par trois fois l'appel du salut et le roulement du tambour qui préludait la clameur des escadrons : Mon dey, vis longtemps !

Au harem, les sultanes mariées commencèrent à déferler. La deuxième épouse du pacha ainsi que Safiye Effendi participeraient aux festivités. Nous étions toutes réunies dans le grand salon pour prendre des rafraîchissements avant la réception officielle du sultan dans la salle du trône. Je saluai et présentai mes vœux à la sœur du dey, qui même en ce jour de fête, portait une tenue des plus austères. Elle était accompagnée d'une servante sicilienne, juste un peu plus âgée que moi, joliment habillée et couverte de bijoux. Leïla ne tarda pas à nous rejoindre.

— Ah, voilà enfin la belle future mère ! s'écria Safiye Effendi. Viens, approche-toi ! J'ai un cadeau pour toi.

Elle fit signe à l'esclave de s'avancer.

— Voici Djémilé. Tu vas avoir besoin de plusieurs nourrices pour ton nouveau-né. Elle est intelligente et a de l'expérience avec les enfants. On me l'a fortement recommandée.

Je la dévisageai, effarée. Cette fille gracieuse était offerte comme une marchandise et cela paraissait normal. Mon amie, un franc sourire aux lèvres, la remercia avec effusion. Plus que deux mois et le fils du dey serait là.

— Un enfant du printemps ! s'exclama avec enthousiasme sa protectrice. Il sera en harmonie avec l'univers, d'une force inestimable et d'une santé de fer. Naître quand tout renaît autour de nous est le signe d'un grand destin.

À ces compliments, la favorite se redressa, fière. Oui, son fils allait accomplir de belles choses, elle le savait déjà et ferait tout pour qu'il en soit ainsi.

On vint nous chercher pour nous amener dans la galerie qui donnait sur l'immense pièce où se déroulait la cérémonie du baisemain. Une grille de décoration nous permettait de tout voir sans être vu. Le pacha était assis sur son trône, droit et impérial dans son caftan rouge aux passementeries de fils d'or, le turban rehaussé d'un énorme rubis. La lumière du jour faisait scintiller les deux cent soixante-cinq diamants qui ornaient le manche de son sabre. À sa droite, tous les princes en grand uniforme étaient rangés par ordre d'âge, à sa gauche, les ministres. Les généraux, les officiers supérieurs et les aides de camp complétaient les trois autres côtés du carré. Ils avaient déjà tous exécuté plusieurs saluts jusqu'à terre et baisé le cordon en velours écarlate que tenait le maréchal de la cour. Arrivèrent alors, dans l'ordre protocolaire, les hauts fonctionnaires de l'état, les consuls étrangers, puis les dignitaires civils.

À l'appel nominal, ils entraient, faisaient le tour de la salle en passant derrière les troupes qui formaient le quadrilatère, puis, à quelques pas du pacha, se courbaient jusqu'au sol et embrassaient le ruban avant de se retirer. Le défilé s'acheva par la venue du *Cheikh-ul-Islam*, vêtu d'un long manteau de drap blanc bordé d'or. Il pénétra dans l'espace central et attendit que le sultan s'avance à sa rencontre pour le saluer. Les oulémas le suivirent, en habits verts, mauves ou bruns, puis les patriarches des divers cultes chrétiens.

La musique s'élevait jusqu'à nous. Un tel spectacle régalait nos yeux, nous qui n'avions pas vu d'hommes depuis des mois. Les jeunes concubines et les princesses chuchotaient entre elles, étouffant leur rire. Les plus âgées rêvaient à des mariages prometteurs pour leurs filles : trouver l'époux idéal, celui dont la position assurerait leur bien-être et celui de leur descendance. Des unions qui les favoriseraient, leur conférant un certain pouvoir politique grâce à leur ascendant sur leur héritière. Car sous le couvert de leur voile, je découvrais peu à peu que les épouses pouvaient influencer ces hommes-là. Le lit était un endroit stratégique où le mari, après avoir assouvi ses besoins de chair, écoutait les suggestions de sa compagne. Si elle était habile, elle pouvait, avec le temps, devenir sa principale conseillère.

Selma et la Sarde fantasmaient et se trémoussaient devant la beauté d'un officier aux yeux bleus dont la stature dépassait celle des autres.

— Il doit avoir des origines kabyles, souligna ma voisine de couche. Il est séduisant, n'est-ce pas Alev ? Ou tu n'aimes pas les bruns ?

— J'avoue qu'il est assez attrayant. Mais, je préfère les blonds.

— Donc celui-ci, je le garde pour moi. Pour toi, il y a le consul anglais ou le français.

Je tressaillis. M. Ferrier était là ? J'observai l'assemblée, le cherchant entre la file des hommes habillés à l'occidentale. Je reconnus la cocarde blanche du bicorne et les broderies végétales de la redingote. Il fallait saisir l'occasion. Elle ne se répéterait pas. Prétextant un besoin pressant, je me retirai immédiatement. D'un signe de la main, j'indiquai à Naïlé de me suivre jusqu'à la chambre. Puis je cherchai mon calame et un bout de papier et m'empressai de griffonner trois phrases en français.

— Tiens ! Écoute-moi bien. Il y a le vice-consul français dans la salle. Il porte un chapeau sombre bordé de plumes et une longue veste noire avec une ceinture ivoire à la taille comme un Européen. Sur le bicorne, il y a un ruban blanc en forme de fleur. On ne peut pas se tromper. Tu m'as parlé de ton ami eunuque, le jeune nubien. Trouve-le et donne-lui cette note. Qu'il la remette discrètement au diplomate à la sortie de la cérémonie ! Dépêche-toi ! Ils sont sur le point de partir.

Ma servante blêmit et ouvrit de grands yeux terrifiés.

— Tu as bien compris, tu veux que je répète ?

Le temps pressait et son indolence m'exaspérait.

— Ça, interdit. Ça, trop dangereux, finit-elle par bredouiller.

— Naïlé, vite, allez ! Ne te fais pas prier ! Ce sera trop tard.

Elle entortilla ses mains derrière le dos sans prendre le pli, se mordit la lèvre inférieure, puis s'arma de courage :

— Maîtresse sait ce que sultan fait à Selim si quelqu'un voit lettre ? Peux pas lui demander ça. Lui terminer sur crochet de Bab-Azzoun.

Je m'arrêtai net. Emportée dans mon élan, je n'avais pas songé aux possibles conséquences de mon acte. Je ne pouvais pas mettre en péril leur vie pour moi, ce n'était pas juste. Je pris le papier et le déchirai de rage en mille morceaux.

— Va le brûler dans un mangal ! Cours !

La fureur provoquée par l'impuissance me faisait serrer les poings. J'avais envie de crier et frapper contre la faïence du mur, quand je me rendis compte que notre orchestre avait commencé à jouer dans le vestibule du harem. Le dey était sur le point d'arriver. Il fallait que je me reprenne. Je respirai profondément et fermai les yeux un instant avant de me précipiter vers le grand salon.

J'entrai juste à temps pour me mettre moi aussi en rang. Nous allions à tour de rôle, selon le rituel de l'étiquette, lui baiser respectueusement la main et lui présenter nos souhaits de bonheur. Attentif et détendu, il avait un mot gentil pour chacune d'entre nous.

— On m'a loué tes dons pour l'étude et la danse. J'espère que demain, nous aurons la chance de voir en action notre petite fleur française.

Son sourire en disait plus que je ne l'aurais voulu. Tentant de cacher le léger chevrotement qui altérait ma voix, je répliquai comme un automate :

— Selon vos souhaits, Votre Majesté.

Le premier soir, nous étions invitées dans les appartements particuliers du sultan pour assister à un concert de musique. Le jour suivant, c'était le harem qui organisait une fête et donnait en spectacle ses danses aphrodisiaques. L'une des danseuses partageait inexorablement la couche du seigneur. Les places étaient chères et les concubines se les disputaient. J'allais me faire de nouvelles ennemies. Qu'en penserait Leïla ? Mais avais-je le choix ? Spontanément, mes jambes se croisèrent pour protéger mon intimité. Le corps a sa propre mémoire et ses propres instincts.

— C'est avec impatience que nous attendrons votre performance.

Je me retirai, pâle. Il allait me solliciter.

J'aurais voulu parler seule avec Naïlé pour m'excuser. J'avais honte du ton avec lequel je m'étais adressée à elle. Mais Leïla m'avait prise par le bras et ne m'avait pas lâchée. Nous allions déjeuner dans ses appartements. Après le café, les alliées de la favorite se retirèrent, je me levai aussi. Je n'étais pas en état de converser.

— Reste un peu ! J'ai une surprise pour toi.

Je me rassis, contrariée, mais me gardai de le montrer. Elle fit un signe de la main à l'une de ses esclaves qui s'approcha et me tendit un coffret.

— Que la *Khamsa* te donne le pouvoir et la force, et qu'elle te protège contre la mélancolie ! s'exclama-t-elle sur un ton enjoué.

Elle avait fait graver à l'intérieur d'une main de Fatma, montée sur un large jonc ciselé d'arabesques : « À ma seule amie, Leïla ». Mes yeux se voilèrent d'émotion, je me penchai et étreignis son avant-bras en signe de remerciement. Cette déclaration m'allait droit au cœur. Je me souvins alors du bracelet que je lui avais acheté. Je l'avais confié à Naïlé le matin même pour être sûre de l'avoir avec moi. Ma petite servante, prévenante, s'avançait déjà pour le lui remettre.

— Voilà pour toi et ton enfant.

La favorite caressa son ventre puis ouvrit l'écrin et enfila les breloques à son poignet droit.

— Je ne le quitterai pas jusqu'à ce qu'il soit né. Maintenant, rien de mal ne peut nous arriver !

Sur ce, un eunuque du sultan se fit annoncer. Il apportait les généreux cadeaux du dey. Dans la salle aux trésors, Son Excellence organisait la distribution lui-même, avec l'aide d'Amber Agha. Choisir ces petites attentions pour sa famille était l'un de ses plus grands plaisirs. Tout le monde était pourvu, même les milliers de pauvres qui se présentaient au palais quatorze jours plus tard pour obtenir leur dû. Il s'informait auparavant de ce que nous désirions. Je n'avais rien demandé. Que pouvais-je souhaiter, si j'avais tout et bien plus ? Mon seul et unique vœu ne me serait pas concédé : la liberté.

Je reçus du pacha un tour de tête en perles orné de trois larmes de saphir, des pendants d'oreille et un collier assorti, un flacon de parfum, une fourrure de zibeline qui me serait très utile pour les nuits fraîches, et de nombreuses pièces d'or.

Leïla hurla de plaisir à la vue de la parure de diamant et émeraude, boucles, bague et sautoir que le garde lui remit. Elle était digne d'une sultane. Ses yeux se mirent à briller intensément et ses joues s'enflammèrent lorsqu'elle déroula le petit papier qui était tombé du coffret en argent sculpté. Le pacha y avait écrit de sa propre main : « Nous n'avons qu'un seul désir : te voir. L'océan de ma convoitise est sans rivages ». Il la demandait, même dans un état de grossesse aussi avancé. Mon amie était si heureuse que je l'enviais.

Nous parlâmes longuement en confidence. Les mots soignent les maux. J'avais besoin de guérir de Louis. Cet après-midi-là, la favorite oublia ses principes – ne jamais évoquer le passé – et m'écouta, attentive.

— La première fois que je l'ai vu, ce n'était qu'un immense corps inerte d'où pendaient de longs cheveux blonds. Nous étions à Cabrera depuis un mois et nos ennemis venaient de décharger de nouveaux prisonniers. Il avait le typhus comme mon mari et on nous conseillait de ne pas trop nous approcher de ces malades-là. Mais moi, je les soignais tous, pas exclusivement ceux qui avaient la gangrène ou la dysenterie. Chaque homme méritait mon attention. Les laisser mourir seuls, tels des chiens, ce n'était pas humain. L'unique chose que nous pouvions faire était rester à leur côté jusqu'au bout. J'ai donc pris de l'eau pour essayer de le faire boire. Il a ouvert les yeux, deux prunelles grises qui m'ont hypnotisée. C'est comme si je l'avais reconnu, tu vois. Comme si je le connaissais depuis toujours. Tu vas croire que je suis folle.

— Non, pas du tout. Moi aussi, je suis tout de suite tombée amoureuse du regard d'Ali. Il y a en lui quelque chose de familier.

Elle l'avait appelé par son prénom. C'était interdit. Il n'y avait plus de favorite ni de concubine, mais juste deux amies qui se confiaient. Je poursuivis :

— Il a survécu et je n'ai pas pu l'oublier. Henri m'avait prise sous sa protection, car il m'était arrivé une vilaine chose. Les hommes sont dangereux parfois. Armand mort, j'étais seule et à la portée de tous.

— Tu n'as pas besoin de me l'expliquer, je sais.

— Henri était l'un des chirurgiens. Il était bon avec moi. J'avais fini par le laisser m'embrasser et il m'affichait comme sa compagne. Plus le temps passait, plus je n'osais pas le contrarier. C'est horrible ce que j'ai fait. Je lui ai menti, tu vois. Je lui ai laissé croire que je l'aimais. Et je l'aimais, mais différemment.

Je ne pus retenir mes sanglots. Leïla prit mes mains entre les siennes.

— Ce n'est pas ta faute. Les choses arrivent, c'est tout. On ne les contrôle pas. C'est Allah qui dirige tout.

— Je ne t'ai pas dit le pire. J'ai trompé Henri et le lui ai caché. Je ne savais pas quoi faire. J'essayais de me persuader que le plus raisonnable était de rester avec lui. Il m'aimait, je le lui devais. Puis, le jour où l'on nous a transférés sur les frégates en partance pour l'Angleterre, je ne suis pas montée sur le bateau, et Louis non plus. J'ai abandonné Henri sans un mot, lâchement. Dieu m'a punie en m'enfermant ici. Je mérite ce qui m'arrive.

Leïla resta coite, la bouche ouverte. Les larmes continuaient à couler, mais elles avaient perdu leur amertume. Le venin qui me consommait avait été déversé et quelqu'un le partageait. La favorite ne dit que trois mots :

— Je te comprends.

En sortant de son appartement, je lui lançai un grand sourire de gratitude. Elle cligna des yeux, heureuse de m'avoir aidée.

Dans la galerie, les concubines n'avaient jamais été aussi élégantes. Les couleurs les plus chatoyantes formaient un charmant tableau bigarré. Les cous, les bras, les doigts couverts de pierreries scintillaient sous le feu des lampions. Chez les plus jeunes, l'excitation était à son comble. On se rendait dans les appartements du dey. Mes yeux étaient encore légèrement gonflés, mais je me sentais mieux. Vidée et calme, je me laissai porter par l'enthousiasme ambiant, quand un hurlement aigu suivi de plusieurs coups secs éclata au-dessus du joyeux chahut. Les femmes, soudain, se turent. Un corps dégringolait dans l'escalier.

XIV

Tout le monde se précipita vers la balustrade. On voulait voir ce qui se passait. De toutes parts, les esclaves criaient, affolées :

— Un médecin ! Un médecin ! Elle saigne.

La horde de curieuses qui s'était amassée dans la cour empêchait tout mouvement rapide. La rumeur commença à circuler. Deux concubines s'étaient disputées pour une question de collier et l'une d'entre elles avait fini par pousser l'autre et la faire tomber. Mais personne ne savait de qui il s'agissait. J'essayais, en vain, de me faufiler moi aussi contre la rambarde et réussis à me glisser derrière Yasemin. Je me hissai sur la pointe des pieds. Un corps inerte était étalé sur le marbre, face contre terre. Du voile dépassait une longue chevelure blonde. Au poignet brillaient les gouttes en pâte de verre bleue d'un bracelet en or. Je reconnus mon cadeau. Mon Dieu, c'était Leïla !

Paniquée, je reculai violemment, me ruai vers les marches sans prêter attention aux coups de coude que je donnais ni aux babouches que je piétinais. Entre-temps, Amber Agha, accompagné d'une vieille femme, était entré dans le patio et nous ordonnait de nous retirer. Le sultan nous attendait.

La cour se vida en un rien de temps. Personne n'osait désobéir au chef des eunuques, même si la curiosité était vivement attisée, sauf moi qui restais là, sidérée, les yeux rivés sur la matriarche accroupie près de mon amie. Elle l'observa un instant avant de la retourner. Du sang coulait sur ses tempes. La favorite ne bougeait toujours pas. Était-elle encore en vie ? La douairière adressa quelques mots à Amber Agha que je n'entendis pas. Ce dernier souleva Leïla et l'amena dans sa chambre. Je le suivis discrètement jusqu'à la porte que l'on referma sur moi. J'étais folle d'angoisse et collai mon oreille au battant pour en savoir plus. Aucun son ne passait le bois de cèdre. Naïlé, qui m'avait retrouvée, me fit sursauter.

— Maîtresse doit aller à fête du pacha. Maîtresse peut pas offenser sultan sinon cachot. Viens Maîtresse vite ! me pressa-t-elle.

Je n'arrivai pas à bouger.

— C'est Leïla qui est tombée, réussis-je à balbutier. Elle est inconsciente, peut-être morte...

Ma jeune servante me prit par le bras. Je m'appuyai sur elle et la laissai m'emporter.

Nous traversâmes, presque en courant, le préau où des balançoires et un carrousel de chevaux de bois faisaient la joie des princes et des princesses. De l'autre côté, un spectacle de marionnettes tenait les plus sages assis tranquillement sous le regard satisfait de leurs gouvernantes. Nous arrivâmes essoufflées devant la porte de sortie du harem. Naïlé essuya les larmes qui s'étaient échappées de mes paupières, ajusta mon voile et mes colliers sur mon corset. J'inspirai et expirai plusieurs fois pour retrouver mon calme. Puis, quand je fus prête, un eunuque nous accompagna jusqu'au salon d'apparat.

Fusils décorés de plaques d'ivoire riveté d'or, sabres de Damas au fourreau orné de pierreries, yatagans à la lame incrustée d'inscriptions dorées du Coran, dagues garnies de diamants, pistolets sertis de corail recouvraient les hauts murs entre les miroirs. J'essayais de concentrer toute mon attention sur la salle pour ne plus penser à Leïla. Tant de richesses sur des instruments de mort me semblaient indécentes. Je pris place dans la partie de la pièce réservée aux femmes que des paravents séparaient des musiciens, artistes et chambellans. Sa Majesté, qui s'était rendue auprès des concubines pour les complimenter, remarqua mon arrivée tardive et me lança un regard intense. Je le saluai en me prosternant, rapportant ma paume droite aux lèvres puis au front, et me rangeai discrètement sur le côté. Accaparé par les nombreuses abeilles qui butinaient autour de lui, j'espérais qu'il m'oublie. Mais il finit par s'approcher.

— Elle est particulièrement belle notre fleur ce soir ! Leïla n'est pas avec toi ? Je ne la vois nulle part, s'enquit-il.

Personne ne lui avait rien dit. Je paniquai et rougis. Que répondre ? Un seul mot chevrotant parvint à sortir de ma bouche :

— Non.

— Il est vrai que c'est une longue journée pour une femme dans son état. Il faut qu'elle prenne bien soin de notre petit prince.

Je hochai la tête en signe d'assentiment, tâchant de dissimuler mes lèvres tremblantes par un sourire figé.

La soirée fut interminable. J'entendais à peine les pincements des luths et des cithares, les vibrations des lyres, le tintement ouaté des tambours de basque, la voix nasillarde des chanteurs. Mon cœur inquiet battait si fort que ses palpitations m'étourdissaient. Mes pensées tournaient en rond. Qu'avait-il pu se passer ? Était-ce un accident ou un acte de malveillance ? Mon amie était-elle encore de ce monde ? Enfin vint l'entracte. Des esclaves, vêtues elles aussi en tenue de fête, nous servirent des boissons glacées, des fruits et des gâteaux. Impatiente, j'en profitai pour interroger mes voisines :

— Sait-on si Leïla va bien ?

— Oui, j'ai entendu dire par Yasemin qu'elle a repris connaissance, me rassura Selma.

Ma mâchoire se desserra et je soufflai de soulagement. Les autres filles en profitèrent pour commenter l'évènement. L'ancienne favorite, qui avait perdu son nouveau-né à la naissance, avait remarqué la parure arborée par sa remplaçante. La fierté de sa rivale l'avait fait entrer dans une grande colère et des mots, elle en était venue aux mains. Un seul geste immédiatement regretté, mais trop tard. La future mère avait reculé et trébuché.

La sultane ordonna de taire l'incident au pacha pour ne pas lui gâcher les festivités. Et si Leïla s'en remettait, elle déciderait peut-être de ne jamais l'en informer. Son Altesse gérait le harem à sa manière et toutes lui obéissaient. Le sultan lui faisait entièrement confiance, ravi de pouvoir se reposer sur son épouse et rester loin des problèmes que les femmes engendraient.

Le lendemain, dès mon réveil, je ne songeai qu'à une chose : me rendre au chevet de mon amie. Vêtue de neuf à nouveau et coiffée et maquillée à la hâte, au grand désespoir de Naïlé qui désirait que j'excelle en ce deuxième jour du *Baïram*, je me dirigeai à pas rapides vers sa chambre. La porte en était soigneusement fermée et gardée par deux sentinelles qui me firent signe de rebrousser chemin. Les eunuques étaient avares en paroles. Ils ne s'exprimaient que par gestes. Leur voix aiguë ne s'entendait que quand ils se fâchaient.

Naïlé m'avait expliqué le terrible destin de ces jeunes abyssiniens et nubiens chrétiens, enlevés dès l'âge de huit ans pour être castrés avant la puberté et vendus en secret à des marchands arabes qui les destinaient aux harems les plus prestigieux de l'Empire ottoman. Enterré dans le sable jusqu'à la taille pendant plusieurs jours, seul un dixième survivait à la mutilation partielle ou totale de l'appareil. Dans les palais, ces garçons jouissaient d'une attention particulière. On leur apprenait la prière, la lecture, l'écriture, le calcul et les bonnes manières. Une fois adultes, leurs privilèges étaient nombreux.

La présence de ces vigiles m'inquiétait. Pourquoi surveillait-on l'entrée de l'appartement de Leïla ? Les galeries et les couloirs commençaient à se remplir. On recevait des visites ou on se réunissait dans les pièces des unes ou des autres. Les esclaves s'affairaient à préparer la grande fête du harem : décorer le salon de bouquets de fleurs fraîches, changer les bougies des lustres et des candélabres à pied placés dans les vestibules et la cour, disposer les mangaux aux endroits stratégiques, garnir les encensoirs de résine de myrrhe ou de benjoin. Certaines, les bras chargés de coussins, d'autres, de plateaux en argent, avaient du mal à éviter les enfants qui couraient partout exaltés. Je traînais çà et là dans les galeries, essayant de glaner des informations, en vain.

Le déjeuner fut servi de bonne heure. Le drame de la veille était le centre de toutes les conversations et source d'affabulations. Personne ne connaissait vraiment l'état de santé de la favorite, ce qui n'était pas normal et plutôt alarmant. Dans notre petit monde fermé, rien ne restait caché bien longtemps.

À la fin du repas, une jeune domestique, que je reconnus comme l'aide de notre maîtresse de danse, vint me chercher :

— Veuillez m'excuser Madame, mais il vous faut vous rendre au salon de musique. Son Excellence a requis vos talents ce soir.

Les musiciennes répétaient dans un coin de la pièce. À l'opposé, les danseuses s'apprêtaient. Je profitai d'un moment où la professeure s'adressait à l'orchestre pour demander des nouvelles à Naïlé. Elle m'avait apporté ma tenue et m'aidait à attacher la *ghlila* écarlate sur une chemise de soie transparente qui protégeait à peine la peau nue. Ma petite servante, curieuse et rusée, avait appris à écouter les murmures et à interpréter les gestes et les silences. Si quelqu'un pouvait être au courant, ce serait bien elle. À ma question, elle blêmit, baissa les yeux et se tut. J'insistai encore :

— Tu sais quelque chose. Je le vois bien. Dis-moi Naïlé, comment va-t-elle ?

— Sais pas, Maîtresse, juré. Mais voir draps de Leïla à laver. Couverts de sang. Tout rouge, Maîtresse, tout rouge ! bredouilla-t-elle.

De mon index porté aux lèvres, je lui indiquai de se taire et de se calmer. Mon cœur aussi s'affolait. Je ne pouvais penser qu'au pire. Cachait-il la mort de mon amie à cause de la grande fête ? Je tentai tant bien que mal de me reprendre. Il fallait surtout ne rien montrer et sourire. Mais nerveuse que j'étais, je ne réussissais pas à me concentrer sur la chorégraphie et me trompais sans cesse. On me grondait. Ma double jupe en satin orangé virevoltait, une fois, deux fois, trois fois. Les fleurs bleutées de la faïence murale semblaient elles aussi valser. Ma tête tournait. Ma vue soudain se troubla. Je fermai les yeux un instant pour tenter de retrouver mon équilibre. Mais mon corps m'abandonna et je m'effondrai sur le sol froid. Naïlé se précipita sur moi, m'éventa et m'aida à me relever. La maîtresse de danse, agacée, en profita pour me renvoyer dans ma chambre. Son numéro devait être parfait, surtout ce jour-là. Elle en trouverait une autre pour me remplacer et l'on informerait le sultan que j'étais indisposée.

Le dortoir était vide. Toutes les concubines étaient occupées ailleurs. Je me retrouvai seule, allongée sur mon divan, avec ma petite esclave.

— Essaie discrètement d'en savoir plus ! la suppliai-je d'une petite voix.

Les heures passaient et je restais prostrée sur mon sofa. Naïlé ne revenait toujours pas. Mais que faisait-elle ? Après mon étourdissement, je n'osais pas sortir. On me croyait malade et c'était mieux ainsi. Je n'avais pas la force d'assister aux célébrations nocturnes, d'être légère et gracieuse.

Un tambour appela à la prière, puis un autre. De temps en temps, des compagnes venaient voir comment j'allais. Selma m'encouragea :

— Fais une sieste et ça ira mieux. Tu ne peux quand même pas manquer la fête de ce soir. Danser devant le sultan, tu sais combien aimeraient avoir ce privilège ? Chaque année, il choisit l'une des danseuses pour passer la nuit. C'est une nouvelle opportunité pour toi.

— Tu dis ça et puis toi, tu n'en veux pas du pacha. De toute façon, je ne peux pas. Je ne tiens pas debout, mentis-je.

— Moi, c'est une autre histoire. Je n'ai jamais attiré son regard. Si c'était le cas, je ne sais pas ce que je ferais. Une nuit et la possibilité d'un bébé. Je crois que ça vaut la peine de se sacrifier. Être mère est peut-être notre seule voie du bonheur. Un enfant à aimer et qui nous aimerait. Connaître au moins cet amour-là, remarqua-t-elle d'une voix triste.

La sultane envoya l'une de ses suivantes pour s'informer de mon état. Elle était désolée que je ne puisse pas participer aux festivités. Mais à la pâleur de mon teint, cette dernière n'insista pas et proposa de profiter de la présence du médecin dans le harem pour m'ausculter. Depuis plusieurs semaines, il m'arrivait souvent d'avoir des malaises, comme ça, sans raison. Au départ, j'avais cru que je supportais mal le jeûne. Pourtant sur l'île de Cabrera, j'avais continué mon activité malgré la faim constante et bien résisté en dépit de mon extrême maigreur. Était-ce mon corps qui ne s'habituait pas à ces changements brusques de pénurie et d'abondance ? Je tirai parti de l'occasion pour questionner la proche de la deye.

— Est-il encore occupé avec Leïla ?

— Non, il vient d'en finir avec elle, répliqua-t-elle spontanément, avant de mettre sa main sur la bouche et se rendre compte qu'elle avait trop parlé.

— Elle va mieux alors ? poursuivis-je sur la lancée, si heureuse de l'avoir piégée et d'apprendre que la favorite était vivante.

Ma question resta sans réponse.

— Je vais chercher le docteur au plus vite et vous laisse vous reposer, se contenta-t-elle de dire en se dirigeant déjà vers le pas de la porte, m'abandonnant ainsi dans la plus grande frustration.

À peine était-elle sortie que mes camarades de chambre revinrent du hammam toutes fraîches et s'installèrent devant leur table de toilette. Les esclaves s'empressaient autour d'elles, amenant telle ou telle parure de bijoux, coiffant, maquillant, parfumant. Les belles riaient, discutaient, demandaient conseil à leur voisine : sur le voile à franges, que mettre ? Cette double rangée de perles ou ce collier de tête à pendeloques ? Pas de doigt sans bague, à chaque poignet un minimum de cinq bracelets, aux chevilles deux joncs d'or plus ou moins épais. À la lumière des bougies, ces filles, si différentes les unes des autres, blondes ou brunes, aux yeux clairs ou foncés, brillaient comme des étoiles.

Ce soir-là, la fête faisait oublier le passé, les parents morts, les frères et sœurs séparés, la solitude affective des dernières arrivées. On vivait l'instant avec délectation : s'amuser, séduire. Mais plaire à qui ? Au sultan ? Vraiment ? Ou se plaire à soi et plaire à ses amies ? La gent féminine ne cherche-t-elle pas l'approbation de ses consœurs avant tout ? Dans cette société de femmes, l'homme inexistant avait perdu de son importance. On en avait besoin que pour une seule chose : un enfant qui permettrait d'asseoir sa position. Mais après, à quoi pouvait-il servir ? Évidemment, il y avait toujours celles qui en voulaient plus, les éternelles insatisfaites, jalouses, à la recherche du pouvoir absolu et qui, pour l'atteindre, devaient entrer dans les faveurs du mâle, se soumettre à lui et renoncer à la liberté dont les autres jouissaient. Elles croyaient réussir à le manipuler. N'était-ce pas un leurre ? Dans la perpétuelle angoisse d'être détrônées, ces dernières n'étaient jamais heureuses, contrairement aux autres qui avaient trouvé la félicité dans la maternité. J'avais remarqué qu'être mère les rapprochait. De fortes amitiés se tissaient entre elles, alimentées par les liens de sang de leurs enfants. Unies en petits groupes, elles se portaient une tendresse infinie et se protégeaient.

Je lançai des compliments à celles qui s'approchaient. On me plaignait d'être tombée malade le soir le plus important de l'année. Le dîner fut servi et toujours pas de Naïlé. Je demandai qu'on aille la chercher. Une esclave l'avait vu entrer dans les appartements de la favorite et elle n'en était pas ressortie.

Le café avait été débarrassé et j'étais seule à nouveau quand elle arriva enfin, livide, les lèvres serrées.

— Alors ? m'empressai-je de l'interroger.

— Faut couvrir Maîtresse vite. Le médecin vient maintenant.

— Et Leïla, dis-moi ? Je sais que tu étais avec elle.

Son corps se tendit. La peur dans les yeux, sa voix se fit suppliante.

— Oh Maîtresse ! Peux pas dire. Sultane bat moi. Veux pas bastonnade. S'il te plaît, Maîtresse, s'il te plaît !

— Mais enfin Naïlé, personne ne saura que tu as parlé. Cela ne sortira pas d'ici, tu peux me faire confiance. Je te le promets, essayai-je de la rassurer.

En silence, elle masqua mon corps, de la tête aux pieds, d'une pièce de cachemire. Elle-même était entièrement voilée comme pendant nos sorties. Sur ce, les eunuques entrèrent pour vérifier que j'étais prête avant l'arrivée du docteur, puis allèrent le chercher. Exaspérée, je saisis le poignet de ma petite servante :

— Je t'en conjure. Tu ne peux pas me laisser comme ça.

Elle ouvrit la bouche :

— C'est…

Le gond de la porte grinça. Le médecin, escorté des gardes, s'avança vers moi. Il m'examina avec la plus grande discrétion, évitant de me toucher le plus possible. Puis il me posa d'étranges questions. Il fit ensuite appeler une vieille dame et quitta la chambre un instant pour qu'elle puisse m'ausculter de plus près. C'est alors que la sentence tomba. Insoutenable. Je m'effondrai sur le divan en pleurant.

XV

Grosse, grosse ! Je ne pouvais pas avoir un enfant. Un enfant de cet homme-là ! L'idée me révoltait. D'un seul coup, tous mes espoirs de liberté s'envolaient. On ne me laisserait jamais partir. J'étais définitivement condamnée. La rage montait. Elle allait exploser. J'étouffai un hurlement dans un coussin en velours. Puis, prise d'une folie que je ne pouvais contrôler, je me mis à taper de toutes mes forces sur mon ventre. Il fallait s'en débarrasser. Oui, la seule solution était de le faire disparaître.

Naïlé, désespérée, me suppliait d'arrêter. Mais je continuais de plus belle, toujours plus fort, jusqu'à me faire tousser. Devant son impuissance, elle s'écria :

— Petit être de Leïla mourir. Petit être mort ! Maîtresse, pas le droit faire ça !

La nouvelle me foudroya. Mes poings se desserrèrent. Je me laissai tomber en arrière contre le divan. Pendant un instant, le vide, juste le néant. Ma tête qui bourdonnait, mon cœur qui battait. Puis les larmes coulèrent à nouveau, en silence. Les images défilaient devant moi : la joie de Leïla m'annonçant sa grossesse, les mains tatouées de la vieille Berbère sur le ventre de mon amie, l'incantation, la stupeur dans les pupilles de la future mère, son corps inanimé dans l'escalier. La sibylle avait eu raison. Quelqu'un lui voulait du mal. La colère reprit possession de moi. Elle ne méritait pas ça. Non, elle ne le méritait pas !

— Qui l'a poussée, Naïlé ? Hein ? Qui ?

Ma petite esclave tressaillit, surprise par la violence de mon ton.

— Sais pas. Personne dit rien.

— Ils veulent tout cacher, c'est ça ? Jusqu'à demain, jusqu'à ce que tout le monde reparte. Le pacha, est-il au courant ?

— Sais pas, Maîtresse. Juré.

— Alors, tu m'accompagnes voir Leïla. Maintenant !

— Non, Maîtresse. Pas possible. Son Altesse punit moi. Fais rien s'il te plaît ! Promets-moi !

Elle tremblait de peur. Au moindre soupçon, la sultane la ferait battre. Je me calmai et la rassurai. J'attendrai le lendemain. Mon malheur avait perdu de son importance. Ma situation avait une solution et serait vite réglée. Mais je n'osai pas imaginer le terrible chagrin de Leïla, elle qui voulait tant cet enfant. Le perdre alors qu'elle allait accoucher dans deux mois. Ne pourrait-elle jamais se remettre d'une telle épreuve ? On ne guérit pas de la mort d'un enfant.

On appela à la prière de l'*Icha*. La nuit était déjà bien noire. Je m'y refusai. Naïlé n'insista pas. C'en était fini d'invoquer cet Allah qui permettait tout ça. Je continuerai la farce, je n'avais pas d'autres alternatives. Mais ce soir-là, juste une fois, je ne désirais pas faire semblant. Les pleurs silencieux mouillèrent mes draps longtemps. Puis je me réfugiais dans les bras réconfortants de Louis.

Après des mois de préparation, nous avions enfin réuni tous les agrès qui manquaient à la chaloupe, assez d'eau et de nourriture, il ne restait plus qu'à dérober l'embarcation amarrée aux flancs de la frégate espagnole. Bientôt, le ciel sombre de la nouvelle lune nous soustrairait à la vigilance des sentinelles de la canonnière. Bientôt, nous voguerions vers la liberté. Nous étions si contents. Le vin que l'on avait pris avec Gilles et les autres pour fêter l'évènement m'avait détendue. J'oubliais le danger de l'entreprise. Louis me répétait pour la énième fois en me serrant contre lui :

— Tu vois, Héloïse, il ne faut jamais désespérer. La vie récompense toujours ceux qui apprennent à patienter. Il suffit d'y croire assez fort et d'agir peu à peu.

Je me sentais si bien dans son giron tiède, protégée, soudain légère. Toute la tension s'était volatilisée. Son odeur musquée m'enivrait. Je fermais les yeux pour prolonger les secondes. Et si tout s'arrêtait là ? Et si nous passions ainsi dans l'éternité ? Le rêve se figea sur cette image heureuse. Je ne voulais pas me réveiller.

En fin de matinée, toutes les invitées étaient reparties. La fête était finie. Après la prière du *Dhohr*, on me permit enfin d'aller voir Leïla. Prostrée dans son lit à baldaquin doré, immobile, elle m'observa avancer vers elle, le regard vague. Les auréoles violacées autour de ses prunelles éteintes, la blancheur extrême de son teint, sa bouche décolorée lui conféraient un aspect cadavéreux. Ni elle ni moi ne prononçâmes un mot. Que dire ? Je baisai tendrement ses doigts frêles qui gisaient sur la couverture en soie jaune et m'assis à ses côtés en lui adressant un timide sourire. Elle refusait toute nourriture et toute boisson. Ses lèvres restaient serrées, ses yeux n'avaient plus la force de pleurer.

Naïlé avait fini par m'expliquer que son accouchement précoce avait duré des heures. Après les sueurs, les douleurs, les cris et le sang, il n'y avait eu qu'un fatal silence. Un garçon déjà bien formé, bleu, que rien n'avait pu ranimer. Elle avait voulu le prendre dans ses bras, l'avait embrassé, ne pouvait pas le lâcher. On avait dû le lui arracher. C'est à ce moment-là qu'elle était entrée dans un profond mutisme.

Une esclave apporta des rafraîchissements et confiseries et se posta contre le mur à attendre. D'un signe, je lui ordonnai de sortir de la pièce. Je désirais être seule avec mon amie. Les minutes passaient, longues. Elle avait fermé les paupières puis les avait rouvertes pour vérifier que je n'étais pas partie. Dans ma tête, les phrases tournaient et retournaient. Aucune n'était juste. Je devais pourtant dire quelque chose. Mais quoi ? Drame, tristesse, chagrin, désespoir, soutien, soulagement, consolation, compréhension, force, courage, épreuve, tous ces noms choquaient contre les parois de mon cerveau, sans faire sens. En quoi lui répéter ce qu'elle savait déjà pourrait-il l'aider ? Ma bouche articula alors trois mots simples, presque ridicules :

— Je suis là.

Elle me tendit sa main faiblement. Elle était froide. Ses yeux brillaient, lourds de larmes. Les miens aussi.

Le soir même, trois coups de pistolet annoncèrent la mise à mort de l'ancienne favorite qui avait poussé Leïla dans l'escalier par accident. Le sultan l'avait lui-même ordonné, enragé par le décès de son fils. Cela servirait d'exemple. Si son épouse n'était pas capable de gérer correctement son harem, il allait une fois pour toutes montrer à ses femmes qu'il y avait des limites à ne pas dépasser. Elle avait été jetée à la mer, vivante. Des frissons parcouraient mon corps tout entier à cette idée : les liens serrés qui blessent les poignets et les chevilles, la lourde pierre attachée au pied, le sac de jute qui se referme, l'obscurité, la peur, l'eau froide qui empêche de respirer, la panique, les minutes interminables à se débattre avant de perdre connaissance. Une chose était à présent bien claire : nos vies ne dépendaient que de la volonté d'un seul homme. En un claquement de doigts, elle pouvait nous être ôtée. Obéir ou mourir. Le résultat ne fut cependant pas celui escompté. L'assassinée était une proche amie de Selma et de Yasemin qui en voulaient plus que jamais à la protégée du dey. La hache de guerre, loin d'être enterrée, avait été brandie par de récentes recrues. Les ennemies de Leïla augmentaient.

Le lendemain matin, Amber Agha vint m'apporter une bonne nouvelle. Le médecin avait informé le sultan de ma grossesse, il était ravi d'être bientôt à nouveau père. Un grand nombre d'héritiers faisait montre de richesse et de pouvoir dans cette société. Selon la coutume, il avait demandé que l'on m'installe dans des appartements privés. J'allais enfin pouvoir être seule, et moi-même, sans devoir afficher l'éternel masque d'une figure affable, retenir mes humeurs ou pleurer en secret, même si je savais que cela ne durerait pas longtemps. Dès que l'occasion s'en présenterait, je ferais venir la vieille Berbère qui, j'en étais sûre, pourrait m'aider à me débarrasser de l'indésirable. Si à Cabrera, il avait été facile de se procurer du pissenlit ou de la rue, aucune de ces plantes n'était disponible ici.

Ma pièce était étroite, la largeur juste suffisante pour contenir un lit à baldaquin en bois de rose sculpté, qu'une mousseline brodée enveloppait tout entier. Mais elle était très longue et bien meublée avec un grand coffre, une table de toilette aux fleurs multicolores, deux divans en velours grenat, un métier à tisser, trois guéridons incrustés de nacre et un plateau rond en argent sur pied. Son unique fenêtre barreaudée donnait sur la galerie. Des faïences aux motifs géométriques jaune et bleu revêtaient la première moitié du mur qui s'achevait sur des dentelles de stuc délicatement travaillées. Naïlé avait déjà rangé mes flacons de parfum en cristal et les encensoirs argentés dans la somptueuse niche ouverte qui surmontait un petit placard encastré. Ses portes, comme celle de mon entrée, étaient en bois sculpté en forme de multiples rectangles à la fois horizontaux et verticaux rouge et vert, les couleurs de la régence d'Alger. Je m'observais sourire dans le miroir baroque. Le nombre considérable de crochets en bois peints ou marquetés, posés partout sur la chaux dans les chambres, m'avait toujours surprise. Dans ce pays, on ne connaissait pas l'armoire, et le portemanteau était l'unique moyen de pendre un vêtement.

Je m'assis sur l'un des sofas, enfin détendue, pieds nus sur le doux tapis qui dissimulait entièrement le carrelage. J'arrangeai les coussins à ma guise, déplaçai une poterie sur le rebord de la fenêtre derrière ma tête, essayant de m'approprier cet espace peu à peu. Un rayon de lumière toucha le dos de ma main. Je la retournai pour l'attraper dans ma paume. Sa chaleur était faible, douce : celle du soleil d'hiver. Ma petite servante sortit chercher le reste de mes affaires. Il n'y avait plus que moi et j'étais enfin chez moi. Les jambes croisées, le dos droit, les bras lâches le long du corps, je fermai les yeux et respirai profondément. J'expirai le passé et inspirai le présent. Il n'y avait plus rien que mon souffle régulier. Je me détendais, j'avais l'impression de flotter.

Naïlé revint, chargée de mes toilettes. Elle enveloppa chacune d'entre elles dans un carré d'étoffe avant de les ranger dans la malle.

— Toi pas aller voir Leïla ? Dire bonne nouvelle ?

Je reçus sa question comme un coup de fouet.

— Non, je vais la laisser se reposer encore. Elle est très faible. Il vaut mieux ne pas la déranger.

Mon visage se crispa à nouveau. Tous mes membres se raidirent. La réalité me rattrapait. La favorite ne devait pas apprendre ma grossesse si tôt après sa fausse couche. Elle ne le supporterait pas.

Je me sentais si bien dans mon nouvel antre, loin de toutes, que je ne sortis pas de la journée, pas même pour assister à l'école qui avait repris. Naïlé alla m'excuser auprès de l'institutrice qui était déjà au courant de mon état. Dans le harem, les rumeurs, qu'elles soient vraies ou fausses, couraient vite. La moindre nouvelle faisait l'objet de conversation interminable. Les femmes aimaient parler, donner leur avis, critiquer, disséquer le plus petit détail, le transformer à leur gré, souvent pour le dramatiser, voir le côté sombre en toute chose. Le malheur des unes réconfortait les autres. Savoir qu'il y avait plus infortunée leur procurait des instants de bonheur fugace.

Mes anciennes compagnes de chambrée n'avaient cessé de présupposer et de médire depuis l'incident dans la cour. Selon elles, il n'y avait pas de fumée sans feu. Leïla devait avoir méchamment injurié l'ancienne favorite pour qu'elle se mette dans une telle colère. Elle avait payé de sa fierté la perte de son enfant. Cela lui servirait de leçon. Avoir la mort de sa rivale sur la conscience allait être dur à porter. Mais les personnes comme elle, souffraient-elles de remords ? J'avais envie d'intervenir, de défendre mon amie. Je restai muette. Cette action aurait été inutile, le fiel contre la favorite était si fort que rien ne l'apaiserait. Elle aurait pour unique résultat de m'attirer leur foudre et je ne pouvais pas me le permettre. Des commérages devaient aussi circuler à mon sujet. C'était à mon tour d'être l'objet de jalousie. Avec un peu de chance, l'une d'entre elles me jetterait le mauvais œil et l'intrus ne survivrait pas.

Tandis que je me réjouissais à l'idée de passer enfin une soirée seule, une servante de la sultane vint m'informer que le pacha était chez sa maîtresse et allait me rendre visite. Je frémis. Que pouvait-il me vouloir ? Les yeux ronds de ma petite Naïlé révélaient aussi sa stupéfaction. Normalement, les concubines enceintes étaient épargnées de leur devoir envers le dey. Mes poignets se serrèrent de rage. Il ne me laisserait donc jamais en paix ?

Mon agacement transperçait encore mes pupilles quand il entra dans la chambre. Je soutins un instant son regard avant de m'incliner pour le saluer, ce qui le fit sourire.

— Revoilà ma petite Française et son audace de soldat. Vous m'offrirez bien un *sherbet* ?

Bien malgré moi, je l'invitai à s'asseoir sur le divan devant la fenêtre et pris place sur un coussin à ses pieds, avec entre nous un guéridon en nacre comme bouclier. Naïlé vint immédiatement nous servir.

— Je viens voir si vous êtes bien installée et si vous ne manquez de rien.

Sa sollicitude me prit par surprise. Il se préoccupait soudain de moi ? Non, ce qui l'intéressait, c'était le bien-être de ce corps qui portait sa progéniture, pour qu'elle arrive à terme en bonne condition.

— Je vous remercie pour la chambre. Elle est parfaite, répliquai-je d'une voix faussement adoucie.

— L'institutrice m'a dit que vous aimiez beaucoup lire et que vous aviez un don. J'affectionne moi aussi la lecture. Elle nous permet de devenir mille hommes et de vivre mille vies.

J'ouvris grand les paupières. De telles paroles dans la bouche de cet homme étaient pour le moins surprenantes. Il fit un signe à l'eunuque resté debout près de la porte. Ce dernier s'avança vers moi et me remit un opuscule en cuir brun ouvragé.

— Cela fait des années que je l'ai. Il était à mon père. Je vous le prête. N'en dites rien à personne ! Surtout pas un mot à Fatma Effendi. Ce sera notre secret.

Interloquée, je ne savais que dire ni comment réagir. Mon expression le fit rire.

— Cela vous étonne qu'un homme comme moi ait un ouvrage en français, n'est-ce pas ? Allez-y, ouvrez-le ! m'encouragea-t-il, l'œil malicieux.

En français ? Avais-je bien compris ? Curieuse, je m'empressai de tourner la première page et le titre m'apparut : *Les Mille et Une Nuits, contes arabes*, traduit en français par M. Galland, tome I.

— Vous connaissez ?

Il ne se doutait pas que les seules œuvres que j'avais feuilletées étaient la Bible ou le Coran, qu'il n'y avait pas si longtemps, j'étais analphabète et que sans l'aide de mon ami Gilles à Cabrera, je le serais encore. C'était le premier livre non religieux que j'avais entre les mains.

— Non. Mais je le lirai avec plaisir.

— C'est l'histoire d'un roi de Perse qui, humilié par son épouse volage, est persuadé que toutes les femmes sont infidèles. Pour se venger, il décide de prendre en mariage, chaque jour, une jeune fille qu'il tuera après la nuit de noces. Shéhérazade se porte volontaire, se marie avec le roi et, pendant mille et une nuits, lui raconte un conte dont il voudra toujours savoir la suite. Je suis sûr que vous aimerez.

Je le remerciai avec un large sourire. Le monstre qui avait rempli mon ventre de sa mauvaise graine se montrait sous un nouveau jour. Je n'étais cependant pas dupe. Que cherchait-il en voulant me plaire ? M'amadouer, mais pour quelle raison ? La compagnie de Leïla lui manquait-elle ? Désirait-il une remplaçante ?

XVI

Enfermée dans ma chambre, loin des autres, les après-midi, je me plongeais dans ma lecture et oubliais tout : ce pacha qui allait faire de moi je ne sais quoi et surtout cet enfant qui était toujours là. Il s'accrochait désespérément malgré toutes les mesures que je prenais pour m'en débarrasser : sauter sur place, secouer le ventre, lui donner des coups, rajouter en cachette de la cannelle dans les *sherbets*, choisir tous les plats au safran. On m'avait conseillé de réduire la consommation de ces épices néfastes aux femmes enceintes. J'en avais profité pour en dérober une coupelle que j'avais bien dissimulée dans l'un de mes coffres à bijoux, mais aucun mal de tripes.

Les contes m'emportaient. Comme le sultan Shahriar, j'étais dévorée de curiosité et ne pouvais m'empêcher de tourner les pages pour connaître la suite. Cet ouvrage m'offrait le monde qui m'était interdit. Je voyageais tantôt à Bagdad, tantôt en Inde ou encore au Caire et à Damas. Je rêvais, soudainement libre. J'avais été désagréablement surprise par ces premières pages. On n'y parlait que de la perfidie des femmes, toujours infidèles. Mais une phrase avait résonné en moi et insufflé courage.

Le pacha ne tarda pas à me rendre visite. Je le reçus, tendue. Je peinais à lui dissimuler ma colère qui grandissait d'autant plus que son fruit s'obstinait à coloniser mes entrailles. Il s'assit sur un coussin à mes côtés, désinvolte, et posa sur moi un regard appuyé. Je n'osais pas bouger même si je le sentais trop proche. En un seul geste, il pouvait me toucher.

— Ma jolie fleur, où en êtes-vous de votre lecture ? Vous plaît-elle ?

— Oui, répliquai-je froidement.

— Mais encore ? Y a-t-il un passage que vous ayez particulièrement aimé ? Voulez-vous bien me le lire ? me pria-t-il d'une voix mielleuse.

J'ouvris le livre, les mains tremblantes. En effet, il y avait un paragraphe qui m'avait touchée. Oserais-je le lui dévoiler ? Il n'allait pas lui faire plaisir. Mais après tout, il le demandait.

— C'est tout au début lorsque les deux rois dupés par leur épouse décident de partir et rencontrent un génie qui a emprisonné une femme, dont il est follement épris, dans une cage en cristal. Cette dernière leur dit : « Il a beau m'enfermer dans cette caisse de verre, et me tenir cachée au fond de la mer, je ne laisse pas de tromper ses soins. Vous voyez par-là que quand une femme a formé un projet, il n'y a point de mari ni d'amant qui puisse en empêcher l'exécution. Les hommes feraient mieux de ne pas contraindre les femmes ; ce serait le moyen de les rendre sages[1]. »

Un éclair noir traversa ses yeux puis il se reprit et sourit, narquois.

---

1. *Les Mille et Une Nuits, contes arabes*, traduit par Galland, Paris, Lecou librairie-édition, 1846.

— Quelle voix séduisante vous avez quand vous lisez ! Ensorcelante, je dirais. La rebelle charmerait le plus malfaisant des génies.

Je frémis. La conversation ne prenait pas une bonne tournure. Mon audace l'amusait.

— Continuez, je vous prie. Vous en étiez à : « ne pas contraindre les femmes, le moyen de les rendre sages ». Aimantes aussi ? plaisanta-t-il.

Il avait donc tout saisi. « Sages », ce mot me sauta à la figure. Nous rendre sages, nous les femmes, comme on le dirait des enfants. Une petite fille sage, une femme sage. Quelle différence ? Sages et consentantes en tout. Cet homme-là, tels les sultans de l'histoire, avait-il peur de notre ruse et de notre intelligence ? Était-ce la raison pour laquelle il nous enfermait ? Ne voyait-il pas qu'ainsi il cultivait notre ingéniosité, que l'esprit ne s'aiguise que lorsqu'il est attrapé ? J'ignorais sa remarque et poursuivais ma lecture, lentement et distinctement, avec une certaine fierté, sans lui montrer que ses prunelles sombres fixées sur moi me déstabilisaient. Il jouissait de constater que je ne flanchais pas et lui tenais tête.

Alors que je tournais la page, une mèche de cheveux s'échappa de mon voile et effleura ma joue. Le pacha saisit l'occasion, se pencha vers moi et la remit à sa place en douceur, gardant son doigt longtemps à la naissance de mon cou.

— Un courage au-dessus de son sexe, de l'esprit infiniment, avec une pénétration admirable, répéta-t-il en turc, en reprenant le portrait que je venais lire de Shéhérazade.

Le sultan se tut, soudainement sérieux et troublé. Je lui souris. Il était si faible devant moi cet homme ravagé par le désir. Pendant quelques secondes, il me parut le dominer et j'en ressentis un plaisir immense. Puis je me redressai, lui montrant ainsi mon indifférence. Était-ce de la tristesse que je vis passer dans ses yeux ? Il se reprit, toussota.

— Je vous laisse finir de lire. À ma prochaine visite, vous l'aurez certainement terminé et j'espère que vous comprendrez que le pardon est possible. On peut pardonner et aimer ce que l'on a de prime abord détesté.

Il se leva et sortit. Je restai là, sidérée. Implorait-il mon indulgence ? Croyait-il qu'un jour, je pourrais l'aimer ? Ne voyait-il pas qu'il détruisait mon amitié avec Leïla ? C'était la seule chose bonne que j'avais ici et qui m'aidait à ne pas devenir folle. Voulait-il m'isoler définitivement en m'attirant la foudre des autres concubines ? Ses visites allaient me rendre la vie impossible.

Le mois de mars était déjà entamé et je m'arrondissais au lieu de saigner. Je haïssais chaque jour plus cette chose qui s'obstinait à vivre en moi et me décidais à faire venir la vieille Berbère. Même si elle ne m'inspirait pas confiance et n'avait pas réussi à conjurer le mauvais œil pour Leïla, elle aurait sûrement des herbes à me donner.

Tuer un héritier ? Ses yeux perçants s'assombrirent, le timbre de sa voix monta dans les aigus. Me rendais-je compte de ce que je demandais ? Elle ne désirait pas finir dans un sac au fond de la Méditerranée. D'autant plus que ma progéniture était robuste et bien protégée. Les astres veillaient sur elle. Rien de néfaste ne lui arriverait. La voyante garda longtemps ses mains tatouées sur mon ventre, perplexe, puis déclara :

— Je perçois à la fois la force d'un homme et la sensibilité d'une femme. Mais je ne peux pas me prononcer. C'est trop tôt, je reviendrai.

Elle avait alors tendu la paume. J'y déposai une bourse bien pleine, bien à mes regrets. Je payais pour rien. Elle ajouta comme si ce n'était pas assez :

— Il ne faut pas lutter contre la vie, mais apprendre à l'accepter.

Profondément consternée, je l'observai sortir de la pièce. Elle boitait. Sur le pas de la porte, les cheveux orangés se retournèrent, les lèvres ridées hésitèrent puis s'ouvrirent en un sourire franc :

— Cet enfant est le plus beau cadeau que la vie vous fait. Vous l'en remercierez, vous verrez.

Comme par magie, à cet instant précis, je ressentis un battement léger comme l'effleurement d'une aile de papillon. Était-ce la devineresse qui l'avait provoqué ? Instinctivement, je portai la main au ventre. Le mouvement se fit plus intense, juste à l'endroit où mes doigts étaient posés. La chose était vivante, elle bougeait. Le petit être me faisait signe. Comment avais-je pu vouloir tuer cette vie qui était en moi ? Chair de ma chair. J'éclatai en sanglots et lui demandai pardon. La Berbère édentée se mit à rire, satisfaite.

J'avais juste eu le temps de me remettre de mes émotions que le sultan fit son entrée dans ma chambre, seul et sans annonce.

— Elle rayonne notre Alev aujourd'hui !

Il m'avait appelé par mon prénom, comme il le faisait pour ses épouses ou la favorite. Tout mon corps se raidit. Cette familiarité n'était pas de bon augure.

— La grossesse te va à ravir, continua-t-il, les yeux rivés sur ma poitrine exubérante.

Et il me tutoyait. Je m'empressais de me lever pour le saluer et rétablir la distance de l'étiquette. Mais d'un geste, il m'ordonna de me rasseoir.

— En privé, nous n'avons pas besoin de ces politesses.

Il me rejoignit sur le divan. Naïlé était sortie. Nous étions seuls dans la pièce. Je cherchai vite un sujet pour refroidir ses élans et entrevis le livre posé sur le guéridon à ma droite.

— Je vous remercie beaucoup. Lire a comblé mes heures de bonheur.

Ma main avait saisi l'ouvrage et le lui remettait.

— Tu l'as donc fini ? Qu'en as-tu pensé ?

— Il m'a plu. Il nous enseigne bien des choses. Mais la principale leçon que j'en ai retirée est que la parole vaut plus que la force. Qu'avec les mots, on peut tout changer !

Ses yeux se plissèrent. Je me tus un instant. Mes pupilles bien ancrées dans les siennes, mes lèvres articulèrent ces phrases sans vaciller tandis qu'à l'intérieur, je tremblais :

— La femme a la parole, l'homme la force. Toute l'humanité est résumée dans ce recueil de contes.

Son visage s'illumina.

— Une intelligence rare et la bravoure d'un janissaire. On se laisserait facilement envoûter.

Il posa sa main sur la mienne et commença à la caresser.

— Mais je manque à toutes les civilités. Je ne vous ai rien offert.

Je retirai mes doigts et lui servis un *sherbet.* Mon esprit passait d'une idée à l'autre. La tension m'empêchait de bien réfléchir. Que dire pour le maintenir à distance ? Pourquoi Naïlé tardait-elle à revenir ?

Il but lentement, en silence, sans me quitter des yeux. Je gardais la tête baissée. Je devais faire diversion avant qu'il ne repose son verre et ne tente de m'embrasser.

— Avez-vous rendu visite à Leïla récemment ? Elle se remet bien, vous savez. C'est une femme forte, comme il y en a peu, et qui vous aime d'un amour sincère. L'amour vrai est un trésor qu'il faut préserver.

— Sur ce point, tu as raison. Et j'affectionne beaucoup Leïla. Son sentiment est pur. Mais un homme ne peut pas désirer qu'une seule femme. C'est contre nature. Votre Empereur a une épouse et une multitude de maîtresses, comme tous les rois de France d'ailleurs.

Il se pencha vers moi et me releva le menton.

— Tu verras, toi aussi tu me désireras. Ce n'est qu'une question de temps.

L'heure de la prière de l'*Icha* sonna. Il se leva, m'abandonnant ébranlée.

Rongée par la double culpabilité d'avoir séduit le dey et de porter son enfant, je repoussais chaque jour ma visite à Leïla. Naïlé me répétait sans cesse que c'était mon amie, qu'il était important que j'aille la voir, qu'elle avait besoin de moi. Plus le temps s'écoulait, plus l'épreuve me paraissait insurmontable. J'avais le sentiment de l'avoir trahie. Je n'avais rien fait pour refouler le pacha, pire encore par mon audace, j'avais attisé son désir. Il me fallut deux semaines pour m'armer de courage. Après tout ce qui était arrivé, je ne pouvais pas l'abandonner. La solution était simple, je ne lui parlerais pas de moi.

La favorite ne sortait toujours pas de son lit et de son mutisme. Elle mangeait à peine. Ses pommettes déjà saillantes se creusaient. Elle toussait d'une voix rauque, inquiétante. D'après le médecin, son corps s'était remis de la fausse couche, c'était son moral qui la minait. Chaque jour, je m'asseyais auprès d'elle, la forçais à boire un *sherbet* bien citronné, essayais en vain de lui faire prendre un fruit, puis lisais le Coran, des versets sur la patience et l'endurance dans les épreuves, l'importance de continuer. Je lui racontais parfois une anecdote : les fils d'une Sicilienne qui avaient plumé un paon du jardin de ses plus beaux atours, le coup de flèche de l'aîné d'une Circassienne qui avait légèrement blessé la cadette de la Grecque… Les bêtises des enfants avaient de quoi bien alimenter mes conversations. J'arrivais à lui arracher un sourire, mais pas un mot.

Un soir, je la trouvais assise, habillée et coiffée. Le sultan venait de passer plus d'une heure avec elle à discuter. Il l'avait prise tendrement dans ses bras, lui avait lu des poèmes et remis son précieux exemplaire de Nedîm.

— La poésie soigne tous les maux. Lis, tu verras. C'est le meilleur des refuges.

Leïla, bouleversée, me répétait les paroles du pacha en me tendant le manuscrit enluminé d'or. Ce séducteur invétéré utilisait le même subterfuge pour attraper le cœur des femmes. Il me dégoûtait. Je décidais toutefois de n'en rien dire à mon amie. Pourquoi la blesser inutilement ? L'amour du dey la rendait si heureuse. J'essayais de contrôler le léger tremblement de mes doigts qui tournaient les pages une à une.

— Tu me lis un *ghazal*[1] ? Celui que tu veux.

Je m'arrêtai sur un texte au hasard, attirée par les illustrations vermeilles et dorées.

— « Sa gorge est blanche et lisse comme la cire. Et ses yeux, ses sourcils noirs ainsi que loutre. Flammes de sa beauté le regard éblouissent. Quand çà et là, s'en vient et s'arrête la

1. Le *ghazal* est un poème arabe composé de plusieurs distiques ou shers et chantant l'amour de l'être aimé.

colonne de lumière. On a dit que ton corps pur est limpide et frais. Pareil de pied en cap à la rose et au cristal. Pourquoi beauté ton regard est-il si maladif. Tes yeux sont comme alanguis de toute éternité. Ne puis ma Sultane suspecter quiconque. Nedim en vérité souffre du mal de t'aimer. »

Quand je me redressai, mon amie pleurait en silence.

— Il m'aime et je ne pourrai pas lui donner d'héritier.

— Ne sois pas sotte ! Évidemment que tu vas avoir un fils. Ce n'est qu'une question de temps. Il faut juste bien te nourrir, reprendre des forces et tu verras.

Elle se pencha vers moi et posa sa main sur mon ventre.

XVII

Je me mis à paniquer.

— Je sais, déclara-t-elle.

Elle me toisa du regard sûr de ceux qui connaissent un secret. Les yeux baissés, je bafouillai des excuses : je ne lui avais rien dit, car ce n'était pas le bon moment et puis de cet enfant, je n'en voulais pas.

— Moi, je ne désire qu'une seule chose : partir d'ici.

Emportée par l'émotion, j'avais exprimé ouvertement ce que l'on ne pouvait pas dire. Elle saisit ma main et la serra fort entre ses doigts. J'esquissai un sourire timide.

— Yasemin s'est fait un plaisir de m'apprendre la nouvelle. Elle veut détruire notre amitié, m'éloigner de toi, mais elle n'y arrivera pas.

La fille de la sultane avait ressenti ma tendresse pour la favorite comme une trahison. Ne m'avait-elle pas prêté ses bijoux lors de mon grand soir ? Sa mauvaise humeur s'était décuplée à l'annonce de ses futures fiançailles. Pendant les fêtes du *Baïram*, la deuxième épouse du pacha avait proposé une alliance avec un *agha* qui siégeait au conseil des ministres du sultan de l'Empire ottoman.

— Jusqu'au bout, il faudra qu'elle me fasse du mal, rajouta-t-elle.

— Ne t'en fais pas ! On en a plus pour longtemps. Elle est aussi à plaindre. Ils se sont bien servis d'elle. Selma m'a tout expliqué. Ce mariage leur permettra d'apaiser les relations tendues avec Constantinople. Ils espèrent que la Sublime Porte en oubliera les attaques de nos corsaires aux navires tunisiens. C'est une excellente opportunité pour la Régence. D'après elle, Yasemin est loin de se réjouir à l'idée d'épouser un homme plus âgé que son père. Partir pour la grande capitale la terrorise apparemment.

— Ça oui, ça va être dur de quitter ce doux cocon protégé par maman. Elle ne pourra plus régner en maîtresse. Être la quatrième femme veut dire se soumettre aux volontés des trois autres. Je n'aimerais pas être à sa place.

Leïla avait soudain retrouvé sa verve et sa vigueur, et en avait oublié ses malheurs.

Avec la venue du printemps, du soleil qui irradiait la cour à la mi-journée, des promenades parfumées dans le jardin en fleurs, des abeilles qui butinaient les jasmins devant mes yeux accaparés, une incompréhensible sensation de bien-être m'accompagnait toute la journée. J'avais fini par accepter la présence de ce petit être qui logeait en moi. Chaque jour, la matinée commençait par une tendre caresse et des paroles pour le rassurer : maman allait bien, elle était forte, elle serait toujours là pour lui, il ne fallait pas qu'il s'inquiète. Une étrange conviction s'était peu à peu immiscée en moi. J'accoucherais d'une fille et elle serait libre. C'était certain, je découvrirais un moyen de m'échapper. Cette lueur d'espoir, si illusoire pourtant, me soulevait d'une énergie nouvelle. J'en devenais joyeuse. Comment avais-je pu me rattacher à cette folle foi ? Je ne sais pas. Aucune esclave ne s'évadait en vie de cette prison. Mais les circonstances avaient changé, me résigner ne suffisait plus, il ne me restait plus qu'une solution : y croire encore. Et encore.

Je fis part à Naïlé de mes nouvelles dispositions. Ma petite servante était la seule en qui je pouvais avoir confiance. Leïla, si rationnelle, m'en aurait dissuadée.

— Trop dangereux, Maîtresse. Toi sais pas. Toi mourir. Et Naïlé aussi. Veux pas mourir. Souffrir beaucoup déjà.

— Mais tu pourrais venir avec moi. Tu deviendrais libre.

Ma suggestion la plongea dans un doute soudain. Ses yeux de jais s'arrondirent. J'en profitai pour lui poser une question qui fit trémuler ses lèvres.

— Tu sais ce que c'est la liberté ?

Elle resta muette. Puis les cils baissés, elle murmura d'une voix à peine audible :

— Oui. Suis née libre.

Émue, la jeune esclave incitée par mon oreille attentive raconta pour la première fois son histoire. On ne la lui avait jamais demandée. Que pouvait bien importer la vie de sa petite personne ? Elle avait pourtant hésité, c'était une infraction aux règles. Une domestique ne devait jamais parler d'elle. J'avais dû longuement insister. Mais quand elle commença, elle vomit d'un seul coup tout ce passé venimeux. Les mots s'entremêlaient les uns aux autres, rapides. Je restai concentrée pour essayer de les comprendre au mieux. Parfois, ils formaient dans ma tête des images si abjectes que j'avais envie de prendre ma petite servante dans les bras pour la protéger de ces terribles fantômes.

Naïlé était née au sud du Soudan dans un village de brousse. Dans cette terre luxuriante, auprès de sa mère, l'aînée du chef du hameau et de son père, un cultivateur respecté, elle avait grandi heureuse et libre avec ses quatre frères et ses deux sœurs. À l'abri dans une hutte de boue et de paille, la famille très unie mangeait à sa faim. Les esprits de la nature veillaient sur eux. Mais un jour, des guerriers musulmans d'une tribu voisine attaquèrent ces animistes et emportèrent ma tendre esclave avec eux. Sa mère fut assassinée d'un coup de lance sous ses yeux. Par fortune, le reste de la fratrie gardait des troupeaux loin de là. Les pieds ensanglantés, en laisse, la fillette de neuf ans avait dû marcher jusqu'à l'aube, terrorisée. Ses ravisseurs l'avaient ensuite enfermée dans un gourbi sale pendant plus d'un mois. Seule, dans l'obscurité totale, alimentée juste suffisamment pour survivre, elle n'avait cessé de pleurer et avait cru devenir folle.

Un matin, la porte s'ouvrit et un négrier l'acheta. En queue de peloton avec d'autres enfants, la longue caravane d'hommes et de femmes enchaînés par le cou cheminait jusqu'à l'épuisement. Le fouet faisait vite relever ceux qui tombaient. Les malades étaient abandonnés en bord de route. Les fauves dans la nuit ne tardaient pas à les dévorer. Ils arrivèrent enfin au marché de la capitale et on la déshabilla avec les autres fillettes, l'exposa comme marchandise de choix. Jolie, elle fut vendue à bon prix. Son nouveau maître la destinait aux meilleurs harems du nord du continent. La marche reprit vers la côte, la chaîne à la cheville cette fois-ci et les poignets attachés.

Les jeunes femmes et les filles furent alors entassées à fond de cale sur des voiliers. Là, il n'y avait plus de coups ni de fouets. Les blessures ouvertes dans le dos ou sur la plante des pieds allaient pouvoir commencer à cicatriser. Mais un mal plus grand encore attendait les plus âgées. Les marins enivrés avaient parfois envie de satisfaire leurs besoins primaires. Et celles qui avaient la chance de sortir de la soute nauséabonde, où l'on vomissait et déféquait, revenaient si pâles et terrifiées qu'elles se muraient dans un profond silence.

Ma Soudanaise arriva à Constantinople, fiévreuse. Ses plaies avaient fini par s'infecter. Ses joues bien rondes, ses longues tresses noires, son sourire aux dents blanches et son air vif lui permirent néanmoins d'attirer l'attention de la fille du premier médecin du sultan. Pour trente livres turques, la princesse avait acquis une belle poupée qu'elle appela Naïlé. Elle s'amusa à lui apprendre à lire, à écrire et à parler des rudiments de français. La jeune maîtresse l'habillait, la coiffait, la maquillait, l'embrassait, la câlinait, mais lorsqu'elle laissait éclater sa colère, comme le font tous les enfants gâtés, elle battait alors son jouet. Le corps endolori par les bleus, les griffures, les cheveux arrachés, la marionnette passait souvent les nuits éveillées. Ce calvaire-là dura un an. Heureusement, la demoiselle se lassa et décida de s'en débarrasser.

Naïlé fut donnée en cadeau à une sultane, épouse du fils de la deuxième femme du dey d'Alger. Cette dernière qui ne voulait pas d'esclave ayant déjà servi – car on ne pouvait pas les dresser à sa convenance, arguait-elle – l'offrit au harem de son beau-père. Condamnée aux durs travaux de la buanderie, ses débuts dans la régence algéroise furent laborieux.

Mon dos contre les coussins moelleux s'était raidi. Tant de souffrances dans une si courte vie me paraissaient irréelles. Naïlé, en revanche, s'était peu à peu détendue et parlait avec un détachement qui me surprit.

— J'ai chance. Suis en vie. Beaucoup mourir. Moi non. Maintenant heureuse servir Maîtresse.

— Comment tu t'appelles ?

Ma soudaine question la figea sur place. Son patronyme, celui de son père et de sa mère, elle l'avait oublié. Ses lèvres s'entrouvrirent légèrement. Mais pas un son.

— Ton véritable prénom ?

Ma voix se fit douce comme si je m'adressais à un enfant. Ce fut alors que son nom rescapé du plus profond de sa mémoire retentit contre la faïence lisse de la pièce, tonitruant.

— Roaa.

— Roaa, répétais-je lentement. C'est très joli.

— Roaa...

Les voyelles pleines emplissaient sa bouche et ses pupilles pétillaient de plaisir. Dans l'intimité de mes appartements, à mes côtés, elle recouvrait un peu de son identité.

Quelques jours plus tard, alors que j'étais avachie sur l'un de mes sofas et que les rayons du soleil s'obstinaient à s'infiltrer par les grilles serrées de la fenêtre derrière moi, m'enveloppant d'une torpeur grandissante, l'une des esclaves de la sultane fit interruption dans ma chambre. Son Altesse m'invitait à prendre le café après le dîner. Depuis l'annonce de ma grossesse, elle m'entourait de prévenances : des confitures de rose, d'orange ou de figue verte, du *kaymak*[1] bien frais piqué d'écorces de cédrat confit... Elle se réjouissait de l'ombre que portait ma nouvelle condition à la favorite et continuait à essayer de m'utiliser. D'un sourire en suspens, j'acceptais avec grâce, occultant l'angoisse que cette requête me causait. Que me voudrait encore la grande dame ?

1. Crème de lait cru de vache traditionnellement produit dans les régions habitées par les peuples turcs.

Le jour s'était retiré et avait fait place à une nuit claire et gaie. Dans la cour, les enfants bruyants, suivis par une escouade de domestiques bâillant, jouaient, couraient et se poussaient. La prière du *Maghrib* faite et feinte, luxueusement apprêtée, je regagnai avec ma petite servante l'ample salon de la deye. Deux eunuques en gardaient l'entrée. Je tressaillis. Le pacha devait être là.

Une sultane radieuse m'invita à prendre place à ses pieds. À ses côtés, le dey décontracté, vêtu d'un caftan d'intérieur ivoire, me lança un sourire piquant. Qui aurait pu croire que cet homme assis tranquillement devant moi, tout à fait serein, venait de faire étrangler le bey de Constantine et son beau-père qui fournissaient du blé à son ennemi, le dey de Tunis. Tous les matins quand elle me coiffait, Naïlé m'informait des dernières nouvelles qu'elle tenait des vieilles Africaines jaseuses, à qui rien n'échappait entre nos murs ou dans le monde extérieur.

— Alev est de plus en plus charmante, souligna Son Altesse Fatma. Ce nouvel état lui va à ravir. Ne trouvez-vous pas, Votre Excellence ?

Il se contenta d'acquiescer d'un hochement de tête. Je rougis, mal à l'aise et furieuse contre la manigance ouverte dont j'étais l'objet. Devant son épouse, il joua son rôle d'homme bienveillant envers une concubine promue au grade de mère. Il s'enquit de ma santé, du confort de mon appartement et de ce dont je pouvais avoir besoin. Je le remerciai avec l'enthousiasme que l'étiquette requérait et lui fis savoir que j'étais comblée.

De l'autre côté du plateau vide, Yasemin me fixait avec intensité, le front plissé, me rendant encore plus nerveuse. Heureusement, le claquement de *qabqabs* approchant, amorti par les tapis en soie, me délivra de cette démonstration d'hostilité. On allait nous servir le café.

Cette opération délicate m'avait toujours impressionnée. Perchée sur ses hautes plateformes, une esclave tenait le *sitil* par l'extrémité des maillons en ayant soin de ne pas le laisser traîner à terre. Ce bassin en argent, suspendu au bout de trois longues chaînes réunies au sommet, contenait des morceaux de charbon ardent sur de la cendre chaude. La cafetière, également en métal précieux, était posée sur ce réchaud qui maintenait la température de l'exquise boisson. Une riche nappe en soie brodée de perles pendait par un angle du plateau que portait une deuxième fille. Les soucoupes en or ciselé, ornées de pierreries, scintillaient à la lumière des lampes à huile et des bougies. Une troisième commença à remplir les minuscules tasses en porcelaine. Ce fut alors que la cadette du dey s'exclama à mon plus grand effroi :

— Naïlé viens ! Tu nous serviras le café.

Ma petite servante s'avança la tête basse. Je perçus, aux légers tremblements de sa main gauche, la panique qui la gagnait. Il fallait une certaine habileté et beaucoup de pratique pour pouvoir faire ce service délicat sans répandre de moka. La base du *zarf* sous la tasse pleine devait reposer sur l'index et le pouce s'appuyait dessus pour le maintenir en équilibre. Je sentais les battements de mon cœur qui s'accéléraient à l'unisson avec ceux de ma protégée. Quand le sultan et son épouse furent servis, je repris ma respiration. C'était au tour de notre table : la sœur aînée de Yasemin puis cette dernière avant moi. Le liquide qui fumait au-dessus des doigts de la serveuse descendait lentement vers le plateau. La jeune perfide agitait les bras en parlant bruyamment pour la déstabiliser. Un simple effleurement, et la porcelaine trembla. L'infusion noire se renversa et vint tacher ma *ghlila*. Je fis un bond en arrière par instinct, mais ne ressentis presque rien. Par chance, le velours épais et les passementeries aux fils d'or protégèrent ma peau de la brûlure.

— Mais qu'as-tu fait, petite folle ? s'écria aussitôt la fille de la sultane. Tu mérites un bon châtiment.

Naïlé, terrifiée, m'aida aussitôt à retirer le corsage. La chemise était propre.

— Il n'y a aucun mal. Les accidents arrivent, rétorquai-je en défense de la pauvre malheureuse.

— Et l'enfant, tu y penses ? Il aurait pu être brûlé ! Une bonne bastonnade et elle apprendra à faire plus attention.

Ses yeux démoniaques se tournèrent vers son père.

— Cent coups sont bien mérités, n'est-ce pas ?

J'implorai clémence au pacha du regard. Le respect dû à son rang ne me permettait pas de répliquer à une princesse. Ce dernier, embarrassé, la main lissant nerveusement sa barbe crayeuse, nous jaugeait tour à tour. Il était pris entre sa fille, son épouse et moi, une concubine.

— Qu'en penses-tu, ma chère Fatma ? Cinquante seraient peut-être suffisants ? finit-il par trancher en fuyant la foudre que lançaient mes pupilles.

J'assistai, impuissante, à la condamnation de ma petite servante, contenant la rage qui grandissait, les mots qui s'entrechoquaient contre mes dents. Je me concentrai à garder ma bouche bien fermée, les poings serrés. Les prunelles noires défiantes de Yasemin ne me quittaient pas. Elle jouissait de sa vengeance. Naïlé s'était retirée debout contre le mur, les mains croisées sur le haut des cuisses, la tête baissée. Je n'osai pas la regarder, honteuse de ma lâcheté. Mais qu'aurais-je bien pu faire ?

La punition fut administrée le soir même. L'attente me fut insupportable. On m'avait déjà parlé de cette torture. Le bourreau mettait le coupable sur le dos, lui soulevait les jambes à la verticale et attachait les chevilles avec une corde à un long bâton en bois que soutenaient deux hommes. Il frappait alors à l'aide d'une baguette de toutes ses forces. J'avais des sueurs froides en imaginant le coup acéré sur la chair qui secouait le corps tout entier. La *falaka* anéantissait toute résistance, la plante des pieds est tellement sensible. Dans ma chambre, seule, je priai pour qu'elle s'évanouisse rapidement. Les mains jointes, j'invoquais la Vierge Marie et tous ses saints comme nous le faisions à Cabrera. *Je vous salue Marie, pleine de grâces, le Seigneur est avec vous. Vous êtes bénie entre toutes les femmes et Jésus, le fruit de vos entrailles, est béni. Sainte Marie, Mère de Dieu, priez pour elle maintenant, je vous en supplie.* Je marmonnai de plus en plus vite la litanie jusqu'à m'abasourdir. Les yeux fermés, assise contre le mur, je restais là longtemps.

On me la ramena à bout de bras. J'avais insisté pour m'occuper personnellement d'elle et m'étais procuré la meilleure pommade qui existait. En soignant bien les blessures, le supplicié pouvait se tenir debout en quelques jours. Les pieds ensanglantés de ma jeune esclave avaient été emmaillotés dans des compresses d'eau fraîche. La peur et la douleur contractaient encore son visage livide. Ses paupières étaient closes. Je défis le fin tissu. La peau sur les orteils était lacérée, plus résistante sur le talon, mais bleue sous la voûte enflée. Le cœur serré, j'essuyai délicatement le sang qui s'était arrêté de couler et appliquai la crème. Comment pouvait-on être si cruel ? Elle toussa. Je lui rehaussai doucement la tête sur un coussin et lui apportai un *sherbet*.

— Je suis là. C'est fini. Allez, bois !

Ses cils se relevèrent péniblement. La souffrance qui transperçait ses prunelles m'était insoutenable. Je n'avais pas su la protéger. Elle ouvrit la bouche, balbutia quelques mots inaudibles.

— Repose-toi ! Ne t'en fais pas ! Je m'occupe de toi.

Le mouvement des lèvres pâles reprit. Puis en sortit un son, une phrase.

— Veux partir avec toi.

XVIII

Naïlé avait repris son service après deux semaines. Ses pieds bien cicatrisés n'avaient heureusement gardé aucune séquelle. Certains torturés boitaient longtemps et ne recouvraient jamais leurs entières capacités. Entre-temps, on m'avait affecté une domestique expérimentée qui murmurait derrière moi et bavardait trop. L'attachement que je portais à ma petite servante faisait des jalouses dans la domesticité. La sultane, elle-même, me fit remarquer que les esclaves étaient là pour servir leur maîtresse et pas le contraire. Je fus contente de me débarrasser de la jaseuse.

Mon ventre s'arrondissait et j'étais en pleine forme. Ma plus grande joie était ce poing qui, dès le matin, me saluait. Je lui répondais en appuyant légèrement sur ma peau. Il répliquait alors plus vivement. Ce bout de vie en moi me redonnait des forces. Je sortais de ma torpeur de ces derniers mois, brodais avec entrain son trousseau et me décidais à apprendre parfaitement le turc – maîtriser cette langue pourrait être utile pendant mon évasion –. S'échapper du harem était déjà un immense défi. Au-dehors, les choses seraient plus ardues encore. Il faudrait chercher la protection du vice-consul français. Il ne pourrait pas me la refuser.

J'étais une vivandière en service de l'armée de notre Empereur Napoléon. Le problème allait être de le trouver, ayant seulement un nom et pas d'adresse. J'avais pourtant l'intime conviction que j'y arriverais. Il y a des choses, si irrationnelles soient-elles, que l'on sait tout simplement. Je m'autorisais à divaguer. Si mon corps était enfermé, ma pensée était libre. J'avais le droit de rêver et d'espérer.

Leïla, elle aussi, avait peu à peu retrouvé sa gaieté contagieuse. La Providence avait voulu lui retirer son enfant. Elle devait obéir à sa destinée qui avait de grands plans pour elle. Il suffisait de lui faire confiance, répétait-elle souvent. Le pacha la comblait d'attentions et son amour l'aidait à guérir. Ce malheur avait resserré leur lien. Après l'incident avec Naïlé, il n'avait pas osé venir me rendre visite et se réfugiait dans les bras de la favorite. Elle avait abandonné son lit, passait du temps au hammam pour se refaire belle et se réapproprier ce corps qui l'avait trahie. Elle était décidée à retomber enceinte le plus rapidement possible. La devineresse lui avait prédit une grossesse dans les mois qui suivaient. Un après-midi, elle m'avait déclaré :

— Comme ça, nos enfants auront presque le même âge. Ta fille et mon fils, un frère et une sœur. Toutes les deux mères en même temps, tu imagines ?

Ses yeux pétillaient, mais chaque fois qu'ils se posaient sur mon ventre, un voile de tristesse les assombrissait.

Dans le harem, l'ambiance était joyeuse et les visages pâlis par la saison hivernale s'illuminaient à l'annonce des sorties que le sultan permettait au printemps. Les dames visitaient alors la résidence estivale où elles faisaient de longues promenades dans l'immense parc.

— Mesdemoiselles, ce vendredi, nous allons nous rendre toutes ensemble au Palais d'été !

En cette matinée de la mi-avril, l'une des esclaves faisait le tour des salles communes pour apporter la bonne nouvelle, provoquant une folle effervescence dans cet essaim de femmes confinées. Les plus jeunes concubines, fiévreuses, couraient en faire part à leurs amies. Leïla me fit appeler. Nous occuperions la même voiture avec deux autres proches de la favorite et revêtirions des *haïks* identiques. L'étoffe était toujours blanche, mais les filles du palais osaient, en cette circonstance, y rajouter des touches de couleurs.

— J'ai trouvé un tissu ivoire avec des lignes en soie verte, en accord avec la nature, tu en penses quoi ? Olive, c'est joli, n'est-ce pas ? me demanda-t-elle.

Son esprit bouillonnait. J'approuvais d'un mouvement de tête sans vraiment l'écouter. Cette promenade pouvait être l'occasion inespérée que j'attendais. Des salves de questions s'enchaînaient dans ma tête : où allions-nous ? Comment ? Qui nous accompagnait ? L'espace était-il bien fermé ? Je n'osai trop l'interroger pour ne pas attirer les soupçons.

— C'est loin, où l'on va ? m'enquis-je comme si de rien n'était.

— Il faut sortir de la citadelle par la porte de Bab Azzoun. En tout cinq kilomètres, il me semble. Oui, cinq, tout au plus. Tu verras, l'endroit est magnifique. C'est juste au-dessus de la mer. La vue est imprenable !

Contempler la grande bleue, une fois de plus ! Celle qui m'attendait, patiente, et me sauverait à nouveau. Celle qui me mènerait loin de la guerre, de la folie des hommes, sur un banal lopin de terre, libre de choisir mon propre sort. Sans attache, seule avec mon enfant. Si ma mère m'entendait ! Une femme avait-elle le droit de penser ainsi ? Son corps n'était-il pas le simple appendice du mâle ? Dieu avait créé Ève à partir d'une côte d'Adam. Cet objet de plaisir et de reproduction devait donc lui appartenir. Que pouvait-elle faire d'autre que subir ? Ce corps-là, que le harem m'avait volé, je voulais me le réapproprier. Plus jamais, on ne le violenterait, plus jamais on ne l'instrumentaliserait. Il n'était qu'à moi et je ne le céderais qu'à qui bon me semblait. J'avais une envie féroce de le laisser flotter sur les eaux salées, de recevoir la caresse des vagues, le doux bercement de l'onde, le ciel infini dans mes yeux.

Je souriais à Leïla qui continuait à me parler des broderies de notre pardessus et de la tenue qu'elle allait revêtir, tout en réfléchissant avec diligence à ce que je pouvais faire pour préparer une éventuelle évasion : dissimuler tout l'argent que j'avais sous mon corsage, porter mes bijoux – le rubis aurait son utilité –, mettre Naïlé dans la confidence. Avait-elle des contacts avec l'extérieur ?

La semaine passa vite, emportée par notre vertigineuse illusion. Ma servante ne connaissait personne à Alger, à part une sorcière qui communiquait avec les esprits des défunts. Cette vieille Africaine lui inspirait plus de peur que de confiance. Mais si les choses tournaient mal, elle savait où la trouver.

Le vendredi matin, après un petit déjeuner rapide, pris plus tôt que de coutume, nous étions déjà toutes prêtes, couvertes et voilées, alors qu'il était à peine dix heures. Les eunuques et les janissaires formèrent une haie autour de nous et nous accompagnèrent jusqu'à la porte de Bab Azzoun où attendaient nos voitures particulières. Les esclaves suivraient leur maîtresse dans des carrioles à l'arrière. Les rues avaient été vidées et une avant-garde de soldats en défendait l'entrée. Il était impossible d'échapper à la vigilance de nos gardes. C'était la première fois depuis début novembre que je sortais hors du palais à la lumière du jour. J'avais oublié comme cette cité était blanche et propre, comme l'azur était profond et infini. La douceur des rayons du soleil sur mes mains et mes paupières – les seuls bouts de peau nue – me procurait un plaisir divin.

Chaque carrosse armorié était protégé par un cavalier à l'avant et de chaque côté. Je pris place sur l'un des sièges en velours capitonné près de la fenêtre. Chacune d'entre nous avait à sa disposition un écrin en cuir, renfermant une carafe d'eau en argent et un verre. Leïla, assise devant moi, sortit un miroir à main de son sac brodé aux armes de la régence, pour arranger la voilette sur son nez et retira le khôl qui avait coulé sous son œil droit, du coin de son mouchoir. Les stores étaient à demi baissés et mes compagnes occultaient leur visage derrière les plumes des éventails en or. Je n'en faisais rien, cela m'importait peu de m'exposer aux regards indiscrets. De loin, sur leur chameau ou à pied, des hommes curieux nous observaient de leurs prunelles noires. L'un des cavaliers à cheval me scrutait. Drapé de blanc, le lin cachait aussi sa face. Il était grand, les épaules carrées. Je me penchai vers la vitre ouverte et relevai le rideau pour mieux le voir. Il m'intriguait. Je forçai ma vue affaiblie. Ma main moite se mit à trembler, mon cœur à battre fort. Ces yeux gris, je les connaissais. Je clignai des cils, les fermai un instant, les rouvris, ajustai mes pupilles à la lumière. Ce n'était pas possible, je me trompais. Le soleil éblouissant. Un mirage. Je rêvais.

Ils étaient encore là, fixes, forts, envoûtants. *Louis*. Je prononçai son nom tout bas. Il m'avait attendue. Leïla, absorbée dans une discussion animée, était tournée vers ses deux amies et ne me prêtait pas attention. Mon esprit s'agita. Il fallait lui faire savoir que c'était moi. Il s'en doutait peut-être déjà. Mais comment ? Sous ma chemise, je portais le collier en perles de genévrier qu'il m'avait offert pour mon anniversaire. J'hésitai. Me débarrasser de cet unique souvenir de mon passé m'affligeait.

D'une légère secousse, la voiture avança. Je devais agir vite. Comment retirer le bijou sous le *haïk* bien serré ? La seule solution : le briser, tirer d'un coup sec et jeter par la fenêtre les boules arrachées. Les autres tomberaient dans mon corsage. À peine eus-je le temps d'y penser que mes doigts s'exécutèrent. Je les vis voler dans l'air poussiéreux et disparaître. Les deux purs-sangs avaient commencé à galoper. Je priai pour que Louis eût remarqué mon geste. Il saurait ainsi que j'étais en vie et encore dans le harem du dey. Plus on s'éloignait et plus j'avais la ferme conviction que mon compagnon avait ramassé les perles. Il ne pouvait pas en être autrement. Il allait m'aider à fuir. Ce n'était qu'une question de temps.

Euphorique, je contemplais la mer turquoise bordant le paysage, sublime et puissante. Ses vagues riaient tant qu'elles laissaient échapper une écume mousseuse contre les rochers. Louis me cherchait. Il m'aimait. La bise iodée entrait par bouffées dans notre voiture. J'inspirai à pleins poumons. Je me sentais revivre. Mon petit ange bougeait lui aussi avec énergie. Le chemin pierreux et accidenté ébranlait de temps à autre notre véhicule et nous faisait bondir du siège. Un poing poussait alors mon ventre, manifestant qu'il en avait assez. Mais le trajet ne fut pas long.

Nous passâmes une imposante grille d'honneur gardée par des janissaires qui se referma soigneusement derrière les carrioles des esclaves. Les roues de notre voiture crissaient sur les gravillons blancs de la grande allée entourée de palmiers. Un îlot de verdure s'offrit à nos yeux, d'un vert exubérant. Au-dessus de lui, en arrière-plan, se dessinaient les multiples dômes d'un immense palais. La bâtisse d'une blancheur pure se dévoilait peu à peu. Elle s'étalait sur les trois côtés d'une large cour en marbre où trônait, sobre et élégante, une fontaine d'eau fraîche. La façade à deux étages donnait à voir les arcs et les colonnes mauresques des galeries et leurs garde-corps en bois finement ajouré.

Les eunuques nous aidèrent à descendre avec solennité devant les marches du patio ouvert. Des rafraîchissements, fruits et entremets nous attendaient dans la *Douera*. Pour éviter la foule et profiter pleinement de ces heures de solitude que nous procuraient dix hectares de parc, Leïla décida de se rendre au verger avant de prendre la collation. Elle me demanda de l'accompagner et fit savoir aux deux autres concubines qu'elle les rejoindrait plus tard dans le pavillon situé au bas du jardin. Nos esclaves avaient été priées de ne pas nous suivre. Pour une fois, mon amie voulait être seule. Cependant, ces dernières ne comptaient pas abandonner la favorite qui devait toujours être escortée. Naïlé avait réussi à les distraire et nous nous étions échappées d'un pas rapide.

Mes yeux émerveillés s'écarquillaient chaque fois plus devant cette orgie champêtre : palmiers, eucalyptus, mimosas, bambous, roseaux, acacias, sycomores, caroubiers, jujubiers, caoutchoucs, cyprès, thuyas, pins, lauriers sauces, yuccas, philodendrons, acanthes, ficus, et toute sorte de plantes grasses, aloès et cactus. J'emplissais ma vue de couleurs vives et vraies : le rose pâle des lauriers roses, le fuchsia des bougainvilliers, le nacré des jasmins, le rouge écarlate des bégonias, le mauve clair des glycines.

— C'est sublime, n'est-ce pas ? souligna Leïla. Un jardin des délices ici-bas. Respire ! Cela sent si bon. Et écoute ! Tu entends les discussions des oiseaux ? Je me suis souvent demandé ce qu'ils pouvaient bien se dire. La seule chose qui me manque vraiment, c'est la campagne.

— Moi aussi, j'aime la nature. J'ai toujours eu besoin d'instants de solitude en son sein pour me ressourcer. Enfant, je passais des heures, allongée sous un arbre à regarder les nuages défiler, le bruissement du vent dans les feuilles, une fourmi égarée sur mon pied. Quand j'étais triste ou énervée, je partais me promener dans les champs ou en forêt, seule, toujours seule. C'était mon moment privilégié. Je n'avais peur de rien, tu sais ni des renards ni des cerfs ni des sangliers ou des loups. Un jour, j'étais appuyée contre un chêne et un louvard est passé devant moi. Je n'ai pas bougé, mais il a senti ma présence. Il s'est arrêté, m'a regardé nonchalamment puis a continué son chemin.

— Tu étais bien courageuse ! Moi, les loups, les lynx et les ours m'ont toujours effrayée. Tu entends les passereaux qui se répondent ?

J'opinai du chef et me tus. La promenade se poursuivit en silence, l'un de ces silences heureux que seuls les amis savent partager. Un paon majestueux avec sa roue vert bleuté nous barra l'entrée du verger. Fier, le gardien jaugeait s'il allait, ou non, nous laisser passer. Il fit un tour sur lui-même, lentement, puis estima qu'on l'avait assez admiré. Son attitude nous fit éclater de rire.

Une centaine d'arbres fruitiers s'offraient à nous. Les abricotiers en fleurs embaumaient l'air. Les amandiers se paraient déjà de minuscules noyaux veloutés, si doux au toucher. Les citrons jaunes brillaient sous le soleil de la mi-journée. Les néfliers du Japon pliaient sous leurs lourdes grappes orangées. Leïla saisit une nèfle bien mûre :

— Prends toi aussi ! Elles sont toujours meilleures cueillies sur l'arbre.

La chair était juteuse et fraîche, de saveur légèrement acidulée. Je préférais les fruits plus sucrés et me dirigeai vers un oranger. C'était la fin de la saison des agrumes, mais en cherchant bien sous les feuilles vert foncé, on pouvait encore trouver une orange oubliée. Nous nous assîmes sous un prunier, à même le sol, pour prendre le temps de savourer. Je m'adossai contre le tronc et fermai les yeux, détendue. Les prunelles pénétrantes de Louis mis en valeur par le tissu blanc étaient là, juste derrière mes paupières. Un désir fou, sournois, intense, prit possession de mon corps tout entier. Sa main imaginaire effleurait ma peau, légère et incendiaire à la fois. Cela faisait des mois que l'envie d'homme m'avait abandonnée. Plus de cinq mois que mes sens s'étaient endormis. Ma poitrine se gonflait, mon creux appelait. Mais il n'y avait personne pour les satisfaire. Je souris d'un air béat.

Mon doux rêve fut brusquement interrompu par la voix de Leïla :

— Tu es bizarre depuis qu'on est montée dans la voiture. Et c'est pour qui ce sourire en coin ?

Pour survivre dans ce monde de femmes, la favorite avait développé un don bien utile, celui de l'observation et de l'analyse de la moindre expression, du moindre geste. Connaître l'autre et essayer de le comprendre lui permettait de détenir le plus remarquable des pouvoirs : le contrôle. Avant d'entamer toute guerre, il faut examiner son ennemi, m'avait-elle conseillé un jour où je me plaignais de l'attitude de Yasemin. Scruter pour pouvoir anticiper, se protéger et manipuler.

— Que veux-tu dire ? lui rétorquai-je surprise.

— Tu as vu quelqu'un que tu connais, n'est-ce pas ?

Sa question directe me stupéfia.

— C'est bien ça. Tu as vu quelqu'un. Qui ?

Devais-je le lui dire ? J'en mourrais d'envie. Libérer la parole. Prononcer son nom à voix haute pour qu'il devienne réalité. Partager mon émotion.

— Louis. J'ai vu Louis.

Les larmes se mirent à couler, fines puis de plus en plus grosses. Je finis par éclater en sanglots.

— Louis est vivant. Il est à Alger. Il m'a attendue, tu comprends.

Je criai presque, entre rage et tristesse. Leïla, ébahie par la nouvelle, pâlit.

— Tu dois m'aider. Je t'en supplie, tu dois m'aider à fuir.

Perplexe, mon amie ne savait que répondre. Elle baissa les yeux et se contenta de me prendre la main.

XIX

Sur le chemin du retour, aux abords de la porte Bab Azzoun, je cherchais désespérément mon cavalier blanc. Nerveuse, je scrutais le paysage. Mais aucune trace. Des pupilles noires, nombreuses, mais pas de prunelles grises. La longue rue qui menait au palais était déserte. Les concubines, excitées par leur journée, échangeaient avec enthousiasme leurs impressions. Moi, je restai silencieuse, le cœur lourd. Puis, au coin d'une ruelle, une bille venant de nulle part roula sous mes pieds. D'un geste leste et rapide, je la ramassai et la gardai bien cachée au creux de ma main. Aucun propriétaire ni une ombre furtive. Leïla, mal à l'aise depuis ma révélation, marchait devant moi et ne vit rien. Elle discutait avec son amie sicilienne tout en se retournant, de temps en temps, pour m'adresser un sourire ou s'assurer que j'étais toujours là.

J'attendis d'être enfin seule dans ma chambre pour regarder le petit objet. C'était bien ce que j'avais pensé : une perle en bois de genévrier. Louis me faisait savoir qu'il avait reçu mon message et compris qui j'étais. Je me surpris à en remercier Dieu avec ferveur lors de la prière de l'*Asr,* qui avait été retardée à cause de notre sortie. Fatiguée par la longue marche dans ce jardin en pente, je demandai à dîner dans mes appartements et décidai de me coucher tôt. En me déshabillant, le reste du collier attrapé dans ma veste roula au sol. Je ramassai soigneusement chaque boule et les gardai dans un mouchoir en soie noué que je plaçai sous mon oreiller.

Louis caressait le rang de perles dorées qu'il m'avait offert pour mes dix-neuf ans. Il avait passé des heures à penser à moi, en le confectionnant avec un couteau mal aiguisé, qu'il avait réussi à cacher de nos ennemis pendant les fouilles. J'en avais été très touchée, d'autant plus que c'était le premier bijou que je recevais. Armand était un homme pratique et n'avait pas eu ce genre d'attention.

— Tu ne le quittes jamais ?

— Non, pour rien au monde, lui répondis-je émue. J'ai toujours un peu de toi sur moi.

Il se mit à rire. Les expressions d'affection l'embarrassaient. Il n'y était pas habitué.

— Ta peau est si blanche, presque translucide. Ici, à la naissance du cou, c'est incroyable. Ma petite vierge d'albâtre !

— Petite vierge vraiment ? Je crois plutôt que tu m'as convertie en la pécheresse Marie-Madeleine, le taquinai-je.

— Tu sais qu'enfant, j'étais tombé amoureux de la statue de la Vierge Marie dans la chapelle de l'abbaye bénédictine de Sorèze. C'était la seule représentation féminine que l'on avait dans ma pension. Elle te ressemblait.

— Tu étais dans un internat ? Loin de chez toi ?

— Pas très loin. Dans le Tarn aussi. Je n'avais que huit ans quand mon père décida de m'envoyer au pensionnat. Si tu savais comme j'ai pleuré ! Si tu savais comme ma mère et ma sœur m'ont manqué ! L'école royale militaire était là pour nous inculquer ordre et discipline. Les moines étaient impitoyables. Aucun geste de tendresse, jamais. En revanche, ils connaissaient bien trop le maniement de la baguette.

— Je suis désolée, lui murmurai-je en posant ma main sur la sienne.

L'émotion ancrée au plus profond de lui affleurait et la tristesse lui avait fait baisser les paupières. Il avait honte de la montrer. Derrière la dure armure de lieutenant des marins de la garde se cachait le petit garçon qui s'était senti abandonné. J'avais envie de le prendre dans mes bras, de le cajoler. Mais je n'en fis rien. Ce geste l'aurait gêné.

— Il n'y a pas de quoi. C'était ainsi. Pas de pitié pour les futurs officiers. Ils devaient nous préparer à la guerre et je t'avoue qu'ils nous ont bien éduqués. Il faut du sang-froid et une robuste carapace sur les champs de bataille. Mais tout jeunes, nous ne le comprenions pas encore. La nuit, sous les draps, on entendait souvent les sanglots des camarades qui s'étendaient en onde expansive et ne tardaient pas à embuer nos yeux. Moi, je confiais mes peines à la Vierge. Elle m'écoutait en silence de ses yeux si clairs. Elle me souriait, me rassurait. Tu vois, exactement comme toi maintenant.

Il avait lâché le collier. Et je l'avais embrassé. Louis se confiait peu. Il gardait tout pour lui. Avec le temps, j'avais réussi à le faire parler, à briser cette armure érigée depuis son enfance.

La favorite ne mentionna jamais ce que je lui avais avoué dans le palais d'été. Ma supplique demeura sans réponse. Je savais bien qu'elle ne pouvait rien faire, que le pacha ne laisserait jamais partir la mère d'un de ses enfants. Si encore, je n'avais pas été enceinte... Il ne me restait que Naïlé et Louis. Le visage de ma petite servante s'était épanoui d'allégresse quand je lui avais tout raconté. Une personne œuvrerait de l'extérieur, tout n'était pas perdu.

Les journées passaient, rapides, dans l'attente heureuse de notre future évasion. Ma jeune esclave et moi réfléchissions ardemment aux différentes possibilités d'entrer en contact avec Louis : confier une note à l'une des marchandes juives qui réussissait à s'introduire chez nous pour vendre étoffes, serviettes et mouchoirs brodés – ces femmes-là, cupides, n'hésitaient pas à rendre des services délicats bien cher payés – ; faire revenir la vieille devineresse, mais cette Berbère s'était montrée peu disposée à m'aider la première fois que je l'avais rencontrée en privé ; mettre dans la confidence, l'un des messagers du palais, l'eunuque nubien avec qui Naïlé s'était lié d'amitié... Nous émettions des hypothèses sans prendre aucune décision. Les idées fusaient, informes encore. Nous avions enfin quelque chose à faire qui nous sortait de notre mortelle routine et égayait nos heures. Plus que jamais, l'espoir nous faisait vivre. On riait à nouveau, plaisantait, l'humeur légère.

Le sultan avait repris ses visites et me couvrait de cadeaux. Il s'était donné pour mission de me séduire. Ce petit défi l'amusait, mais j'y voyais une raison plus profonde qui m'attendrissait. Il y avait chez lui un besoin féroce d'être aimé par chacune des mères de ses enfants. Comblait-il un manque affectif ? Avait-il souffert d'une carence de tendresse dans son enfance ? Je découvrais petit à petit l'homme et ses faiblesses derrière le masque du dey, celui que Leïla aimait.

L'incident avec Naïlé l'avait mis mal à l'aise. Il s'en était excusé, ce que j'avais beaucoup apprécié. Je veillais à ce que ses visites soient les plus courtes possibles pour ne pas attirer la jalousie de la favorite. Le camp de Yasemin jasait bien assez. Heureusement pour moi, mon amie avait repris le chemin de son lit et ne le quittait pas. Pendant mes derniers mois de grossesse, j'étais tranquille. Il ne me demanderait pas.

Les enfants rôdaient toujours dans la galerie espérant recevoir une attention. Un baiser, une caresse, un mot de leur père et ils étaient comblés. S'ils étaient trop bruyants ou se disputaient, Naïlé s'énervait et les chassait. Je gardais mes distances et avais requis de ma petite servante de ne jamais me laisser seule avec le pacha.

— J'ose espérer que la promenade au palais d'été ne vous a pas trop fatiguée, s'enquit-il ce jour-là.

— Non, Votre Excellence, tout au contraire. L'air frais m'a fait le plus grand bien. Je vous avoue attendre avec impatience la prochaine sortie.

— Nous veillerons donc, ma tendre fleur, à ce qu'elle ne tarde pas.

Il me vouvoyait à nouveau et se tenait à sa place. Nous avions repris les convenances et après l'avoir poliment remercié, je lui baisai la main avec respect. À peine la porte fut-elle refermée que je me retournai vers Naïlé : cette future balade était une opportunité que nous ne pouvions pas manquer. Fallait-il encore trouver un moyen de communiquer avec Louis.

Trois jours plus tard, on nous le servit sur un plateau d'argent. Il y a parfois d'heureuses coïncidences qui tombent du ciel, comme si la vie n'était qu'un puzzle dont les pièces nous apparaissent peu à peu. Hasard ou providence ? La grande question. Je me la suis souvent posée depuis ce jour-là.

Après la prière de l'*Asr*, la sultane me fit appeler dans ses appartements. Mme Dubois-Thainville, la femme du consul de France, était de retour avec son mari dans la capitale. Elle souhaitait venir rendre ses hommages à la deye le lendemain et la féliciter pour les fiançailles de sa cadette.

Yasemin se montrait fière. Son fiancé l'avait couverte de diamants : un solitaire de plusieurs carats, un tour de tête scintillant de brillants et une paire de boucles d'oreilles d'une valeur de plus de mille livres turques. Il lui avait aussi envoyé les friandises les plus recherchées : des carafes de sirops variés, des confitures de Constantinople si appréciées à Alger, des confiseries d'Occident dans des bonbonnières en porcelaine de Chine et, mieux encore, de précieux parfums en flacon de cristal fin. Grâce à la générosité de ses parents, de sa future belle-famille, des amis et connaissances, son trousseau ne cessait d'augmenter en toilettes, bijoux, coran, écritoire, éventails, vaisselle, argenterie, tapis, esclaves, terres, maisons et pièces d'or.

Son Altesse requérait mes services d'interprète. Elle n'allait certainement pas utiliser la favorite qui ne serait pas invitée. Je devais donc me présenter chez elle après le dîner. Je la remerciai de l'honneur qu'elle me faisait avec un grand sourire. Dans un coin du mur, les yeux au sol de Naïlé se plissaient aussi de bonheur.

Toute la soirée, je repassais dans ma tête les moyens de faire savoir à la consule qui j'étais. Quelques mots écrits sur un papier que je glisserai discrètement dans sa main ? Mais aurais-je la possibilité de m'approcher d'elle ? Devais-je lui parler tout simplement en français, personne ne comprendrait, encore fallait-il avoir l'occasion de lui adresser la parole ? Elle n'allait pas converser avec une concubine. Le plus facile serait peut-être d'ajouter des phrases lors de la traduction, sans trop exagérer pour ne lever aucun soupçon.

La journée du lendemain fut longue. Inquiète, je n'arrivais pas à me concentrer sur les leçons d'écriture et me trompais dans la lecture commune. L'institutrice me lançait des regards noirs, agacée. Les enfants me dévisageaient, surpris. J'avais toujours été une élève assidue. À la fin de l'étude, Ahmed, le fils de la Sicilienne, en porte-parole des autres qui le suivaient, s'avança vers moi :

— Tu vas bien ? C'est ta grenouille qui te fait mal ? C'est pour quand la cérémonie ?

Chaque naissance était saluée à coups de canon et faisait l'objet d'une fête de famille à laquelle tous les frères et sœurs étaient conviés. Ils leur tardaient les festivités.

— Encore plusieurs mois, pas avant la fin de l'été.

Leurs petites têtes étaient déçues. Nous n'étions que début mai.

— J'ai des loukoums dans ma chambre. Qui en veut ? ajoutai-je pour leur arracher un sourire.

L'essaim de bourdons excités me suivit jusqu'à mon appartement. Leurs bonnes patientèrent dans la galerie. Une sucrerie suffisait à les rendre heureux. Le bonheur chez les enfants est tellement simple. Pourquoi se compliquait-il autant en grandissant ? J'avais des envies irrationnelles de ces confiseries à la pistache, particulièrement après la sieste de l'après-midi. Le pacha m'en avait donc fait livrer des boîtes entières et je ne m'en privais pas. Louis ne me reconnaîtrait pas. Mes hanches avaient doublé, ma poitrine triplé, ma démarche autrefois souple était si lourde. Mes jeunes camarades intrigués inspectaient ma pièce et ne semblaient pas vouloir partir.

— C'est joli chez toi, remarqua Djamila, une fillette de huit ans aux boucles brunes et aux immenses yeux bleus. Ça sent bon le jasmin.

Je ne supportais plus les odeurs sucrées et opulentes, et les avais bannies de mon alcôve, mais me régalais de la senteur croquante et verte de la fleur blanche. La prière du *Dhohr* sonna. Les paumes des servantes claquèrent et, bien malgré eux, les enfants furent obligés de sortir.

Sur mon tapis, je rendis grâce à Dieu et l'implorai de m'épauler quelques heures encore. Ce seigneur que j'avais rejeté, je m'y accrochais dans les moments désespérés. Puis, alanguie, je m'allongeai sur mon lit pour la sieste, les rideaux de mousseline bien clos. Nous avions laissé la fenêtre ouverte toute la matinée pour profiter des premières chaleurs – les murs de notre palais s'obstinaient à maintenir la fraîcheur – et les premiers moustiques étaient entrés. Je fermai les yeux, mais mon esprit n'arrivait pas à se tranquilliser, imaginant les scènes les plus improbables, les possibles dialogues entre la sultane et la consule, ma position dans la salle. D'ailleurs, serais-je assise à la même table que la femme du haut fonctionnaire ? Pour me changer les idées, je finis par me lever et m'installer sur le divan pour broder. Je confectionnais moi-même la chemise de batiste de mon enfant. Il la porterait sous la large bandelette qui l'emmailloterait des pieds aux épaules, les bras et les jambes bien droites, pendant quarante jours. Naïlé, également angoissée, me lançait de temps en temps des regards complices.

La troisième prière fut accomplie diligemment et le bain aussi. J'avais du mal à supporter la vapeur chaude du hammam qui m'essoufflait et faisait gonfler mes chevilles déjà bien enflées, même si les tensions musculaires de mon dos s'y dénouaient comme par magie. Ma petite servante me coiffa, me maquilla et m'habilla soigneusement, dissimulant dans ma ceinture de passementerie dorée le mot adressé à la consule. Je ne pus rien avaler au dîner, juste trois ou quatre cuillères de *Chorba* que j'aimais tant.

L'heure arriva. L'une des esclaves de Son Altesse vint me chercher. Mon cœur battait à toute allure, mes jambes chancelaient. Je devais me calmer. D'une longue respiration, je repris le contrôle de mon corps.

La sultane, ruisselante de rubis, était assise sur son divan. À ses côtés, ses filles tout aussi altières portaient leur plus belle *ghlila*, le cou entièrement masqué par des cascades de perles et de pierres précieuses. Après l'avoir saluée, on me fit signe de prendre place devant une table octogonale marquetée d'ébène et de nacre. La femme du haut fonctionnaire n'était pas encore arrivée. Les servantes me présentèrent immédiatement un café que je refusais – j'étais déjà assez nerveuse – et déposèrent des fruits variés sur le guéridon. La deye s'informa de ma santé et me félicita sur mes progrès en langue. Une telle maîtrise du turc en six mois était rare. L'institutrice lui avait loué mon assiduité et mon fort intérêt. Yasemin me toisait froidement, le sourire figé, contrariée par les compliments que sa mère me lançait. Du pouce et de l'index, elle caressait l'énorme diamant taillé en briolette qui pendait de son oreille droite, énième cadeau de son fiancé. Je remerciai poliment la sultane, le front incliné, essayant de dissimuler mon trouble.

La porte s'ouvrit enfin sur le turban blanc d'Amber Agha qui annonça l'entrée de Madame la Consule. Rondelette dans sa redingote de drap bleu, une toque de satin et crêpe masquant partiellement ses boucles châtain clair, elle avança à l'aise vers la deye et lui embrassa la main avant de s'asseoir devant moi. Ce n'était pas la première fois qu'elle se rendait au harem et semblait en connaître les us et coutumes. Elle accepta la tasse gainée d'or qu'on lui servit et un baklava à la cannelle regorgeant de miel qui fit briller ses prunelles de gourmande. Elle se trouvait tout près de moi. J'allais peut-être pouvoir lui remettre discrètement le billet que j'avais écrit. Mais les yeux de Yasemin ne me quittaient pas.

— Ma chère consule, nous sommes enchantées de votre retour à Alger. Vous nous rapportez de bonnes nouvelles de chez vous ? s'enquit la sultane.

Je traduisis immédiatement, le plus fidèlement possible. La femme du dignitaire me dévisagea, surprise.

— Vous êtes Française ?

Je restai interdite. La deye me fixait, attendant la réponse à sa question. Que faire ?

— Vous êtes bien timide, ma petite ? Vous êtes nouvelle, n'est-ce pas ?

— Oui, répliquai-je. Bien malgré moi. Que dois-je dire à Son Altesse ?

Je sentais les pupilles soupçonneuses de Yasemin qui me fusillaient.

— Dites-lui que je suis ravie d'être revenue dans cette si belle capitale après ces deux années d'absence et, surtout, très honorée par cette visite. Que je souhaite que les différends qui ont opposé nos pays dans le passé ne soient plus que de mauvais souvenirs oubliés. Et que je la félicite pour les magnifiques fiançailles de sa fille.

Une esclave d'un certain âge s'approcha pour déposer un grand nombre de cadeaux sur un coussinet en soie, au pied de Yasemin.

— Voici un cadeau qui sera, je l'espère, à votre goût.

Son Altesse Fatma souriait à mes paroles et saisit un camée d'ivoire et une broche d'épis de blé de diamants.

— Quels beaux présents pour ma fille ! Je vous en remercie. Aujourd'hui est un nouveau jour. Le passé est passé. J'ai entendu dire que Sa Majesté l'Empereur des Français a aussi pris une jeune épouse et qu'ils viennent d'avoir un fils[1]. Tous mes compliments ! Vous devez être heureuse. Votre pays a enfin un héritier !

Les palpitations résonnaient dans mes oreilles. Je ne pouvais pas laisser passer cette opportunité. J'écoutais tout en pensant au message qu'il fallait que je transmette à Mme Dubois-Thainville, trois ou quatre phrases brèves et précises pour me présenter.

— Je suis Héloïse Delage, vivandière du 3e régiment des dragons. On m'a séparée de ma troupe qui s'est échappée de l'île de Cabrera. Mon compagnon Louis Charles Edmond de Saint-Félix, lieutenant des marins de la garde impériale, est encore à Alger. Je vous supplie de nous aider.

Voilà, c'était fait. J'enchaînais avec les congratulations de la sultane, ma voix légèrement altérée.

La réaction de la consule me désarma. Elle le savait déjà. Louis l'avait mise au courant. Elle continua, sûre d'elle, à discuter avec Fatma Effendi de la joie nationale et des fêtes qui la célébraient, comme si de rien n'était. Cette dame, sous sa candide allure bonhomme, avait le savoir-faire et la ruse d'un diplomate. Je n'arrivais pas à gérer aussi bien mes émotions et me concentrais à maîtriser mes intonations trop aiguës. Heureusement, la fiancée, occupée avec ses bijoux, ne me prêtait plus attention.

Au fur et à mesure de la conversation, la deye se montrait chaque fois plus aimable avec sa convive, abandonnant peu

1. Référence au mariage de Napoléon Ier et de Marie-Louise d'Autriche, fille aînée de l'Empereur François Ier d'Autriche, le 1er avril 1810 et à la naissance du roi de Rome, Napoléon François Charles Joseph Bonaparte, le 20 mars 1811.

à peu les conventions rigides de l'étiquette. Elle parlait du mariage et des invités. Il ne fallait oublier personne. Tout le grand Alger allait être convié. Ma concitoyenne lui fit savoir qu'elle lui enverrait une marchande juive dont les étoffes étaient exceptionnelles et la couture, une pure merveille.

— Cette personne nous servira de messager, me glissa-t-elle en passant.

Je me sentais de plus en plus mal à l'aise et tentais, en vain, de garder un visage impassible. Mais j'hésitais dans mes traductions, bredouillais, me reprenais. La sultane, attribuant mon trouble à la difficulté de la tâche, me complimenta pour m'encourager. L'audience se termina enfin et la consule repartit avec un plateau en argent débordant des baklavas qu'elle avait tant appréciés. L'usage voulait que les invitées du harem reçoivent toujours une offrande.

Dans l'intimité de ma chambre, mes nerfs cédèrent, j'éclatai en sanglots. Des larmes de joie, chaudes, pleines d'espoir. Je riais, je pleurais, je prenais Naïlé dans mes bras qui souriait de ses lèvres ourlées.

XX

La date du mariage de Yasemin fut fixée pour le troisième jeudi du mois de mai et notre prochaine sortie de printemps annulée. D'élégants esclaves du palais avaient remis les invitations de maison en maison. Tous les notables d'Alger furent conviés. Il fallut également envoyer des messagers aux quatre coins de la régence et jusqu'à la grande capitale de l'Empire ottoman. Ils en revinrent les bras chargés de somptueux cadeaux que l'on exposa sur plusieurs divans de soie rouge dans le vestibule attenant aux appartements de la fiancée. Un tel étalage de richesse éblouissait les yeux des visiteuses qui venaient sans répit, du matin au soir, complimenter la future mariée. Les plateaux en argent recouverts de velours grenat regorgeaient de joyaux en or, en perles et en pierreries : diadèmes, colliers, fibules, broches de ceinture, bracelets, boucles d'oreilles, bagues, épingles. La reliure en métal précieux du coran, les écritoires garnies de brillants, les miroirs décorés d'émaux, les encensoirs sertis de gemmes, tous étaient de véritables chefs-d'œuvre d'orfèvrerie. Devant les fenêtres, on avait placé, directement à terre, deux rangées de plateaux circulaires où étaient disposés la vaisselle en or, dont le fastueux service à café, une collection de riches nappes brodées et l'argenterie (cuillères, plats, plateaux, cafetière, *sitil*, brasero, flacons à eau de rose, carafes à eau, gobelets à sirop, candélabres, bassins et aiguières). Les objets d'habillement et de literie avaient été gardés dans des malles fermées en bois marqueté.

Plus le grand jour approchait, plus ma nervosité augmentait. La marchande juive envoyée par la consule venait me voir souvent sous prétexte d'ajuster mes *ghlilas* et sarouels à ce ventre qui s'arrondissait sans cesse. Il était si volumineux que je ne voyais plus mes pieds et passais mes nuits à me retourner, ne trouvant jamais la position adéquate. Les remontées acides empoisonnaient mes siestes et m'obligeaient à grignoter. La fatigue et la tension me rendaient irritable. Le plan conçu par la femme du haut fonctionnaire était risqué, mais surtout, il n'incluait pas Naïlé. À chaque billet, j'insistais sur l'importance de la joindre à ma fuite, car si elle restait, elle serait condamnée à la torture pour la faire parler et à une mort certaine qui s'ensuivrait. Je ne pouvais pas, je ne voulais pas abandonner ma petite servante. Un attachement profond m'unissait à elle. Elle avait toujours été là, ma seule alliée, avec son sourire et sa bonne humeur, témoin de mes rages et de mes plus intimes pensées.

Leïla était enchantée par le mariage de Yasemin qui la débarrassait de sa plus grande ennemie. Fière, ornée de la dernière parure offerte par le sultan qui faisait ombre aux bijoux envoyés par le fiancé, elle alla, à son tour, féliciter la fille de la sultane et lui remettre son cadeau : un éventail rond en plumes d'autruche au manche sculpté d'or et de perles. J'avais été priée de l'accompagner et n'avais pas pu refuser. J'assistai donc, à l'arrière, au combat courtois de ces deux lionnes qui, sous couvert de sourires figés, se lançaient des regards menaçants et des mots à double tranchant. Je me gardai bien d'entrer en ligne de mire et reculai légèrement pour me faire plus discrète. Mais la future mariée ne pouvait pas manquer l'opportunité de m'utiliser pour blesser la favorite.

— Je vois Alev que tu es en pleine forme. Son Excellence mon père va être si heureux d'avoir un nouvel héritier. À en croire la devineresse, cela va être un beau garçon, n'est-ce pas ?

— Rien n'est sûr, balbutiai-je le front incliné pour éviter ses pupilles foudroyantes.

— Je suis si désolée pour toi, Leïla, reprit Yasemin. Tarder tant de temps à tomber enceinte et perdre l'enfant. Ce doit être terrible. Et vivre avec le doute de savoir si l'on pourra à nouveau être grosse. Tu es vraiment courageuse. Je ne sais pas comment tu fais. Moi, à ta place, je serais complètement détruite.

Leïla blêmit. Ses doigts se crispèrent. Les lèvres pincées, ses ailes du nez se mirent à vibrer. La colère montait. Allait-elle pouvoir la maîtriser ?

— Allah m'aidera. J'ai confiance, rétorqua-t-elle sur un ton faussement calme et doux qui m'impressionna. Quelle chance tu as de pouvoir incorporer le cœur du pouvoir ! Tu vas nous manquer, tu sais. On dit que le Bosphore est magnifique. Tu nous donneras des nouvelles ? Je suis sûre que les trois autres épouses seront bienveillantes avec toi.

Mon amie, si gentille avec moi, pouvait se montrer particulièrement perfide. Elle avait appris à jouer la comédie et à se défendre dans cet impitoyable monde de femmes. La jalousie est un venin si féminin qui porte bien son genre. Les hommes, plus sûrs d'eux, se battent au poing en toute franchise puis se serrent la main, une fois leur orgueil défendu. Les femmes, souvent en manque de confiance en elles, perpétuent en masse ce modèle éternel, de mère à fille, entre sœurs, avec les amies ou les connaissances.

Elles doivent anéantir la plus forte, la plus jolie, la plus intelligente, celle qui attire l'homme. Ne sont-elles pas elles-mêmes leurs pires ennemies ? Unies dans ce harem, le pouvoir aurait pu leur appartenir. Mais les divergences et les conflits servaient l'autorité du sultan.

— Je n'y manquerai pas. Je t'avoue qu'il me tarde tant de visiter le palais de Topkapi et d'être présentée à Son Altesse, Sultane Validé. On dit qu'elle parle aussi français et qu'elle est aimable. Apparemment, mon futur mari est très apprécié du grand sultan lui-même. Je penserai à toi. Mais je ne veux pas vous prendre plus de temps. Alev doit se reposer. Et merci pour ce superbe chasse-mouches !

Elle nous expédia ainsi avec un large sourire sans nous faire asseoir ni nous offrir le moindre *sherbet*. Leïla, bien droite, la salua et se retira. Les yeux rivés au sol, j'en fis de même. Je n'avais pas réussi à lui pardonner son acte de cruauté envers ma petite servante et j'étais moi aussi bien soulagée par son départ.

La favorite me fit signe de la suivre jusqu'à ses appartements. Elle souhaitait discuter un peu et me montrer les tenues qu'elle avait fait confectionner pour la cérémonie. Un mariage était l'occasion pour chaque femme de briller, d'exhiber sa richesse, mais aussi son bon goût et son élégance. Le vêtement de fêtes nous permettait de déployer notre créativité, le seul espace où nous avions un peu de liberté. Chaque pièce devait être unique. Malheur à celle qui utilisait la même étoffe qu'une autre ! Je restai en admiration devant l'un des sarouels de mon amie, une merveille en satin blanc parsemé de fleurs brodées : tiges en fils d'or, feuilles en soie verte et pétales en velours rose poudré.

— Et toi ? Cette marchande juive que t'a envoyée Madame la Consule de France, en es-tu satisfaite ?

La question me prit par surprise. Soupçonnait-elle quelque chose ? Il fallait vite changer de sujet. Je tournai la tête vers le pantalon.

— Oui. Mais sa broderie est loin d'être aussi belle. Qui a fait cet ouvrage ?

Ses yeux me scrutaient intensément. Leur vert jade s'assombrit d'un coup.

— Elle vient te voir souvent, n'est-ce pas ?

Elle me déstabilisa. Que lui répondre ? Elle ne devait rien savoir. La mettre dans la confidence était trop risqué même si je savais qu'elle ne me trahirait pas. Notre amitié était vraie. Mais le poids d'un secret à garder est toujours un cadeau empoisonné et je désirais le lui épargner.

— Oui, j'ai hésité entre plusieurs tissus. Puis avec l'enfant qui grossit chaque jour, ce n'est pas facile de prévoir pour la *ghlila*. On a finalement opté pour un caftan long. Le choix a été difficile.

Leïla se tut un instant, hésita, posa sa main sur la mienne et m'invita à parler.

— Tu peux compter sur moi, tu sais.

J'avais tellement envie de tout lui avouer, de lui faire part de mon excitation et de mon appréhension, mais surtout de la remercier. Elle, qui m'avait prise sous son aile et tout appris ici. Elle, qui m'avait enseigné une grande leçon de vie que je n'oublierais jamais : croire en la Providence qui œuvrait pour nous, faire confiance à la vie et accepter tout ce qui venait. La quitter n'allait pas être chose facile, d'autant plus que cet au revoir serait définitif. Je plongeai mon regard mouillé dans le sien et murmurai un simple « Je sais » sans rien ajouter.

Elle n'insista plus et me proposa un *makrout* aux dattes. Nous discutâmes diadèmes et colliers jusqu'à tard.

Elle réussit même à m'arracher un dernier rire qui me fit le plus grand bien. Je partis de chez elle apaisée. Sous le prétexte de lui montrer ma gratitude pour la splendide broche en fleurs de diamants qu'elle me prêtait, je la pris dans mes bras, émue. Elle me serra fort contre elle, me pria de garder le bijou au cas où et de prendre bien soin de moi. Nous faisions nos adieux là.

Quand je revins dans mes appartements, la marchande juive m'attendait. Elle m'apportait les deux toilettes commandées pour les noces. Bien dissimulée sous l'un des caftans, attachée avec des épingles à ce dernier, se trouvait une longue redingote de drap vert foncé. Dans une paire de mules brodées d'or et de perles, on avait caché des souliers en simple soie unie. Je me pressai de les ranger bien au fond de mon coffre en bois et continuai à défaire les paquets avec entrain, espérant y rencontrer de quoi habiller ma servante. Mais rien. La consule s'obstinait à ne pas vouloir l'inclure dans mon évasion. Sur un ton agacé, je demandai à la couturière si elle n'avait rien oublié de me livrer. Elle me tendit un billet bien replié dans son corsage.

Mme Dubois-Thainville m'y décrivait soigneusement toutes les étapes du subtil stratagème qu'elle avait mis en place pour m'aider à fuir le soir du premier jour du mariage. Tout avait été bien pensé par son esprit judicieux. Ayant déjà assisté à plusieurs cérémonies, elle en connaissait parfaitement le déroulement. Je tremblai à la seule lecture des explications. Du courage, de l'audace et un aplomb à toute épreuve étaient nécessaires pour le mener à bien. Serais-je assez forte ? Je comprenais aussi les raisons pour lesquelles elle avait écarté Naïlé. Une esclave noire pouvait attirer l'attention et augmentait le risque de se faire prendre. Mais je ne pouvais pas l'abandonner. J'écrivis à la consule et la priai de me faire parvenir une tenue de ville pour mon esclave. Il ne restait plus beaucoup de temps. Nous étions mardi, les noces avaient lieu jeudi. La sultane avait décidé qu'elles se tiendraient dans le palais d'été dont les merveilleux jardins feraient le délice des invités. Le sultan ne viendrait rendre hommage aux mariés que le jour suivant. Yasemin et son futur époux y resteraient jusqu'à leur départ pour Constantinople, le lundi, sur la frégate affrétée à cet effet.

Le matin du mercredi se passa sans aucune visite. Le harem était en ébullition avec les derniers préparatifs. Les plateaux comportant les cadeaux, les malles et la literie de la fiancée défilaient dans la cour sur la tête des eunuques qui allaient les charger sur les voitures en partance pour la résidence estivale. Ils se croisaient avec les paquets qui entraient : un dernier voile, un dernier bijou, une dernière *hzam*. De nombreux esclaves étaient déjà partis pour organiser les festivités. Nous n'avions gardé que nos servantes particulières. Celles-ci avaient beaucoup plus de travail qu'à l'accoutumée. Mon inquiétude redoublait.

La prière du *Dhohr*, puis celle de l'*Asr*, toujours rien. Je partis au bain sans aucune nouvelle de la consule, contrariée. La volupté des vapeurs d'eau chaude ne parvint pas à me détendre. Mon ange n'arrêtait pas de bouger. J'étouffais, encore plus oppressée, et n'avais qu'une envie : en sortir le plus rapidement possible. Les gestes de Naïlé étaient brusques, ses doigts tendus sur ma peau. Ses yeux affichaient une tristesse résignée que je ne pouvais pas supporter. J'évitais de la regarder ou de lui parler. Cela me faisait trop mal.

Je pris le dîner dans mes appartements, seule. Les autres concubines, dans un esprit festif, se regroupaient pour souper entre elles. Selma et ses amies allaient passer leur dernier soir avec Yasemin. Elles perdaient leur plus forte alliée. Le camp de la deye allait en être profondément affaibli. La fille aînée, au caractère plus renfermé, se maintenait loin de toute querelle et ne participait en rien aux attaques subreptices que sa mère lançait contre sa rivale. Les inimitiés allaient-elles peu à peu s'estomper maintenant qu'il n'y aurait personne pour les attiser ?

Leïla m'avait conviée chez elle avec une dizaine d'autres concubines. J'avais refusé en prétextant que je préférais me reposer pour être en forme le lendemain. Au vu de ma grossesse avancée, tout le monde le comprenait. Naïlé rapporta les plats intacts. J'avais l'estomac noué et ne pouvais rien avaler. Elle prépara ensuite ma malle avec les toilettes nécessaires pour le second jour, la redingote et les souliers bien cachés dans leur place initiale, les boîtes à bijoux et le coffret à parfums marquetés de nacre, le flacon à khôl en argent massif, les peignes, brosses et épingles à cheveux et la bourse bien pleine de toutes les pièces d'or que je possédais. Je la regardai faire, pensive. Comment se procurer des vêtements de ville ? Mon petit être qui ne cessait de me donner des coups, m'empêchait de réfléchir. Je lui répondis gentiment de la main gauche, puis massai mon ventre tout entier. Cela eut un effet calmant sur ma petite grenouille et sur moi. C'est alors que j'eus une idée.

— Dis-moi, Naïlé, sais-tu ce que l'on a fait des vêtements que portait la nouvelle esclave de Yasemin quand elle est arrivée au harem hier ?

Entre autres présents, la fiancée avait reçu deux jeunes Africaines dont l'une était de la taille de ma servante et vêtue d'une simple tenue de chanvre, bien loin du faste des habits du personnel du harem.

— Sais pas Maîtresse.

— Peux-tu te renseigner s'il te plaît ? Et si tu les trouves, apporte-les-moi.

Elle termina ce qu'elle avait à faire puis sortit.

Les forts effluves des jasmins en fleur du patio, qui grimpaient jusqu'aux colonnes extérieures de notre galerie, pénétraient par la fenêtre ouverte et m'enivraient. J'observai, lasse, mon appartement : ces carreaux colorés que je connaissais par cœur, lisses, propres ; ces fleurs géométriques qui tentaient d'égayer en vain l'étroit espace rectangulaire, haut et sombre ; le tapis doux sous mes pieds et les coussins moelleux qui réussissaient tant bien que mal à donner une touche chaleureuse à cette froide cellule de prisonnier. Les dorures, les marqueteries, l'argenterie, le cristal, qui allaient bientôt briller à la lumière des bougies embellissant alors la nuit de leur magie, étaient encore ternes, voilés par l'obscurité naissante. J'avais apprivoisé ces quinze mètres carrés. Ils étaient devenus mon foyer et je m'y sentais protégée.

Une pointe d'inquiétude s'immisça en moi. Après plus de six mois de réclusion dans une enceinte si restreinte, avec des journées régulières et sans surprise où je n'avais rien à organiser, l'inconnu m'effrayait. Comment repartir à l'aventure et devoir à nouveau lutter alors que tout mon corps m'implorait de ralentir, de me poser dans un nid douillet en attendant la venue de l'enfant ? Je me repris bien vite et chassai ce mauvais sentiment. J'allais revoir Louis et nous partirions pour notre chère France, loin de ce pays qui enfermait les femmes. Mon ange naîtrait libre de faire ce que bon lui semblait. Qu'il soit garçon ou fille, il choisirait son destin. Je m'en assurerais.

Sur ce, Naïlé revint, un grand sourire aux lèvres. Elle avait retrouvé le long lin rouge et noir qui se nouait autour de la taille en guise de jupe, le foulard en tissu grossier à damiers orange délavé que les Africaines mettaient autour de leur tête et une chemise écrue de drap rêche.

— Cela fera l'affaire ! m'exclamai-je, satisfaite. Utilise-les pour bien caler les boîtes à bijoux dans la malle. On ne se doutera de rien.

J'étais soulagée. Nous avions la tenue nécessaire. Mais le plus difficile restait à faire. Une rude journée nous attendait.

Je tardai à trouver le sommeil, ressassant, anxieuse, tous les cas de figure possibles, du meilleur au pire. Si les janissaires nous attrapaient, notre caveau serait un sac en toile au fond de la mer.

XXI

Les doigts de Naïlé tremblaient et elle avait dû retracer la ligne noire de khôl qui soulignait mes yeux. J'avais peu dormi et ma petite servante fardait mes joues autant qu'elle le pouvait pour dissimuler mon teint pâle. Le vert émeraude de mon caftan en taffetas brodé accentuait la lividité de mon visage. Cette couleur de l'espérance, allait-elle me porter chance ? J'en avais tellement besoin. La longue veste à manches courtes était ample et j'y avais fait festonner des formes ovoïdes sur le buste pour me protéger du mauvais œil. J'avais fini par devenir superstitieuse comme ma mère qui s'effrayait à la vue de tout chat noir. Les boutons de passementerie dorée ne s'arrêtaient pas à la taille comme à l'accoutumée, mais sous ma poitrine. Nous avions dû renoncer à l'*hzam*. Cette large ceinture mettait trop en évidence mon ventre arrondi et était inconfortable. Pour pallier ce manque, la couturière avait rajouté des perles sur la *sfifa* qui longeait l'ouverture de mon caftan à la verticale. Je portais tous les joyaux de valeur que le sultan ou Leïla m'avait offerts : la chaîne de tête ornée de trois larmes de saphir, les boucles d'oreilles et le collier assortis, le jonc en or bien massif, la broche de diamants, l'immense rubis en solitaire sur mon annulaire droit. Je n'avais aucun remords à prendre avec moi le prix de ma chair et de ma liberté. Nous étions légèrement en retard. Mais je ne voulais pas presser Naïlé qui était déjà assez angoissée.

La cour était une ruche d'allégresse. Dans leur conversation animée, les abeilles agitaient la mousseline des manches de leur chemise comme des ailes éthérées ; les unes s'émerveillant devant la finesse d'un bouquet de fleurs brodées ou la délicatesse d'un bracelet, les autres souriant, leur vanité flattée. La musique légère que l'on jouait pour l'occasion dans la galerie s'entendait à peine derrière le brouhaha. Les esclaves se tenaient à l'arrière, le *haïk* de leur maîtresse au bras. Les garçons, excités, couraient dans leurs habits de prince qui ne resteraient pas longtemps propres et plissés. Les filles radieuses aux cheveux garnis de rubans, de fils d'or et de fleurs, n'osaient pas bouger et imitaient leur mère.

Du haut de la balustrade, je contemplais, émue, toutes ces fleurs du sérail, toutes ces roses que l'on maintenait en serre pour un seul jardinier, des bourgeons à peine éclos, d'autres aux pétales bien ouverts et celles un peu fanées. Ce jour-là, elles avaient revêtu leur plus belle parure et la gaieté illuminait leurs traits. Ces derniers mois, elles étaient devenues ma famille, une famille peu conventionnelle, mais une famille quand même, où les membres s'aimaient ou se haïssaient sans juste milieu. J'avais appris à les apprécier, les unes plus que les autres. Et j'avais un petit pincement au cœur à l'idée de les quitter. Amber Agha ouvrit la porte de sortie et entra dans le patio. C'était l'heure d'y aller.

La décoration du palais d'été était grandiose. Le vestibule regorgeait d'énormes bouquets de fleurs printanières et un chatoyant tapis rouge recouvrait le monumental escalier en marbre. On nous conduisit jusqu'à nos chambres à coucher au premier étage afin de nous rafraîchir avant l'arrivée des invités et des époux. Les pièces donnaient toutes sur une somptueuse galerie avec vue sur la mer. L'iode qui y entrait par bouffées me détendit un peu. J'eus le plaisir de partager l'appartement avec une jeune Sicilienne que j'aimais bien, l'une des amies de Leïla. Ma malle bien intacte fut déposée au pied du lit. Elle n'avait pas été ouverte. Naïlé me lança un regard complice. Notre secret était bien protégé. Mais le plus difficile restait encore à faire.

On nous servit immédiatement des *sherbets* bien froids, des pâtisseries et des fruits. J'acceptai la boisson avec plaisir. Ce jeudi de la fin mai était particulièrement ensoleillé et, recouverte par le drapé blanc du *haïk* et la voilette, j'avais souffert de la chaleur. Depuis quelque temps, je me mettais à suer sans aucune raison. Subitement, mon visage rougissait, perlait et tardait à reprendre son teint pâle. Je ressemblai de plus en plus au père Damián, le prêtre majorquin qui s'était occupé de notre âme sur l'île de Cabrera : les mêmes rondeurs et les mêmes suées. Comme elle avait changé l'Héloïse émaciée de l'automne dernier !

Naïlé arrangea ma coiffure, me parfuma à nouveau, lissa d'un coup de main leste mon sarouel et nous rejoignîmes les autres concubines, femmes de ministre et invitées dans l'un des salons avec vue sur l'entrée. Elles se pressaient toutes vers les fenêtres comme des mouches affolées pour assister à l'arrivée des mariés. La cérémonie officielle du mariage avait été célébrée auparavant sans la présence de l'épouse qui avait été représentée par son père devant le cadi[1]. Selma vint à ma rencontre.

---

1. Juge musulman qui remplit les fonctions civiles, judiciaires et religieuses.

— Tu es resplendissante, Alev. Et cette broche, un cadeau de Son Excellence ?

Je détournai la conversation. Je n'avais pas envie de créer de tension en parlant de Leïla.

— Comme tu es belle ! Tu as vu Yasemin ?

— Oui, j'ai assisté à sa préparation. Elle est magnifique. Tu verras sa *serma*, une véritable œuvre d'art. La tiare fait plus d'un mètre de haut. Entre les arabesques, il y a les plus purs diamants. Sans parler de son voile paré de perles et de brillants ! Elle a tellement de chance. Nous, on ne connaîtra jamais ça...

Sa voix s'attrista.

— Tu sais. Moi et Yanis, nous étions sur le point de nous marier quand ils ont attaqué notre village.

Je lui pris doucement la main.

— Allez, viens ! Allons voir la mariée !

J'éprouvais de la peine pour elle. J'allais m'évader, mais Selma passerait sa vie enfermée, jamais aimée et peut-être jamais mère. Elle n'avait pas séduit le pacha. Serait-elle revendue et remplacée par une plus jeune ? Ou finirait-elle comme dame de compagnie de la sultane ? Sans la tendresse d'un enfant, la solitude affective était si intense qu'elle menait soit à l'amour de Dieu soit à une mélancolie maladive.

Les ministres, dignitaires de la régence, officiers et aghas en grand uniforme, alignés selon leur rang, droits, le visage grave, formaient une haie, de l'entrée du palais jusqu'à la porte cochère. La fanfare militaire jouait un air solennel. Tous attendaient respectueusement. Le carrosse à quatre chevaux, rideaux baissés, ne tarda pas à faire son apparition. Amber Agha, suivi d'autres eunuques, accompagnait la voiture qui roulait au pas entre les files et s'arrêta devant le seuil de la demeure. Il ouvrit la portière, se prosterna jusqu'à terre, salua le marié qui patientait sur le perron puis lui fit signe d'approcher. L'époux empesé se dirigea vers lui, fit une grande révérence à sa femme et la pria cérémonieusement de descendre. La coutume voulait que l'épouse se fît longuement espérer. Mais la fille de la sultane supportait mal le soleil au zénith sous le lourd poids de la couronne tronconique en or massif et celui plus imposant encore du somptueux caftan en velours écarlate, brodé d'œillets de diamants. Elle mit donc prestement le pied à terre sur l'étoffe de soie aux filaments dorés qui marquait le chemin jusqu'au salon nuptial. Deux pièces de cachemire rouge furent tendues verticalement au-dessus des têtes pour permettre à la mariée de rejoindre le palais sans être vue des hommes. Une centaine d'yeux étaient tournés vers le tissu ne pouvant qu'imaginer ce qu'il y avait derrière. Nous, du premier étage, avions le privilège d'observer comment le fier mari passait sa main gauche sous le bras droit de sa jeune conjointe. On aurait dit un père et sa fille. J'eus une pointe de pitié pour Yasemin. Son destin était aussi sombre que celui d'une concubine.

La musique du harem commença à jouer. La foule bruissante des dames se précipita alors vers le vestibule et descendit les escaliers. Selma partit avec elles. J'attendis un peu, souhaitant éviter la cohue. Leïla m'aperçut et s'approcha en m'examinant d'un œil suspicieux. Se doutait-elle de quelque chose ? Elle me complimenta sur la beauté de mon caftan. J'en fis de même et me hâtai de rejoindre le rez-de-chaussée pour mettre fin à la conversation.

Au nom de Sa Majesté, un eunuque lançait par poignées des pièces de monnaie au-dessus des mariés, que les maîtresses de cérémonie, le sceptre à la main, conduisaient jusqu'à la salle des noces. Les invitées se précipitaient pour ramasser ces précieux porte-bonheur. D'un coup d'œil rapide, du haut des marches, j'examinai l'assemblée à la recherche de Madame la Consule. Les corps se baissaient et se relevaient comme des épis de blé secoués par le vent. Les plus âgées laissaient faire les plus jeunes qui, emportées par l'excitation, en oubliaient la bienséance et se bousculaient. Parmi tous ces *ghlilas* et caftans aux couleurs vives, aucune sage redingote ou robe en gaze de soie. Je chassai d'un sourire forcé la pointe d'inquiétude qui naissait au creux de mon ventre. Il ne fallait surtout rien montrer. Aujourd'hui était un jour d'allégresse. On referma les portes du salon derrière le couple et les musiciennes qui l'avaient suivi s'arrêtèrent à son seuil, continuant à jouer la chanson sur la passion du rossignol pour la rose. L'époux se retira assez vite et rejoignit le *selamlik*, les appartements des hommes, pour poursuivre la fête avec eux. La sultane et la mère du marié allèrent féliciter Yasemin en privé. Puis, ce fut le tour des tantes et des cousines, de la sœur, des belles-sœurs et des nièces, puis du nôtre, les concubines. Il restait encore les femmes des ministres, des hauts fonctionnaires de l'état, des consuls étrangers et des dignitaires civils qui rendraient aussi leurs hommages, toutes dans l'ordre strict de la pure étiquette. Je ne voyais toujours aucune trace de la représentation française. Cela devenait préoccupant.

L'enfant ressentait mon angoisse croissante et donnait des coups en cadence. Avec l'odeur entêtante des essences d'ambre, de musc et de bois d'oud que l'on brûlait partout dans le palais, le manque d'air dans cet espace bondé, le bourdonnement incessant des discussions animées, la tête me tournait. J'essayai de me concentrer sur les propos de la sœur du dey venue me saluer, mais ma vue se troubla. Je m'appuyai sur le bras de Leïla pour reprendre mon équilibre, en vain. Je ne repris connaissance qu'allongée sur un divan dans un salon encore vide où les esclaves préparaient les tables communes pour le repas des personnes de second rang. La favorite, préoccupée, était restée près de moi. Naïlé me tendit aussitôt un verre de *sherbet.*

— C'est la chaleur. Mais tout va bien, les rassurai-je. C'est passé. Nous devrions y retourner.

— Tu es sûre ? Tu devrais te reposer un peu. Rien ne presse. Tu as l'air bien nerveuse.

Leïla me dévisageait avec insistance.

— J'ai peur que l'on perde notre tour. Tu connais la sultane. Elle ne nous pardonnera pas cette offense. Je n'ai pas envie de la fâcher, mentis-je.

Il me tardait de revenir dans le vestibule. La consule serait-elle enfin arrivée ? Pourquoi était-elle en retard ? S'était-il passé quelque chose ?

XXII

Le salon de la mariée était impressionnant de luxe et de beauté. Une tenture de taffetas rouge brodé de fleurs de fils d'or, d'argent et de paillettes descendait du haut plafond à caissons et faisait le tour de la pièce. L'étoffe était élégamment fendue et relevée à l'emplacement des fenêtres par des cordons et des glands mordorés. Au fond de la salle, Yasemin, couverte des bijoux que le pacha avait commandés pour l'occasion, était assise sur un large fauteuil doré. Il était placé sous un dais, sur une plateforme tapissée d'un tapis moiré. Des vases de fleurs fraîches et des candélabres en or massif apportaient une dernière touche princière à cet espace éblouissant. Je baisai le sol avec difficulté avant de m'adresser à la mariée. Elle brillait de tous ses éclats, fière, mais déjà un peu fatiguée de répéter sans cesse les mêmes aimables remerciements.

En sortant, je passais en revue la file ordonnée qui s'était formée dans le vestibule. Elle était si longue qu'il était impossible de distinguer les dernières silhouettes. Naïlé me fit signe de me diriger vers la droite. Je me frayai un chemin entre les convives et eus enfin le bonheur d'apercevoir le visage bonhomme de Mme Dubois-Thainville. La consule était accompagnée de deux jeunes femmes aux joues roses, tout aussi bien en chair qu'elle. Les manches ballons de leur robe presque transparente, à la taille haute et au décolleté généreux, sanglaient les bourrelets de leurs bras. Elle me salua, me présenta ses filles, puis ajouta le plus naturellement du monde :

— Ma chère, je vois que ma couturière vous a fait un magnifique caftan. Vous en êtes contente, n'est-ce pas ? Vous a-t-elle délivré à temps tout ce que vous aviez commandé ? Certaines marchandes ont du mal à respecter les délais.

— Oh oui, je vous en remercie ! On peut vraiment compter sur elle. Je n'ai eu aucun problème. Toutes mes toilettes sont arrivées. Elles sont bien à l'abri dans ma malle au premier étage. Dites, je serais enchantée de vous recevoir en fin d'après-midi. C'est la troisième chambre sur la gauche, en haut des escaliers. Venez y prendre quelques douceurs quand vos visites seront terminées, répliquai-je sur un ton sûr qui me surprit moi-même.

Sans que je m'en aperçoive, Leïla avait rejoint notre groupe. Son regard interrogateur rivé sur moi me fit sursauter. Nous avait-elle entendues ? Depuis quand était-elle là ? Je l'introduisis à la consule qui fut enchantée de rencontrer une autre concubine parlant français. J'étais terrifiée à l'idée qu'elle puisse croire un instant que mon amie était au courant de notre plan et qu'elle y fasse une quelconque allusion. Mais la diplomate, prudente, garda toute discrétion. À mon plus grand soulagement, le tambour appela à la prière de l'*Asr* et mit un terme à la conversation. Leïla m'invita à dîner avec elle. Comme favorite, on lui avait attribué une chambre seule. Je refusai poliment en alléguant vouloir manger rapidement pour faire une sieste avant la soirée.

— Bien alors, je viendrais te chercher ensuite et nous irons ensemble présenter nos respects à Son Altesse Fatma et Son Altesse Réfia.

Je répondis par un timide sourire essayant de dissimuler mon agacement. Allais-je réussir à me débarrasser d'elle avant la visite de la consule ?

Le temps s'étirait, chaque minute pesait. L'attente devenait insupportable. J'avais à peine touché à deux ou trois plats. Mes viscères si serrés refusaient de digérer les quelques bouchées que j'avais avalées et la nausée ne me quittait pas. J'évitais de bouger et de penser. La Sicilienne avait elle aussi expédié son souper dans la hâte de retrouver ses amies et j'avais la chance d'être enfin seule. Quand Leïla se présenta, j'étais si pâle qu'elle me pria de rester allongée et m'assura qu'elle m'excuserait auprès des sultanes. Elle voulait passer plus tard prendre de mes nouvelles. Mais je lui répliquai que je serais peut-être endormie et que si ce n'était pas le cas, je lui enverrais ma jeune servante. Cette dernière ouvrit la porte à la favorite et la referma soigneusement derrière elle. Puis, les doigts entortillés, elle bafouilla affolée :

— Trop dangereux Maîtresse. Trop dangereux, trop gens. Reste ici surveiller et toi sors. Reste, viens pas.

— Mais que dis-tu Naïlé ? Tu pars avec moi quoiqu'il arrive, rétorquai-je impérieuse. Je ne t'abandonnerai pas. C'est hors de question !

— Non, Maîtresse. Madame la Consule a raison. Esclave noire trop dangereux. Trop gens partout.

Abasourdie par cette vérité que je ne voulais pas entendre, je ne sus que répondre. Elle offrait sa vie pour sauver la mienne et j'allais la laisser faire. Aucun mot n'était assez puissant pour exprimer ce que je ressentais. Les larmes aux yeux, je la pris dans mes bras et la serrai fort contre moi. Son corps se mit à trembloter, elle aussi pleurait.

— Moi jamais oublie toi. Toi bonne maîtresse, murmura-t-elle entre les sanglots.

Nous restâmes l'une contre l'autre longtemps. Les hoquets avaient cessé, quand tout à coup, j'eus une idée.

— Je vais laisser un mot à Leïla. Cherche-moi un calame et du papier vite !

Ma tendre amie,

Quand tu recevras cette lettre, je serai loin et j'en suis déjà bien peinée. Ton affection est ce que j'ai eu de plus précieux ici et je te remercie pour tout ce que tu as fait pour moi. Sache combien je regrette de ne pas avoir pu te faire mes adieux comme il se doit. J'espère que tu me pardonneras. Nous ne nous reverrons pas, mais soit assurée que ton souvenir restera profondément ancré dans mon cœur. Ta chaude amitié m'a permis de survivre. Et crois-moi ! Si je ne vous ai rien dit, à Naïlé et à toi, c'est dans le seul dessein de vous protéger. Ma petite servante n'a pas été mise dans la confidence. Elle n'est au courant de rien. Je sais qu'on tentera de la faire parler ou pis encore. Je te supplie de la prendre sous ton aile et de veiller sur elle. C'est une bonne esclave. Elle te servira bien.

Je t'embrasse de tout mon cœur.

Héloïse

Mon écriture, habituellement si rectiligne, penchait. Une goutte d'encre tacha la feuille juste à côté de mon nom. Je ne pris pas le temps de l'essuyer et pliai immédiatement le billet avant de le remettre à ma domestique.

— Cache bien ça sous ta chemise ! Tu attends une petite heure et tu vas donner ce mot à la favorite en mains propres. Seulement à elle, tu m'entends ? Pas à l'une de ses esclaves. Tu lui dis que c'est urgent et que c'est moi qui t'envoie. Si l'on t'interroge, tu réponds que tu ne sais rien, que quand tu es revenue dans la chambre, je n'étais plus là, que tu ne t'es pas inquiétée croyant que j'étais allée rendre mes hommages à la sultane. Tu as bien compris ?

Naïlé était sur le point d'acquiescer quand on frappa à la porte. Mme Dubois-Thainville et ses filles pénétrèrent dans la pièce. Les cadeaux avaient été distribués aux invitées qui venaient de l'extérieur et il était temps pour elles de partir. Elles avaient envoyé leur domestique prévenir le cocher et nous avions seulement quelques minutes pour me préparer. Naïlé se posta devant ma chambre. Elle prétexterait que je dormais pour ne laisser entrer personne. Je retirai à la hâte le khôl de mes sourcils et de mes yeux déjà bien estompé par les pleurs, mon voile, la chaîne de tête que je cachais avec le collier sous la chemise et mon caftan. Je troquai mes sandales pour les souliers de soie lisse. Puis, je revêtis la redingote verte bien fermée jusqu'en haut, rangeant ma lourde bague et mes boucles d'oreilles dans la poche, avant de mettre les gants blancs que me tendait l'épouse du haut fonctionnaire et relever mes cheveux sous le feutre de sa fille aînée.

Voilà, j'étais prête. Les larges plis du manteau occultaient bien mon ventre. Je respirai profondément. Aussi sûre de moi que possible, je passai le seuil de la porte, lançant un dernier regard de gratitude à Naïlé, et nous descendîmes toutes les quatre l'escalier. Les bords du chapeau de Levantine dissimulaient mon visage que je maintenais baissé. Surtout ne croiser aucune pupille, ne pas attirer l'attention. Ma respiration saccadée résonnait dans mes tympans. Dans le vestibule pratiquement vide – la plupart des convives s'étant déjà retirés – nous accélérâmes le pas. Mon cœur battait à toute allure. La porte de sortie gardée par deux colosses n'était plus qu'à trois mètres. Nous y étions presque, lorsqu'une voix nous interpella derrière nous :

— Madame la Consule, vous partez ? Ma maîtresse, la favorite, désirerait vous entretenir d'une dernière chose. Je vous ai cherchée partout.

Mon dos frissonna. Que pouvait bien vouloir Leïla ? Mme Dubois-Thainville se retourna et répliqua avec un aplomb sans faille.

— Notre voiture est prête. Mon mari est déjà là. Je ne peux pas le faire patienter. Veuillez m'excuser et lui dire que je viendrais lui rendre visite la semaine prochaine.

L'esclave s'approcha et prit place tout près de moi. Mes jambes commencèrent à flageoler et je m'accrochai au bras de l'aînée. La panique me gagnait.

— Ce sera très rapide, insista la domestique qui ne souhaitait pas revenir bredouille.

La consule hésita puis acquiesça. À présent que les relations avec le pacha s'étaient améliorées, elle ne désirait pas offenser la favorite.

— Allez dans la voiture ! Je vous y rejoins dès que je peux, ordonna-t-elle à ses filles.

Maintenant mon front incliné le plus possible, je virevoltai vers la sortie. Les gardiens nous contemplèrent impassiblement. Une montée de sang cognait à grands coups dans mes tempes. Je me concentrai sur le sol pour ne pas trébucher. Dehors, le ciel s'assombrissait et un coup de vent frais me cingla le visage.

Le cocher saisit immédiatement mon bras pour m'aider à grimper dans la berline. Monsieur le Consul m'y reçut avec un large sourire qui, en ne voyant pas sa femme, se changea en une moue d'inquiétude.

— Mais qu'avez-vous fait de votre mère ? Encore en train de bavarder ? Parbleu ! Ce n'est pas le moment, s'énerva-t-il contre ses filles.

— La favorite l'a fait appeler. Elle n'a pas eu le choix, papa. Mais elle ne tardera pas, expliqua la cadette.

Dix minutes s'écoulèrent, puis vingt. Le diplomate passait la montre d'une main à l'autre, les sourcils froncés. Il me toisait de temps en temps, jugeant si cela valait vraiment la peine de prendre autant de risques pour cette pâlotte. Personne n'osait parler. Mes oreilles bourdonnaient. Ma tête allait exploser.

— Cela suffit d'attendre. Je vais faire envoyer Marianne, finit-il par décréter.

La domestique s'était à peine engouffrée dans le palais qu'elle en ressortit avec la grande dame. Je soupirai de soulagement.

La voiture partit aussitôt. Elle ralentit devant la porte cochère sous la haute surveillance des janissaires, mais ne s'arrêta pas. Dehors, sous les reflets de la lune ronde, les vagues argentées de la mer scintillaient. Le cauchemar était terminé. J'étais libre. La tension m'abandonna et je pleurai de joie.

XXIII

Nous contournâmes la muraille de la citadelle d'Alger. Le chemin de plus en plus caillouteux malmenait notre berline. Épuisée après tant d'émotions, l'estomac vide, la nausée me gagna. Mon enfant n'appréciait pas les secousses et se fâchait avec de virulents coups de pied contre mon ventre. La consule se rendit compte de mon malaise et m'offrit une tasse d'eau. À voix basse, pour ne pas réveiller son mari qui s'était assoupi, elle m'éclaira sur notre destination. Rester dans la capitale était trop dangereux. Elle m'emmenait dans la maison estivale d'amis de confiance, une riche famille juive. Leur fils, David, venait d'être férocement décapité pour trahison par le dey et ils étaient heureux d'aider une citoyenne française, se vengeant ainsi du sultan. Je mourais d'envie de savoir où était Louis, mais n'osais pas le demander. Cette femme avait déjà tellement fait. Et puis j'étais anxieuse à l'idée de le retrouver. Que penserait-il en me voyant grosse du pacha ? Aucune mention ne fut faite de sa conversation avec Leïla. Et par discrétion, en ma présence, ses filles ne l'interrogèrent pas.

Je reconnus la route qui menait à la porte de Bab El Oued. Nous l'avions empruntée à notre arrivée à Alger. La voiture s'éloignait à bonne allure dans le bleu sombre de la nuit, en direction de la plage où nous avions échoué.

D'un seul coup, des hurlements obligèrent le cocher à freiner violemment. Les chevaux se cabrèrent. Je me heurtai contre les genoux du consul qui ouvrit les yeux. Les cris se firent plus distincts. On nous sommait de sortir de la berline. Le diplomate se pencha sous son siège et saisit un pistolet qu'il cacha sous sa veste.

— Hector, que se passe-t-il ? Des brigands ? demanda-t-il.

— Non, des janissaires, Monsieur.

La consule me lança un regard inquiet.

— Restez là ! Surtout, ne bougez pas ! Je vais aller leur parler.

Le haut fonctionnaire descendit et sortit de notre champ de vision. La paume moite, je tirai le rideau pour essayer de voir les soldats. Combien étaient-ils ? Était-ce un contrôle de routine ? Ou s'était-on déjà aperçu de ma disparition ? Cela faisait plus d'une heure que j'avais quitté ma chambre. Naïlé avait dû remettre ma lettre à Leïla. L'un des gardes ouvrit la porte. Il avait pour ordre d'inspecter tout véhicule aux alentours d'Alger.

Dehors, l'air était frais et humide. Je frissonnai. Monsieur le Consul répondait calmement aux questions de son compagnon. Ils n'étaient que deux. Une simple patrouille. On ne venait pas m'arrêter. Je soufflai. La perquisition fut vaine. Nous pouvions repartir. Le janissaire saisit mes doigts pour m'aider à monter sur le marchepied. Puis, d'un geste brusque, il me tira à lui et approcha sa lampe de ma main dégantée, éclairant mes dernières phalanges orangées. Ses yeux s'assombrirent. Il releva mon chapeau pour mieux discerner mon visage. Une longue mèche de cheveux cuivrés par le henné s'en échappa. Je paniquai. Il m'avait découverte et me ramènerait au dey. Mon enfant ne serait jamais libre. Les consuls allaient être décapités. Il fallait agir. J'aperçus un poignard à sa ceinture.

La seconde d'après, l'objet avait traversé son ventre une fois, deux fois, trois fois, jusqu'à ce que le garde fût tombé. S'ensuivit un coup de pistolet. Je lâchai l'arme. Tout mon corps se mit à trembler. Tuer un homme. J'avais tué un homme. Comment avais-je pu ? Je fixai, sidérée, mes mains baignées de sang rouge. Son odeur métallique me monta au nez. Je sentis son goût de ferraille dans ma bouche. J'allais vomir. Pendant toutes ces années de guerre, je n'avais jamais eu recours à une telle violence. Sur les champs de bataille, des vivandières n'hésitaient pas à saisir un fusil et à tirer. Moi, je m'y étais toujours refusée. La vie d'un homme était précieuse, même celle d'un ennemi.

Le cocher se précipita vers moi. Nous devions partir vite. Le consul avait abattu l'autre garde. Je ne réagis pas. Mes jambes étaient lourdes comme du plomb. L'espace tout autour devint flou. Étais-je en train de rêver ? Mme Dubois-Thainville me saisit par le coude :

— Allez ma douce ! On y va.

Elle m'assit à ses côtés, essuya mes doigts ensanglantés avec un mouchoir mouillé.

— Ce qui est fait est fait. Morts, ils ne pourront pas parler. Et personne ne nous a vus. Il faut tout oublier.

J'entendis sa voix comme venant du fin fond d'une caverne. Je ne ressentais rien. Mes mains étaient celles d'une autre. Ce corps n'était pas le mien. J'étais ailleurs. Le reste du trajet, je fermais les yeux et sommeillais, totalement épuisée.

Au bout d'une heure, un halo de lumière perça l'ombre. Une immense bâtisse blanche, isolée sur une falaise, s'élevait au-dessus des eaux. Les embruns l'éclaboussaient de toute part.

— Nous voilà arrivés ! La voix vigoureuse de la consule me fit sursauter. Ma chère, nous allons vous installer et repartir immédiatement à Alger. Il ne faut lever aucun soupçon. Je viendrai vous voir dans les prochains jours quand tout sera plus calme. Je vous laisse en sécurité et entre de bonnes mains, vous verrez.

La demeure toute en mosaïques et en blancheur de chaux était entourée de hauts murs crénelés. Nous entrâmes dans une vaste cour de marbre avec fontaine, bassin et végétation luxuriante qui donnait sur des galeries des deux côtés. Je tressaillis. Je me libérais d'une prison pour en retrouver une autre, plus esseulée encore.

Mes hôtes m'accompagnèrent jusqu'à un immense salon, semblable, quoique moins fastueux, à ceux du palais que je venais de quitter. Un homme habillé de blanc, un turban sur la tête, nous y attendait assis sur un divan damassé. Il se retourna. Je frémis.

C'était Louis. Un Louis sérieux et grave avec sa barbe blonde foisonnante, ses yeux gris sombre à la lumière des lampes à huile. Il se leva, salua avec courtoisie Madame la Consule et ses filles puis les interrogea du regard. J'étais restée en arrière, stupéfiée. L'épouse du diplomate me signala d'un lent geste de la main. Ses prunelles s'exaltèrent et, d'un élan, il fit quelques pas pour me prendre dans ses bras. Il me serra fort contre lui, sans rien dire. Ma vue se brouilla. Je sentis son souffle rapide dans mon cou et son odeur familière, celle de la mousse humide et boisée légèrement vinaigrée. Une larme coula. J'étais à nouveau moi. Tout n'avait plus d'importance. Il était là.

La consule lui raconta avec force détails notre rencontre, comme un journaliste relaterait un fait divers. Elle n'était absolument pas bouleversée par l'évènement. Elle avait vu pire à Alger. Mon compagnon ne me quittait pas des yeux, les dents serrées. J'écoutai mon histoire, détachée, comme si elle était arrivée à une autre et n'y ajoutai pas un seul mot.

Une fois seuls dans cette vaste salle, assis face à face autour de la table où nous avions pris le café avec la famille du diplomate, nous étions mal à l'aise. Je me terrai dans le silence. Louis ne savait pas quoi dire pour le briser. J'étais bouleversée et en proie à une soudaine timidité. Le temps passé loin de l'autre avait érigé une barrière entre nous. J'esquissai un sourire auquel il répondit. Son front avait de nouvelles rides. Il avait vieilli. Son corps avait recouvré une taille normale, mince et toujours aussi musclé. Je ne l'avais connu qu'émacié, comme nous tous à Cabrera. Il me contemplait, tendu. Lorsque j'avais ôté ma redingote et exposé mon ventre proéminent, une lueur obscure avait traversé son regard. Comment tout lui expliquer ? Par où commencer ?

Une servante entra pour nous proposer des fruits. Louis les refusa d'un hochement de tête. Je pris une banane et la remerciai.

— Tu parles la langue du pays ?

Son ton sec me glaça.

— Oui, je l'ai apprise. Je n'avais pas le choix. Je n'ai pas eu le choix, tu sais.

— Je vois bien ça ! rétorqua-t-il, les yeux rivés sur ma rondeur.

Mon compagnon se raidit et se tut. Une larme glissa sur l'arête de mon nez. Je l'essuyai violemment avec la paume de la main. Il n'avait pas le droit de me faire ça ! Il ne pouvait pas m'en vouloir. Lui, non !

— Il fallait obéir. Je croyais que tu étais parti avec les autres, que tu m'avais abandonnée. Que voulais-tu que je fasse ? protestai-je, criant presque, les joues mouillées. Qu'aurais-tu fait, toi ? Dis-moi !

Il se leva brusquement, sortit de la pièce et me laissa seule, là, à pleurer.

La bougie de l'entrée, presque entièrement consumée, vacillait quand je le rejoignis dans la chambre. La brise faisait claquer la mousseline diaphane autour du lit à baldaquin. Je m'approchai lentement, mais n'arrivai pas à me décider à me coucher à ses côtés. Un rayon de lune illumina ma main en suspens. Je le suivis jusqu'à la fenêtre qui s'ouvrait sur la mer, belle, puissante, fière. Ses flots incessants lamaient les rochers avec fureur, avec la même colère que je ne parvenais pas à taire. Je n'avais jamais douté que notre amour serait plus fort que tout, qu'il m'aimerait quoi qu'il en soit, avec ou sans bébé. Je m'étais bien trompée. Quelle naïve j'avais été ! J'allais devoir affronter seule, avec un nourrisson de couleurs et sans père, mon retour en France. Une douleur aiguë dans la poitrine me coupa le souffle. Je fermai les paupières et inspirai profondément les effluves marins. La tension se relâcha peu à peu.

Un corps chaud m'enlaça et me fit tressauter. Je n'avais pas entendu les pas. Louis embrassa mon cou avec fougue. Je me tournai. Le gris de ses yeux brillait. Il mouilla son pouce puis effleura lentement ma lèvre inférieure.

— Tu es si belle, Héloïse. Plus encore que dans mes souvenirs.

Mon prénom prononcé par sa voix rauque me fit perdre pied. Je retrouvai des sensations oubliées. Les sens décuplés, la chair si longtemps affamée se réveillait. Je fondis ma bouche sur la sienne. Il avait une saveur acidulée. Le monde tout autour de moi disparut. Il n'y avait rien d'autre que nous.

La somptueuse douceur de la peau nue sous les draps, les corps qui se cherchent, les muscles qui se tendent, le désir qui monte, enflamme, brûle. Le plaisir qui s'épanouit, se répond, se démultiplie. Retenir, ralentir, accélérer, jouir à en pleurer. Et recommencer.

Nous nous endormîmes à l'aube l'un contre l'autre, en silence, ma tête au creux de son épaule, apaisés par les battements de nos cœurs à l'unisson. Son odeur, sa respiration régulière, l'éternité.

La lumière franche de midi pénétrait par la fenêtre non grillagée. L'iode s'y engouffrait par bouffées. Le jour nous sollicitait. Mais aucun de nous ne souhaitait se lever. Les peaux ne voulaient pas encore se séparer. Il caressait mes cheveux, dessinait des arabesques imaginaires sur ma poitrine. La pointe de son doigt s'arrêta sur mon nombril.

— Je n'ai pas su te protéger.

Sa voix chevrotait. Son regard fuyait. Je ne l'avais jamais vu dans un tel état. Lui, l'invincible, lui que rien n'effrayait, ce sultan barbare l'avait atteint dans ce qu'il avait de plus précieux. Il avait piétiné son honneur d'homme et planté une mauvaise graine qui lui rappellerait toute sa vie son humiliation.

Un poing déforma la surface lisse. Mon petit être nous signalait qu'il était là. Louis retira immédiatement ses doigts, comme brûlés par le feu.

— Allez, habille-toi. Je vais demander que l'on nous serve le déjeuner.

Son ton était distant. La magie de la nuit s'était évanouie. Vêtu lestement, il quitta la chambre presque en courant, me laissant abasourdie. La porte se referma bruyamment derrière lui. Une immense tristesse s'abattit sur moi. Il détestait mon enfant et ne l'aimerait sans doute jamais. Pourrais-je vivre aux côtés d'un homme qui le mépriserait ? Je pris mon ventre entre les bras et le berçai.

— Ce n'est rien. Tout va bien. Maman est là.

XXIV

Nous ne devions pas quitter la propriété bien protégée de tout regard par de hautes murailles. Louis s'était habitué à vivre caché dans des espaces restreints durant les cinq derniers mois. Il était heureux de la liberté relative que nous avions dans cette belle maison avec patio et jardin. Il en oubliait sa rage et dissimulait son aversion pour cet enfant qui grandissait dans mes entrailles. J'apprenais à le réapprivoiser comme un animal blessé.

Nous passions les après-midi à discuter, prenant le frais, les pieds dans le bassin en marbre. Mes chevilles avec la chaleur avaient tant enflé qu'elles en étaient douloureuses. Le murmure de la fontaine à proximité nous détendait et parfois nous nous endormions à l'ombre du palmier. Je lui racontais avec force détails tout ce que j'avais vécu dans le sérail, lui parlais de Leïla et surtout de Naïlé. J'étais tellement préoccupée par le sort de ma servante. Mon amie l'aurait-elle protégée ? Je revoyais sa mine effarée, son sourire forcé qui se voulait réconfortant sur le seuil de cette chambre du palais d'été. Elle s'était sacrifiée pour moi et je ne pourrais jamais l'en remercier.

Louis me conta avec émotion le départ de nos compagnons. Le dey les avait gardés auprès de lui un peu moins de deux mois. Il les avait reçus comme il se devait, logés, nourris et habillés. Le vice-consul et lui-même leur rendaient visite régulièrement pour s'assurer que tout allait bien.

— Je me sentais coupable de les avoir abandonnés dans le palais, poursuivit-il. Et puis, j'étais loin de toi. Mais M. Ferrier n'était pas homme à accepter un non lorsqu'il lançait une invitation. Je ne désirais surtout pas l'offusquer. Son aide nous était indispensable. Je suis donc parti chez lui. Son épouse est charmante. Tu l'aurais beaucoup apprécié. Ils ont été très généreux.

Mon ami souriait à ce souvenir.

— Malgré les relations diplomatiques tendues avec le sultan, le haut fonctionnaire insista pour avoir une audience. Il fallait la jouer fine pour ne pas l'offenser et finir tous mis aux fers. Le consul avait pensé lui proposer une bonne somme d'argent pour t'acheter. Et si cela échouait, un échange commercial alléchant qu'il ne pourrait pas refuser. Il était sûr de sa transaction. Mais la conversation tourna mal. Le pacha évoqua la dette du blé non payé lors de l'expédition d'Égypte. Il rendait à notre Empereur ses hommes, mais garderait une compensation. Ce cher Ferrier s'est alors hâté de trouver un corsaire pour nous rapatrier en France. Je lui fis part de ma décision de rester à Alger. Il ne voulut pas entendre cette folle idée. C'est sa femme qui l'a fait changer d'avis. C'est d'ailleurs grâce à elle qu'il a écrit à Napoléon lui-même. Nous avions de vifs espoirs dans cette missive. Cela prendrait du temps, mais tu serais libérée. J'avais aussi communiqué l'incident à un proche de l'Empereur, ami de ma famille.

Son visage s'était tendu. Il prit un verre de *sherbet* sur le plateau qu'une domestique avait déposé à nos côtés.

Je gardai mes yeux rivés sur lui dans l'attente de la suite. Elle tardait.

— Tu n'es donc pas monté sur le navire qui vous ramenait en France ?

— C'est plus compliqué que ça. Je devais embarquer avec les autres. Les janissaires sont venus me chercher. Impossible d'échapper à leur vigilance. On avait réfléchi. Que faire ? Soudoyer le capitaine ? Il était bien trop fidèle au sultan. Ce n'était qu'une fois sur le bateau en route que l'on pouvait agir. J'ai donc discrètement plongé par-dessus bord et rejoint à la nage l'extrémité de la rade où m'attendait le vice-consul. Il m'a caché chez lui jusqu'à la fin, à ses risques et périls. Je lui dois beaucoup, tu sais.

Son regard se troubla. Il fit à nouveau une pause avant de continuer. Il avait parcouru toute la citadelle, dissimulé sous un turban, traîné dans des bars malfamés à la recherche d'un contact avec les esclaves du palais. Sans succès. Puis vint le Ramadan. Madame la Vice-Consule lui parla des visites que faisaient les femmes du harem à cette occasion. Les rues étaient plus mouvementées. Il était plus facile de passer inaperçu et Louis se mit à faire le guet, soir après soir.

Au fur et à mesure de son récit, mon émotion s'intensifiait. Cet homme avait tout risqué pour moi. Il n'avait jamais désespéré, même quand on lui répétait sans cesse que le jardin interdit était inaccessible et qu'il pouvait me porter pour morte. Mon compagnon était de ces caractères-là, un acharné, de ceux dont l'adversité conforte dans leur décision, qui, à chaque obstacle, deviennent plus forts et n'hésiteraient pas à mourir avant de se rendre, aveuglés par leur honneur et leur obstination. J'en avais rencontré une multitude dans notre armée. On disait que notre Empereur était le plus tenace de tous. Tout le contraire de mon cher ami Gilles. Ce jeune étudiant, tout frêle, forcé par les dés du hasard à partir à la guerre, alors qu'il n'avait aucune expérience de la vie, était souple et enjoué de nature, mais peinait à résister au malheur. Ma situation l'avait affligé tout autant qu'à Louis. Il avait offert de l'aider. Mais le lieutenant l'avait prié de suivre la troupe et de ne pas s'inquiéter. Il ne souhaitait pas l'avoir dans les pieds. Occulter un homme était suffisamment périlleux, deux redoublaient le danger.

Les journées étaient douces, les soirées délicieuses, les nuits, en revanche, terrifiantes. Le même cauchemar revenait sans cesse. Le couteau tailladait la chair et maculait de sang mon corps tout entier. Le janissaire se levait et me poursuivait en hurlant : « pourquoi veux-tu me tuer ? Que t'ai-je fait ? » Je lui répondais un pardon sincère. Il continuait pourtant à crier. J'avais pris la vie d'un innocent, d'un simple soldat qui faisait son travail. Avait-il une épouse, des enfants ? Louis finissait par me réveiller d'une vive secousse et me consolait doucement dans ses bras.

— Ça passera, tu verras. Avec le temps, tout passe. Le premier mort, c'est toujours comme ça. Ensuite, on s'habitue.

Tuer, une normalité ? Pendant les guerres, abattre avant d'être abattu était une tâche quotidienne. L'ennemi n'avait ni voix ni visage. Il n'était personne, juste une entité. Les champs de bataille n'étaient autres qu'un jeu avec ses pions qui avancent, reculent ou tombent et ses règles assumées par tous. Là, c'était différent. J'avais assassiné un homme gratuitement. J'étais une meurtrière. Comment en étais-je arrivée à ce degré de désespérance ? Cet acte, je ne me le pardonnais pas.

Trois semaines s'étaient écoulées et nous n'avions aucune nouvelle des consuls. Je commençais à être préoccupée. Sans leur collaboration, nous ne pouvions pas fuir ce continent.

Pourtant, il était hors de question de rester. Plus le temps passait, plus mon ventre grossissait et l'enfant ne tarderait pas à arriver. Enfanter sur un bateau sans l'aide d'une accoucheuse était une pure folie. Il fallait prendre la mer le plus tôt possible. Louis pensa à la chaloupe que nous avions dissimulée derrière les rochers, sur cette plage isolée. Après tous ces mois, serait-elle encore navigable ? Quelqu'un l'aurait-il découverte ?

— Elle n'est pas loin, tu sais. J'ai repéré l'anse. Quand nous sommes venus ici, nous sommes passés devant. Je peux aller vérifier, me suggéra-t-il, plein d'espoir et heureux d'avoir trouvé une solution.

— Cela ne me semble pas une bonne idée, Louis, c'est trop risqué. Et si l'on te prenait ? Je ne supporterai pas d'être seule à nouveau, l'implorai-je, atterrée.

— En une matinée, à pied, c'est fait. Ce n'est pas si dangereux que ça. Je ne resterai pas sur le chemin. Personne ne me verra. J'irai demain. Comme ça, on sera fixés.

L'idée avait germé dans son esprit et rien ne pourrait l'en empêcher. Je le savais et commençais à paniquer.

Il n'avait pas attendu le jour. Dès les premières heures, il s'était réveillé pour profiter de l'obscurité. Je l'avais entendu se lever, mais n'avais rien dit. Je n'avais pas envie de me séparer de lui, fâchée. Cela aurait été inutile de toute façon. Les heures furent longues jusqu'à l'aube, mes yeux rivés sur les volets intérieurs bleus, examinant chaque détail de cette trentaine de rectangles verticaux et horizontaux jaune, vert et rouge d'où la lumière s'immisçait peu à peu. Je les ouvris et me recouchai pour contempler le spectacle de la clarté. Moi qui avais été plongée dans l'ombre depuis si longtemps, je me réjouissais de voir les rayons de soleil éclabousser chaque objet de la chambre : les faïences azurées qui rappelaient la mer proche, la nacre scintillante de la table octogonale et du coffre, la soie chatoyante des divans, la pureté étincelante du cristal des flacons. Je m'efforçais de ne pas penser. Tout irait bien, c'était sûr. Mon petit ange ne tarda pas à se manifester. Je le rassurai de ma voix douce. Louis allait bientôt revenir et nous partirions dans ce beau pays qu'est la France. Là-bas, tout était vert, les collines, les vallées, les montagnes. Là-bas, on serait heureux. Là-bas, on serait libre.

Le déjeuner fut servi et toujours personne. J'avais fait le tour de la maison à la recherche de la meilleure fenêtre qui s'ouvrait sur la campagne pour scruter l'horizon. La moindre ombre, le plus infime mouvement et j'étais soulagée. Il était enfin là. Mais ma vue me trompait.

Au fil des heures, la tension était montée et le mal de tête ne m'avait plus quittée. Lui était-il arrivé quelque chose ? Après l'inquiétude vint la colère. Sa témérité l'avait aveuglé. Je le maudissais.

Une esclave entra pour reprendre le plateau resté intact quand une voix grave, derrière elle, s'exclama :

— Ne retirez pas déjà les plats !

Louis, tout joyeux, prit place à mes côtés comme si de rien n'était. Je le fustigeai du regard, furieuse et apaisée à la fois. Il déposa un tendre baiser sur ma joue pour m'amadouer.

— J'ai une bonne nouvelle pour toi. Devine ? J'ai eu raison d'y aller.

Je restai prostrée dans le silence encore sous le coup de l'émotion.

— La chaloupe, elle est intacte ! Je l'ai essayée. On peut l'utiliser. Juste une paire de tonneaux d'eau et de la nourriture et l'on pourra gagner la Sardaigne. Regarde !

Il sortit de sa poche une boussole en laiton et une vieille carte pliée qu'il s'était procurées à Alger en prévision du pire. Il m'indiqua avec enthousiasme la route sur le feuillet nautique. Je l'écoutai, effarée à l'idée de repartir sur l'embarcation du diable qui avait failli en finir avec nous pendant la traversée. Ne se souvenait-il pas de la bouche béante de la mer prête à nous avaler à chaque instant ? De l'eau à écoper, de la voile à tendre, dès que la houle nous maltraitait... Il assurait pouvoir mener le bateau à lui seul. Une main sur la barre, l'autre sur la voilure. Mais pendant la tempête, tous les hommes avaient été utiles. Sans eux, nous n'aurions pas survécu. Partir juste nous deux était du suicide. Je n'avais aucune notion de navigation et j'étais grosse. Et si j'accouchais prématurément en pleine mer ? Louis avait perdu la tête. Je le laissai m'expliquer jusqu'au bout, ne m'opposant pas de front pour ne pas le braquer. Puis, avec douceur, je lui fis part de mon appréhension et lui suggérai qu'il serait peut-être sage d'attendre une semaine, au cas où les consuls reviendraient. Il accepta le sursis qui lui permettait de bien tout préparer pour le voyage.

Ce soir-là, je me mis à genoux avec difficulté et priai Dieu de toutes mes forces. Les *Je vous salue Marie* se succédèrent aux *Au nom d'Allah, le Tout Miséricordieux, le Très Miséricordieux*. J'invoquai le Seigneur, celui d'ici et celui de là-bas, le seul et même démiurge qui avait veillé sur moi jusqu'à présent. Cette Providence que j'avais tant de fois niée, je m'y accrochais désespérément désormais. Je la remerciai pour tout ce qu'elle avait fait et l'implorai de m'accorder encore clémence et protection. Je pensai à ma grand-mère si croyante. Un jour que je doutais de l'existence d'un Tout-Puissant qui dirigeait nos vies – la mienne n'est qu'entre mes mains et nulle part ailleurs, lui avais-je dit –, elle m'avait simplement répliqué que la vie s'occuperait de me faire changer d'avis. « Un chemin », avait-elle ajouté, « chacun a un chemin et l'on ne peut rien y changer, il faut l'accepter. »

XXV

Mon vœu fut exaucé juste à temps. L'angoisse m'avait ôté le sommeil. Louis, plus déterminé que jamais, passait ses nuits à tout organiser : renforcer la corde, remplacer la voile, colmater chaque interstice de la coque. Il partait à la tombée du jour et revenait au petit matin, dormant une bonne partie de la journée. Je ne le voyais presque plus et il en était mieux ainsi. Nous étions trop nerveux et je lui en voulais de s'entêter avec cette chaloupe. Pourquoi ne comprenait-il pas qu'elle nous mènerait à la mort ?

Le sixième jour, alors que mon compagnon ne s'était pas encore réveillé et que je somnolais près du bassin, la consule, magistrale, entra dans la cour, suivie de ses humbles domestiques à qui elle donnait toute une série d'instructions. Dès qu'elle m'aperçut, elle s'avança vers moi, souriante. Je me levai immédiatement et, si heureuse de la voir, je la pris dans mes bras. Elle fut déconcertée par cet élan de familiarité, mais se laissa faire.

— Ma chère, je ne vous ai pas abandonnée, vous savez. J'espère que vous n'en avez jamais douté. Si j'ai tardé, c'est parce que ce fut difficile de quitter Alger. Je vous expliquerai.

Allons prendre un rafraîchissement ! Il a fait une chaleur terrible dans cette berline.

Je partis chercher Louis et la rejoignis dans le salon.

— Mes chers enfants, mon mari n'a malheureusement pas pu m'accompagner. Si vous saviez, comme il est compliqué de sortir de la ville. Le dey est hors de lui. Il a fait fermer toutes les portes de la cité. Et encore aujourd'hui, tous les déplacements sont hautement surveillés. J'ai dû prétendre qu'une amie malade avait besoin de moi dans sa résidence d'été. Ils ont fouillé la voiture, jusqu'à mes bagages. Des rustres, je vous dis. Inspectez la lingerie d'une dame ! J'ai cru qu'ils ne me laisseraient pas passer.

La consule se ventilait frénétiquement avec un éventail à plumes comme si elle revivait l'angoisse de ce voyage. Elle fit une pause, but une gorgée de thé glacé puis continua.

— On n'a jamais vu le pacha dans une telle colère. C'est un fou furieux. Tous les invités ont été convoqués au palais. Si vous saviez comme j'ai eu peur quand ils ont interrogé mon Charles François ! Ça n'aurait pas été la première fois que le sultan s'en prend à un haut fonctionnaire. Le consul hollandais a déjà reçu des coups de bâton. Des têtes sont tombées, m'a-t-on dit, et sur la muraille de Bab Azzoun, il n'y a pas un seul crochet sans corps inerte.

Je manquai d'air, crus faire un malaise. À cause de moi, on torturait et tuait des innocents. J'étais responsable de ces massacres.

— Et Naïlé ? parvins-je à bredouiller. Avez-vous des nouvelles de ma petite servante ?

La grande dame baissa les yeux et se tut. L'attente m'était insupportable. Ce ne pouvait que signifier le pire. Une sueur froide parcourut mon dos et d'un cri presque animal, j'interrompis le silence :

— Il l'a assassinée !

Notre amphitryonne acquiesça d'un coup de cils. Leïla était intervenue en sa faveur, elle avait bien reçu mon billet, et le sultan avait promis de lui épargner le supplice ottoman : la jeter à la mer dans un sac en cuir en compagnie d'un chat effrayé. Cependant, pour la faire parler, on l'avait torturée. Pas un seul mot n'était sorti de sa bouche. Elle m'avait protégée jusqu'au bout, mais avait payé de sa vie.

De courts frissons me secouèrent tout entière. Les sanglots s'étranglèrent dans ma gorge. J'étouffai. Puis ils éclatèrent, tonitruants. J'enfonçai alors mes poings sur mes paupières pour anéantir cette terrible image : le corps de Naïlé lacéré, les yeux exorbités, le visage encore convulsé par la douleur. La consule me caressa doucement le bras. Louis se retira sans rien dire.

Au dîner, les sourcils broussailleux de mon compagnon ne se défronçaient pas. À ses côtés, Mme Dubois-Thainville mangeait goulûment en apparente tranquillité, commentant la richesse de tel ou tel plat. Je hochai la tête de temps en temps, le corps et l'esprit vidés par tant de larmes, en proie à une soudaine sérénité, celle du calme après la tempête.

— Nous ne pouvons pas attendre plus longtemps. L'enfant d'Héloïse va naître bientôt. J'ai trouvé un moyen de fuir avec notre vieille chaloupe que j'ai entièrement réparée. Nous partirons après-demain.

Sa décision était ferme. Je regardai Louis, pétrifiée.

— Vous n'y songez pas, cher ami ? Elle n'est pas en état de naviguer sur une telle embarcation. Il en est hors de question ! Mon mari a pris ses dispositions avec un corsaire français. Nous ne devrions pas tarder à voir poindre un voilier au large de ces côtes. Un peu de patience, je vous prie.

Le ton de notre hôtesse était si impérieux que mon compagnon n'osa pas la contrarier et se contenta de la remercier. Je réussis à avaler la moitié de mon assiette, rassurée.

Chaque jour qui passait, Louis enrageait. Ce marin de la garde impériale ne supportait pas de devoir obéir à cette femme : si le navire n'apparaissait pas, ce serait trop tard. Un matin, il m'annonça résolument que nous partirions le soir même, dans la nuit. Cela faisait cinq semaines que nous attendions. Il avait caché près de la plage des barriques d'eau et de la nourriture. Tout était prêt pour notre départ. La panique s'empara de moi et je le suppliai de nous accorder un jour de plus, juste vingt-quatre heures :

— Et puis, quand bien même j'accoucherais ici, quelle importance ! Naviguer sur une frégate avec un nouveau-né, c'est bien mieux que d'enfanter seule sur une chaloupe de misère. Enfin Louis, reprends tes esprits !

— Et si elle ne vient jamais cette frégate ? Tout Alger te cherche et ils finiront par te trouver. Chaque jour de plus passé ici est un danger, tu le comprends, non ? As-tu pensé à ce qu'ils feront alors à Madame la Consule et à son mari ?

Je ne ripostai pas, penaude. Il avait raison. J'avais causé assez de mal comme ça.

Ce matin-là, Mme Dubois-Thainville nota ma contrariété pendant notre partie de jeu de l'oie qu'elle affectionnait particulièrement. Je venais de perdre, à son plus grand plaisir, quand l'une de ses domestiques annonça la visite d'un certain M. Antoine Guy Coquard. Les yeux de la gagnante pétillèrent. Le capitaine tant attendu était enfin là. Je soupirai, délivrée de ce poids qui tendait mon corps tout entier. Il accepta le café que la femme du diplomate lui proposa, mais insista pour que nous préparions nos affaires immédiatement afin de partir au plus vite. Le voilier patientait au large du rivage.

Louis reçut la nouvelle avec joie. Sur un vaste navire, accompagnés de tout un équipage, nous serions en sécurité. Dans un sac en cuir, je rassemblai hâtivement une chemise de nuit, une robe, mes bijoux et ma tenue en soie de concubine. Notre hôtesse nous avait priés de la brûler pour détruire toute trace de ma présence, mais je l'avais gardée. Elle nous avait offert des habits de ville à la française. J'avais reçu deux jolies robes en mousseline de coton en plus des souliers, de la redingote et du chapeau qui m'avaient permis de m'évader du harem. Louis était beau, ses courts cheveux blonds ramenés sur le front et les joues, les pattes longues, la barbe entièrement rasée, grand dans sa veste marron qui pendait à l'arrière, son gilet rayé aux boutons dorés et son pantalon blanc surmonté de bottes bien cirées. Il avait retrouvé sa majesté de fils de comte et m'impressionnait. L'une des servantes de Mme Dubois-Thainville m'avait aussi transformée en comtesse, rattachant ma chevelure en un élégant chignon et coupant le devant à hauteur de menton. Les boucles noires qui remontaient jusqu'aux oreilles auréolaient mon visage de grâce et de douceur. Ce fut donc un couple de naissance noble qui se présenta au capitaine. Personne n'aurait pu imaginer que j'étais une vivandière.

Dans le harem, j'avais poursuivi mon éducation initiée sur l'île de Cabrera et appris la retenue et le maintien des femmes bien nées. Il était facile de s'y tromper. Louis m'avait introduite aux consuls comme sa légitime épouse. Il avait menti et je n'avais rien dit.

Les adieux furent émouvants. Cette brave dame et son mari nous avaient sauvé la vie au péril de la leur. J'avais croisé plusieurs fois pendant la guerre des personnes de cette nature-là, des philanthropes dont la bonté était sans pareille, dont les élans du cœur envers le prochain annihilaient tout raisonnement égoïste. Ces héros qui, sous les balles, ramassaient le corps de leurs amis blessés sur les champs de bataille. Elles étaient rares, mais elles existaient. Louis avait eu la chance de rencontrer l'une d'entre elles. Il lui remit l'adresse du château de ses parents et lui promit d'envoyer dès que possible l'argent nécessaire pour la rembourser des frais occasionnés.

— Mes chers, pour les deniers, ne vous en faites pas ! Et comptez sur moi, je vous écrirai sans faute dès que tout sera rentré dans l'ordre. Et qui sait ? Vous pourriez avoir, l'un de ces jours, l'agréable surprise de ma visite.

Elle resta digne même si ses paupières se gonflèrent sous l'émotion.

Nous fûmes reçus sur le voilier avec tous les égards dus au rang de Louis. Cette embarcation, d'une vingtaine de mètres de coque, menée par une quarantaine d'hommes, était assez confortable. Le capitaine, fier de son navire, nous invita dans sa cabine située à l'arrière où nous dormirions en relative intimité, à l'écart de l'équipage entassé sur des hamacs dans l'entrepont. Avec son unique mât et ses voiles carrées, le bateau glissait, véloce, sur la mer bleue et lisse. Le vent nous emportait avec impétuosité loin de cette terre qui avait voulu m'enfermer. Je songeai à Naïlé, à Leïla, à Selma et même à Yasemin que je ne reverrais pas, et à toutes ces femmes qui avaient formé ma famille pendant plus d'une demi-année. Cet horizon scintillant, ouvert devant nous, plein d'espérance, elles ne le contempleraient jamais. Cet air vif, qui piquait les narines, purifiait les poumons et rafraîchissait l'esprit, n'était pour elles que du passé. Libre, j'étais enfin libre. Ce mot-là leur était interdit. Moi, la paysanne désargentée possédait le plus beau des trésors.

Devant cette immensité, je me fis une promesse à moi-même et à mon enfant : personne ne nous retirerait plus jamais la liberté, pas même un être aimé. Appuyée contre le bastingage, je contemplai Louis du coin de l'œil. Nous avions changé. L'appel de nos peaux assoiffées ne suffisait plus à nous combler. Un voile ténu s'était tissé entre nous et nous maintenait à distance. Je l'aurais bien volontiers déchiré, mais mon compagnon n'était pas encore prêt. Le lieutenant avait les yeux rivés sur l'une des pièces d'artillerie.

— Quatre canons et une dizaine de caronades, c'est trop peu. Si une frégate ennemie nous attaque, elle ne fera de nous qu'une bouchée ! me confia-t-il, avec une pointe d'angoisse. Dans ces eaux, nous sommes à la merci de n'importe qui.

Moi, j'étais si heureuse que rien ne pouvait gâcher ma félicité. Nous allions enfin rentrer au pays. Peu m'importait si les parents de Louis allaient m'accepter ou pas, si ma mère me rejetait avec mon bâtard. Notre avenir n'appartenait qu'à nous.

Le premier soir, je ne pus me résoudre à abandonner ce ciel étoilé qui se reflétait dans cette eau sombre sous un quart de lune. Les hommes assoupis avaient cessé de parler. La plupart étaient partis se coucher. La douce mélodie des vagues contre la coque accompagnait le silence divin de la nuit. Je me fondis dans ce paysage sublime, une main imaginaire touchant les étoiles, l'autre la mer froide, mon âme légère, inconsistante. Qu'étais-je face à cet infini ? Louis vint me rejoindre sur le pont et me prit contre lui.

— Tu vois là, sur la droite, le cerf-volant avec sa longue queue, c'est la Grande Ourse. Et à l'envers, un plus court, la Petite Ourse. L'étoile qui brille fort à l'arrière, on l'appelle l'étoile Polaire...

Son corps chaud fit frissonner mon dos. J'écoutais sa voix, à peine murmure, tendre comme elle ne l'avait jamais été. Je fermai les yeux et souris de plaisir. Je réalisai alors que mon chez-moi, c'était lui. Peu importe où nous irions si nous étions ensemble.

Le vent d'ouest en cette fin juin gonflait vigoureusement les quatre voiles déployées. Nous avions avancé à bonne allure et sans aucun problème ces deux derniers jours. Mais cet après-midi-là, la brise changea de direction et perdit de sa force.

— Nous ne sommes pas loin des Baléares, remarqua le capitaine. La tramontane faiblit toujours ici.

Je frémis. Personne sur ce navire ne savait que nous étions d'anciens prisonniers de Cabrera et personne ne devait l'apprendre.

— Tenez, regardez ! Le patron me tendit sa longue-vue. Vous voyez ce bout de terre ? C'est Majorque. La marine anglaise la garde férocement. Il vaut mieux ne pas trop s'en approcher. Ces satanés Anglais seraient bien heureux de faire une prise française.

J'eus un mouvement de recul à la vue de ce rocher gris qui trônait au milieu de la mer turquoise et pâlis. Mon bas-ventre se contracta douloureusement. J'avais le sentiment d'abandonner une deuxième fois Jean-Baptiste, le fils de mon amie Marie. Il devait avoir deux ans, un petit bonhomme qui marchait. Avant de m'évader, l'aumônier de Cabrera m'avait assuré que les religieuses majorquines lui avaient trouvé une nourrice et un foyer. J'espérais juste qu'il était bien traité. Dès qu'il me serait possible, j'irais le chercher.

Louis me lança un regard inquiet. Je le tranquillisai d'un geste de la main. Il avait compris la cause de mon malaise. Lui aussi se sentait coupable de passer au large des côtes de Cabrera et de ne rien faire pour ses camarades. Un soir, il m'avait déclaré qu'à notre arrivée en France, il écrirait lui-même à un maréchal d'Empire de sa connaissance. Il lui rendrait compte de l'état misérable des troupes sur l'île et de l'importance de mener une action pour délivrer ses quatre mille soldats prisonniers qui seraient bien utiles à l'Empereur. Le caporal-fourrier Gilles avait déjà dû faire un rapport circonstancié. Mais était-il parvenu entre les mains de la bonne personne ? Le prince de Neufchâtel et de Valangin, major général de la Grande Armée, était l'homme auquel il fallait s'adresser.

Le capitaine, après m'avoir offert de m'asseoir et s'être assuré que j'allais bien, se retourna vers Louis pour poursuivre la conversation. Mon ami en profita pour l'interroger sur notre avancée en Espagne. Barcelone et Tortosa étaient tombées, Tarragone ne tarderait pas à se rendre. La Catalogne serait bientôt française. Il avait aussi entendu dire que le maréchal Soult avait pris Badajoz.

— Mais le Portugal ! ajouta-t-il. Le Portugal, c'est une autre affaire. Les Anglais sont tenaces. Ce Wellington est un teigneux. Le général Masséna en a perdu son poste. C'est le maréchal Marmont qui l'a remplacé.

Je m'éloignai d'eux, peu intéressée par la politique, et m'appuyai contre le garde-corps, les yeux rivés sur l'horizon. Les hommes continuaient à mourir sur les champs de bataille. Quand cette guerre allait-elle enfin finir ? N'avait-on pas assez payé de notre sang ? Pourquoi vouloir conquérir encore et encore ? Notre Empereur ne voyait-il pas qu'il saignait sa patrie ? L'ambition aveuglait. L'honneur ravageait. Il était temps d'arrêter.

Devant moi, sur cette mer huilée, défilaient au ralenti toutes les images des morts que je ne pourrais pas aller visiter au cimetière, ces corps ensevelis dans cette patrie ennemie, si vite oubliés, si rapidement remplacés par de nouveaux décès. Elles étaient si nombreuses que les premières étaient déjà floues. Seul le visage de feu mon époux Armand et celui de mon amie Marie n'avaient pas perdu de leur clarté. Les embruns mouillaient mes joues et effaçaient les larmes silencieuses que je ne pouvais retenir.

Le cinquième jour, la tramontane se leva. Ce vent du nord-ouest ébranla fortement notre embarcation. Sur le pont, le capitaine hurlait, les marins s'affairaient, avançant avec difficulté. Il fallait diminuer les voiles. Les chemises à la blancheur grisée claquaient contre la peau. La mer salée crachait sur les corps pliés tirant sur la corde. Je frémissais en voyant ces pantalons rayés grimper au mât qui penchait dangereusement. Louis me fit immédiatement descendre dans la cabine et m'interdit d'en sortir. Puis il remonta aider l'équipage. Les timbales laissées sur la table avaient volé à terre. Je ne pouvais pas me tenir debout et m'assis tant bien que mal sur le banc, dans la direction où s'inclinait le navire. L'écoutille se ferma et je restai dans l'ombre. Les flots tapaient rageusement contre la coque. Le vent faisait grincer les gréements et étouffait les cris des hommes. L'air me manquait, la nausée ne tarda pas à monter. J'essayai de me lever pour prendre un seau accroché au plafond, au-dessus de la table, mais retombai violemment sur mon assise, le dos meurtri. Mes bras toujours plus proches à chaque tentative, je n'allais pas pouvoir me retenir bien plus longtemps.

Je finis par décrocher le récipient qui se heurta contre ma tête avant d'échouer entre mes mains. Mon estomac expulsa aussitôt tout ce qu'il contenait.

Je passai deux journées entières le ventre vide, la bile à la bouche, épuisée et la plupart du temps allongée. La mer et la bise ne se calmaient pas. Mon petit être se fâchait parfois en me donnant des coups de pied dans la cage thoracique, me laissant sans souffle. Les contractions étaient de plus en plus nombreuses. Ma panse appuyait tant sur mes organes inférieurs que j'avais une envie constante d'uriner. Mon teint livide tracassait Louis. Il devint doux et prévenant, restant auprès de moi autant qu'il le pouvait. Je ne l'avais jamais vu comme ça. Lui aussi priait pour que l'enfant ne décidât pas de venir au monde déjà.

XXVI

Le septième jour, le mistral avait faibli et nous avions repris notre chemin dont la bourrasque nous avait détournés. Je me levai heureuse de pouvoir enfin regagner le pont. L'iode emplissait mes poumons de force et de vie. La mer argentée brillait sous mes yeux éblouis. Le capitaine était satisfait de lui. Sa manœuvre nous avait permis de ne pas dépasser notre destination. Il aurait été impossible de revenir en arrière. Louis aussi était soulagé. Les mouettes dans le ciel annonçaient la terre proche.

Le soleil était au zénith quand une silhouette sombre se dessina au loin. Une fureur douce m'emporta et je sautai de joie. Mes jambes lourdes étaient à nouveau légères, je ne sentais plus mon dos endolori. L'allégresse contenue de Louis déridait ses traits. Mon geste fougueux provoqua un large sourire chez le vieux loup de mer.

— Ah les jeunes femmes ! Un rien les rend joyeuses, un rien les fait pleurer. N'y a-t-il rien de plus inconstant que les humeurs féminines ?

Le capitaine prenait mon compagnon à partie. Ce dernier éclata de rire devant mon air déconfit. Pourquoi les hommes passaient-ils leur temps à vouloir nous infantiliser ? Nous, les fragiles, les émotionnelles, les aériennes. Ces impondérables qu'il valait mieux ignorer. Eux, les durs, les stables, les silencieux, qui avaient appris depuis leur tendre jeunesse à taire tout sentiment, à enfouir l'émoi et la sensibilité, des marques de faiblesse pour le sexe fort.

Son foulard rouge attaché nonchalamment au cou flottant au vent, son pistolet toujours à la ceinture et maintenu au-dessus de sa veste bleu marine par une étoffe autrefois écarlate, les bottes jusqu'à mi-cuisse au cuir tout aussi tanné que son visage, l'œil vif, la mâchoire carrée souvent serrée, le corsaire n'était pas homme à aimer une femme. Son amante, c'était la mer et le profit qu'il en dégageait. Ses prises avaient été nombreuses et lui avaient assuré une belle fortune qui lui avait permis de devenir armateur.

— Allons fêter ça avec un verre d'eau-de-vie !

Louis le suivit dans la cabine. Je restai contre le bastingage, ne voulant pas perdre une seule seconde la vue de cette terre qui s'approchait.

— Tu vois là, c'est la France, le pays de maman, et ce sera le tien.

Je caressai doucement mon ventre. Vivre sans la menace de la mort quotidienne, sans agression, libre, je ne souhaitais rien de plus. Rien d'autre qu'une vie simple, de quoi manger et prendre soin de mon enfant, auprès de Louis, j'espérais. Il ne m'avait parlé ni de mariage ni de ses parents. Que ferait-il ? L'enverrait-on de nouveau à la guerre ? Au pire, je pouvais toujours me réfugier chez ma sœur et revenir à Senlis. Ma mère me sermonnerait, mais en fin de compte elle accepterait peut-être la situation. La brise emporta avec elle cette sombre pensée. Les rayons brûlaient mes joues et me faisaient cligner des yeux, je ne me décidai toutefois pas à me mettre à couvert. Au bout d'une heure,

Louis vint me rejoindre. Il titubait. Il avait trop bu. Il m'embrassa ardemment dans le cou.

— Il va bien falloir qu'on se marie. Allez ! Je vais l'adopter ton bâtard.

Je me retournai et lui lançai un regard noir. Bâtard, il avait dit bâtard. Je fis un pas sur le côté pour me dérober.

— Je te demande de devenir ma femme et c'est comme ça que tu me remercies.

Il avait haussé le ton, embrumé par l'alcool dont les relents me donnaient la nausée.

— Tu n'es pas obligé. Je sais me débrouiller seule. C'est de mon enfant dont tu parles, la chair de ma chair !

Il m'attrapa par le bras et me tira violemment à lui. Je ne dis rien, les prunelles déterminées et fières dans les siennes. Il me lâcha et partit vers la proue.

Le soleil déclinait lorsque les collines calcaires de la baie de Toulon réjouirent notre vue. Nous entrâmes dans une grande rade protégée par une presqu'île boisée sur notre gauche puis dans un goulet plus étroit que gardait une longue bâtisse ocre.

— C'est le fort de l'Éguillette, me précisa Louis en s'approchant doucement. Tu vas bien ?

Je lui répondis par un timide sourire. Il me prit la main. C'était sa façon à lui de me demander pardon.

— Oui, murmurai-je. La réponse à ta proposition, c'est oui.

Il m'enlaça.

— Je ne suis pas très bon avec les mots. Tu le sais...

Des excuses prononcées, je n'en avais jamais eu, même s'il lui était arrivé de reconnaître devant les autres que j'avais raison. Il était ainsi et je l'acceptais. Aimer, c'est accepter l'être tout entier.

Notre navire prit place aux côtés d'une frégate le long du quai et nous débarquâmes devant une rangée de demeures beiges, hautes de trois ou quatre étages, aux toits en tuiles de terre cuite. Le capitaine, content de nous avoir amenés à bon port sans problème, nous fit de rapides adieux, déjà affairé à préparer son voilier pour la prochaine course. Louis savait où il allait.

— Je connais bien la ville. Suis-moi.

Sur la terre ferme, mes jambes tanguaient. Mon compagnon ne me laissa pas le temps de réagir et m'emporta aussitôt dans les rues étroites. De vastes maisons en pierre de taille grège les maintenaient dans l'ombre. J'y retrouvais cette odeur réconfortante et unique de chez nous, un parfum doux ni aigre ni épicé nos grandes fenêtres en bois blanc, nos portes aux dimensions raisonnables, le pavé poli de nos chaussées. Mon visage s'épanouissait de plaisir. J'étais enfin à la maison. Nous arrivâmes sur une place qui abritait une église et entrâmes dans l'auberge qui lui faisait face.

Une forte fille, à taille courte et à bons bras rouges, pourvue d'un visage commun, nous reçut aimablement. Louis demanda à louer une chambre et à souper. Elle prit une clef et nous fit signe de la suivre à l'étage. La pièce était modestement meublée d'un lit en noyer, d'un miroir au mur et d'une commode au plateau en marbre avec son broc fleuri et sa bassine de toilette. La servante alluma les bougies des deux chandeliers sur le bord de la cheminée. Elle retira les rideaux en calicot blanc et ouvrit la fenêtre pour laisser passer la brise du soir. Le dîner allait bientôt être servi au rez-de-chaussée. Je m'assis sur la couche, exténuée. Louis prit place à mes côtés.

— Nous voilà au pays.

Lui aussi avait du mal à y croire. Cela faisait trois ans et demi que nous attendions ce moment, trois longues années à le fantasmer. Et nous y étions enfin. Plus qu'une émotion immense, je ressentis une paix intense. Une sérénité joyeuse, le simple soulagement du retour au foyer après une dure journée de travail. En quelques minutes, la tension latente qui ne m'avait pas quittée depuis Bayonne se dissipa. La guerre en Espagne, Cabrera, Alger n'étaient plus qu'un lointain mirage, un cauchemar que mon esprit s'empresserait d'oublier.

Des effluves de viandes grillées taquinaient nos narines depuis l'escalier. Un chien clignait des yeux devant le tournebroche gigantesque chargé de volailles dans l'âtre. Des chats se pelotonnaient et ronronnaient aux coins du foyer au-dessous des jambons et des tranches de lard qui pendaient du plafond. Les voyageurs, déjà attablés, causaient et riaient en bonne camaraderie. J'étais la seule femme avec la domestique et m'assis discrètement à l'extrémité de la table en bois, face à une gravure colorée de Napoléon sur son cheval blanc. Le potage, les pommes de terre frites, le poulet, mon palais retrouvait les saveurs qui lui étaient si chères. Je me sentais bien. Mon compagnon mangeait et buvait avec avidité, parlant de temps en temps avec son voisin colporteur.

Je l'observais avec tendresse : ses favoris blonds bien taillés le long de sa joue jusqu'au lobe de ses oreilles, son large nez aquilin qui frémissait quand quelque chose le perturbait et sa mâchoire carrée qui continuait légèrement crispée, dénotant une certaine inquiétude. Cela faisait deux ans déjà que ce jeune lieutenant était apparu dans ma vie. Je me souvenais de ce corps massif fiévreux sur la mauvaise paillasse, de ces bottes poussiéreuses qui dépassaient, des épaulettes dorées qui brillaient au soleil sur ses larges épaules. Il m'avait fallu un seul regard pour l'aimer. J'étais partie de France pour suivre un homme et j'y revenais avec un autre. La guerre m'avait dérobé le premier et commencé à éloigner le second. Allait-il finir par accepter mon enfant ? L'aimerait-il un jour ? Retrouverions-nous cette passion folle qui nous avait emportés à Cabrera ? Je chassai ces mauvaises pensées et me concentrai sur la joie de savourer un bout de blanc rôti non épicé. La viande était chez nous, les paysans, un mets de luxe réservé aux repas festifs des noces, des baptêmes, de la moisson et du battage. Elle était synonyme de gaieté et de convivialité et le restait encore pour moi.

Tous ces hommes d'origine diverse plaisantaient et discutaient fort comme s'ils se connaissaient. Avec le vin, les rires résonnaient dans la vaste pièce et plus d'une main tentait de tâter la pauvre serveuse qui rougissait. Le lendemain, chacun reprendrait son chemin comme si de rien n'était. Le verre de Louis ne cessait de se remplir, me rendant chaque fois plus nerveuse. Allait-il à nouveau trop boire pour notre première nuit en France ?

Je me retirai dès le repas fini et fus heureuse de constater que Louis me suivit. Nous nous couchâmes rapidement. Les heures passées debout contre le bastingage à fixer l'horizon m'avaient épuisée. Mon compagnon m'enlaça et cloua ses yeux dans les miens :

— Demain matin, j'irai voir ma garnison et nous essaierons d'arranger notre mariage au plus vite. On n'aura pas de grandes noces, mais tu franchiras le seuil de notre château comme ma légitime épouse.

Je lui répondis par un baiser salé et m'endormis, comblée.

Louis était parti lorsque je me réveillai. J'ouvris la fenêtre et reçus la caresse des rayons chauds du soleil déjà haut. Je les laissais réchauffer mon visage un instant, les yeux fermés. Ce plaisir simple m'avait été interdit pendant si longtemps. Je désirais profiter de ma nouvelle liberté, sortir, parcourir la ville, voir le port et ne prêtais pas attention à la faible douleur qui pinçait le bas de mon ventre. Pour la première fois depuis des années, je me sentais en sécurité, le cœur léger. La matinée m'appartenait. J'en ferais ce que je voudrais.

Les passants dévisageaient, étonnés, cette jeune femme ronde qui souriait béatement et les saluait, si heureuse de ne rencontrer ni voile ni turban. Les tenues grises des ouvriers de l'arsenal de Toulon avaient déjà déserté les rues. À cette heure tardive, seuls les bourgeois aux redingotes sombres et chapeaux hauts, et quelques domestiques vêtues de bonnet et tablier blanc, le panier au bras, arpentaient les trottoirs. Ces dernières se promenaient naturellement, sans se rendre compte de la chance qu'elles avaient. Des effluves de pain chaud s'échappaient des maisons et me prenaient aux tripes. Cette odeur, j'en avais tant rêvé. Je marquais chacun de mes pas comme une victoire et pensais à celles que j'avais abandonnées, les captives, Leïla, Selma et les autres. Naïlé, au moins, ne souffrirait plus où elle était. J'arrivai bientôt sur la rive. De l'autre côté de la mer, elles étaient là. Une simple bande bleue nous séparait. J'étais née du bon côté, j'en avais désormais conscience et ne l'oublierais jamais.

Mes jambes se fatiguèrent vite et je me reposai sur un muret. Devant moi, des matelots s'activaient à charger les navires, le dos courbé sous des poids trop lourds. Les mouettes rôdaient autour d'eux dans l'espoir de profiter des quelques miettes qui tombaient des sacs. Cela me rappelait

Cabrera. Nous avions été nous aussi ces oiseaux-là, à l'affût de la moindre mie. Et les prisonniers l'étaient encore. La terrible faim qui justifie tout acte. La terrible faim qui mène au pire pour survivre.

Quand je repris la promenade, le soleil de ce 6 juillet commençait à brûler ardemment et la brise avait disparu dans les rues étranglées. Le tiraillement au-dessus de mon aine devint plus aigu. Je ralentissais la marche, soufflais et essuyais la sueur qui perlait sur mon front. Mes pieds avaient gonflé plus qu'à l'ordinaire et j'avais hâte de retourner à l'auberge pour m'allonger.

La servante me vit si pâle qu'elle s'enquit de mon état. Je la rassurai en prétextant un coup de chaleur. Mais une nouvelle crampe plus forte que les autres m'obligea à porter la main à l'estomac. La jeune domestique m'aida à m'asseoir sur le banc de la table mise pour le repas de midi.

— Ça va, ma bonn' dame ? Ça ne serait pas le p'tit qui veut sortir ?

J'acquiesçai d'un hochement de tête, affolée. Il était trop tôt pour que l'enfant naisse. Survivrait-il ? Ou était-il déjà mort ? Prise d'une soudaine angoisse, j'appuyai au-dessus de mon nombril pour le faire réagir. Pas de réponse. Je réessayai plus fort en tremblant. Ma peau bougea et je poussai un soupir de soulagement.

L'aubergiste, lui-même, un homme court sur pattes, bien enrobé, la moustache et les cheveux gras, vint me servir un verre d'eau fraîche. Une nouvelle vague de spasmes irradia depuis mon dos et crispa mes traits. Il s'avança vers la porte de la cuisine et interpella son épouse. Une dame assez âgée, fluette et active, se présenta devant moi. Elle me fit me lever, toucha mon ventre et déclara :

— L'enfant est en train de descendre. Il prend sa position. Il faut vous préparer ma fille, il arrivera ce soir. Je vais envoyer Jeanne aménager votre chambre et aller chercher une bonne mère. En attendant, une soupe bien chaude ! Vous devez prendre des forces. Vous en aurez bien besoin.

Un terrible effroi fit trembler mes lèvres. Ma cousine était décédée lors de ses couches. Qui allait m'aider ? Je ne voulais pas être seule avec la matrone. J'aurais tellement désiré que ma mère et ma sœur soient là, ou même Naïlé et Leïla. Mais que faisait Louis ? Pourquoi tardait-il tant ? Des voyageurs entrèrent et s'installèrent à mes côtés. Je picorai chaque plat, me forçant à avaler quelque chose, la tête désespérément tournée vers la porte d'entrée.

Après le déjeuner, je me réfugiai dans ma chambre, loin des hommes. Le lit avait été préparé, le linge propre sur la commode, la cheminée allumée avec une marmite d'eau qui chauffait. L'épouse de l'aubergiste me mit en simple chemise et me massa énergiquement le ventre et le dos. Elle insistait pour que je continue à marcher le long de la pièce.

— Il faut le faire tomber, tu comprends.

La douleur lancinante partait et revenait, comme les longues vagues d'une mer d'automne. Le mouvement des jambes l'atténuait. Une heure passa. Le rythme s'accéléra et la force des contractions augmenta. J'aurais voulu pouvoir me détendre. Un corps raidi pâtissait plus. Mais l'absence de mon compagnon m'inquiétait et j'avais de plus en plus de mal à gérer la souffrance. La vieille dame s'en aperçut.

— Il faut souffler, évacuer la tension et inspirer, sentir l'air frais qui entre par tes narines et l'air chaud qui en sort. Ferme les yeux et concentre-toi sur la respiration ! Ne pense plus à autre chose ! m'encouragea-t-elle.

Elle se mit à inhaler et exhaler profondément avec moi. Le supplice s'atténuait et redevenait supportable. Je me sentais mieux, la tête vide, le pouls au ralenti, quand un coup de porte me fit sursauter. Louis venait d'entrer. Il comprit la situation sur-le-champ et paniqua, bafouillant des excuses confuses sur les diverses démarches qu'il avait dû faire. Je tentai de le rassurer par un sourire.

— Veuillez rester un moment avec elle, le pria la propriétaire. Je vais voir ce qui se passe avec cette bonne mère. Elle devrait déjà être là.

Louis s'approcha de moi, les bras ballants, ne sachant que faire. Le lieutenant, si sûr de lui en toutes circonstances, affichait la mine d'un petit garçon puni. Cela me fit rire.

— Si tu ris, c'est que cela ne va pas si mal que ça, souligna-t-il un tant soit peu soulagé.

À ces mots, un nouveau soubresaut m'obligea à mordre les lèvres et à m'appuyer contre le lit. Puis, sans m'en rendre compte, je mouillai le parterre d'un flot d'eau claire. Mon compagnon, terrifié, sortit en trombe chercher de l'aide. Et je restai seule, frissonnante de froid et de peur. Mon enfant allait-il mourir ? Étais-je en train de le perdre ? La panique s'empara de moi et j'éclatais en sanglots.

Louis revint aussitôt avec l'épouse de l'aubergiste.

— Tout ça est bien normal. Du calme, ma fillote ! Faut se détendre. Y en a plus pour longtemps, tenta-t-elle de me réconforter.

Sur ce, je régurgitai à terre le peu de déjeuner que j'avais avalé. On dut me changer de chemise et laver mes jambes et mes pieds. L'odeur de ma sueur et de la vomissure empestait la pièce. Louis insistait pour que je boive un peu d'eau. Mais je refusai de crainte que mon estomac ne l'acceptât pas. Les douleurs de plus en plus acérées ne me donnaient aucun répit. J'avais envie de crier, mais ne le fis pas.

J'ignore combien de temps passa avant que la bonne mère ne franchît le seuil de la chambre. La pièce commençait à s'assombrir et la propriétaire se retira pour s'occuper du dîner. Jeanne s'empresserait de nous rejoindre dès qu'elle aurait mis le couvert. La présence du père n'était pas souhaitée pendant la naissance. L'accouchement ne pouvait être qu'une affaire de femmes. La sage-femme était toutefois bien heureuse d'avoir un assistant. Le lieutenant était si préoccupé qu'il en était livide et son teint pâlit encore à la vue des instruments que la matrone étala au bout de la couche : un couteau courbé affilé, des forceps, des ciseaux, du fil et une aiguille. Il m'aida à m'allonger sur le dos, la tête et les épaules surélevées sur des coussins, les jambes pliées et ouvertes, la chemise relevée à hauteur de bassin. Les mains de la sage-femme enduites d'huile de noix entrèrent dans mon intérieur et me firent hurler. Elle demanda à Louis de lui apporter une bassine d'eau chaude et d'aller vite chercher Jeanne.

— Nous y sommes presque, ma fille ! On va attendre un peu, et dès que Jeanne arrive, tu pousseras de toutes tes forces ! La tête est là, bien placée. Tout va bien aller !

Ses paroles confiantes apaisèrent momentanément mes angoisses. Mais une onde incontrôlable s'empara de mon ventre. Elle monta, puissante, rageuse, brûlante. Tout mon corps s'activa. La chair s'ouvrit. J'allais défaillir. Je rugis puis fermai les yeux, anéantie. La main de Louis serra mes doigts. Un cri de vie éclata contre les murs de la chambre. C'était fini. Je gardai les paupières closes, épuisée, récupérant peu à peu mon souffle.

— C'est une fille, et en bonne santé ! déclara fièrement la bonne mère. Bien grande !

— Une fille, tu entends, Héloïse, une jolie petite fille !

Louis était soudain euphorique. Je lui répondis par un timide sourire. Jeanne prit l'enfant pour le nettoyer alors que l'accoucheuse se mit à masser mes entrailles.

Puis avec une cérémonie presque religieuse, la servante posa délicatement le nouveau-né fermement emmailloté dans les bras de mon compagnon. Sa peau était d'une blancheur presque transparente, ses prunelles d'un bleu ciel si clair, le duvet de son crâne doré comme le blé. Je n'en croyais pas mes yeux. Ce n'était pas l'enfant du pacha ! Les larmes du lieutenant mouillèrent le front du nourrisson quand il se pencha pour l'embrasser.

— Elle ressemble tellement à ma mère si tu savais, murmura-t-il d'une voix enrouée. Mon Aurore, ma douce Aurore.

Je fondis en pleurs. Ma fille avait un père et elle serait aimée. Pendant quelques secondes, l'image de Jean-Baptiste dans mes bras à Cabrera traversa mon esprit et les paroles de Marie résonnèrent dans ma tête :

— S'il m'arrive quoi que ce soit, tu prendras soin de mes fils comme si c'était les tiens ? Tu me le promets, dis-moi.

Aurore aurait aussi un frère. Où qu'il soit, j'irais le chercher.

XXVII

Se marier n'était pas chose aisée. Nous avions perdu nos papiers et il fallait prouver que j'étais veuve. Cela prendrait un certain temps pour réunir les documents. Néanmoins, avec la guerre et dans une petite ville du sud comme celle de Toulon, le maire n'était pas trop regardant. Il en oublierait même les bans, la situation étant urgente. Louis revint tout fier de l'hôtel de ville. L'accoucheuse m'avait recommandé de garder le lit deux jours et Jeanne veillait à ce que je les respecte. Le mariage serait donc le troisième. Il jeta sur les draps une bourse bien pleine :

— Voilà ton rubis. J'ai fait une bonne affaire. Nous sommes à l'abri pour quelques mois. Et tiens ! s'exclama-t-il en me tendant deux paquets. Un petit cadeau ! Tu seras la plus belle des mariées.

Je poussai un cri de joie devant la robe en mousseline blanche brodée d'épis de blé et le voile assorti. Aurore se réveilla en pleurs. Le lieutenant se pencha et la prit tout doucement dans ses bras pour la bercer. Contre l'imposante carrure de cet homme de plus d'un mètre quatre-vingts, elle semblait si fragile. Louis la contemplait avec une tendresse que je ne lui connaissais pas. Ses lèvres se détendirent en un sourire béat.

— Elle serre fort, regarde ! Elle a déjà la force de sa mère. C'est une déterminée.

Ses yeux pétillaient d'admiration. Le nouveau-né ne lâcha pas son doigt et le porta à sa bouche.

— Et elle mord dur la diablesse !

Je me mis à rire, d'un rire franc, léger. Le bonheur, c'était ça. Je chérirais longtemps ces jours-là.

Notre fille avait été déclarée sous le nom d'Aurore, Anne, Marie-Adélaïde de Saint-Félix. Mon enfant portait un patronyme noble, mais le prénom de ma mère, Anne, que mon compagnon avait eu la délicatesse d'apposer avant celui de la sienne. Je lui en fus très reconnaissante, d'autant plus que ma famille me manquait terriblement. La maternelle n'approuverait pas cet enfant, mais après ses remontrances, elle s'y attacherait sans aucun doute de la même manière qu'elle s'était prise d'affection pour mon neveu. Dure et peu démonstrative avec nous, les gazouillis de son petit-fils avaient réussi à réchauffer son cœur froid, et elle le câlinait et le gâtait sans compter, sous nos yeux ébahis. Ma sœur, qui était douce et prévenante, accueillerait sa nièce comme une bénédiction et ma grand-mère s'en réjouirait tout autant. Il me tardait tant de les voir ! Une fois installée dans la demeure familiale de Louis, je m'empresserais de leur écrire pour leur faire savoir que j'étais en vie.

Il avait aussi acheté deux belles chemises, un bonnet dentelé en tissu molletonné, des langes et plusieurs étoffes chaudes pour emmailloter Aurore jusqu'au tronc. Il était fier de ses acquisitions. Son front en avait perdu les rides du lion qui d'ordinaire le marquaient. Je l'avais toujours connu sous tension. Il faut dire que la vie ne nous avait laissé aucun répit. C'était la première fois depuis notre rencontre que nous pouvions savourer en paix le bonheur d'être ensemble.

Nous étions enfin en France, plus rien ne nous menaçait, ou du moins c'était ce que l'on croyait.

— Nous voilà une famille. Toi, moi et Aurore.

Louis s'assit sur le lit. Notre petit ange s'était endormi, il le déposa sous les draps contre moi. L'émotion à fleur de peau, je me penchai pour l'embrasser. J'étais tellement heureuse que mon cœur allait exploser.

Jeanne avait accepté de réparer le collier en perles de genévrier même si elle ne comprenait pas pourquoi je m'obstinais à désirer le porter en ce grand jour.

— Ma bonn' dame, moi à vot' place, je mettrais rien. Sur cette robe si élégante, un bijou en bois grossier, ça va pas du tout !

— Il est spécial, tu sais. C'est un cadeau de Louis.

Elle me regardait ahurie : un homme de son rang qui n'offrait pas de l'or et des pierreries !

J'avais dû me contenter d'un lavage sommaire, nue au-dessus d'une bassine en zinc avec quelques seaux d'eau tiède pour me rincer. Pas d'huile odorante pour faire briller ma chevelure et ma peau. J'avais pris goût aux séances du hammam et au plaisir d'être propre.

La taille haute de ma robe dissimulait mon ventre encore gonflé. Les manches ballon et l'échancrure mettaient en valeur ma poitrine volumineuse. La servante avait relevé mes cheveux en chignon et y avait attaché le voile. Des fleurs de chèvrefeuilles piquées çà et là dans ma coiffure embaumaient chacun de mes pas. Je me sentais en pleine forme. Qui pourrait croire que je venais d'accoucher ? Je m'admirai dans le miroir au-dessus de la commode, pinçant mes joues et mordant mes lèvres pour les faire rosir. Je voulais être belle pour Louis. Il ne m'avait vue qu'en guenilles ou grosse.

— Faut pas se regarder dans la glace avant le mariage, ça porte malheur, m'dame ! s'écria Jeanne, effarée.

La porte s'ouvrit sur la femme de l'aubergiste qui venait m'avertir que mon futur m'attendait. Elle avait confectionné une gerbe improvisée avec les plantes du jardin : des callas blanches et de la lavande. Loin de ma famille et de mes amis, ce geste me toucha profondément. Et ce fut la larme à l'œil que je l'en remerciai. La vieille dame comprit ma solitude et me pressa gentiment l'avant-bras.

— C'est bien normal, ma fille. Pas de mariée sans bouquet. Allez, allez, c'est un jour de bonheur ! Je vais vous préparer un petit festin de mariage pour midi.

Je confiai Aurore à Jeanne qui allait s'en occuper pendant la cérémonie puis descendis les escaliers. Cinq marins de la garde en grand uniforme d'officier, pantalon et veste bleu sombre garnis de galons dorés, hautes bottes noires, bicorne à la plume rouge, discutaient entre eux. L'un d'eux se retourna et vint à ma rencontre. Louis était majestueux et si beau. Ses yeux croisèrent les miens et toute pointe de nostalgie s'évapora.

Je buvais chaque parole du maire. Louis étreignait ma main de plus en plus fort. De temps en temps, nous échangions des regards émus.

— Mademoiselle Héloïse Delage, consentez-vous à prendre pour époux, monsieur Louis, Charles, Edmond de Saint-Félix ici présent ?

Mon cœur se mit à battre à toute allure et je réussis à peine à prononcer un oui étranglé. Lorsque l'assentiment ferme du lieutenant retentit dans la pièce, mes joues finirent par se mouiller et je les essuyai discrètement. Ses doigts moites déposèrent une alliance jumelée en or sur mon annulaire, mes pupilles clouées dans les siennes. Il y avait une force incroyable dans ce gris perle, un amour qui débordait, qui disait « toujours je te protégerai, quoi qu'il arrive, je serai là ». Je me perdais dans ses eaux tumultueuses qui, je le savais, pouvaient tourner au gris sombre, mais dans lesquelles j'étais prête à nager contre vents et marées.

Louis avait invité les quatre témoins à déjeuner à l'auberge. Les marins entamèrent une grande conversation sur les avancées de l'armée dans toute l'Europe. Bonaparte régnait sur la moitié du continent, l'Espagne, la Westphalie, l'Italie, la Belgique, la Suisse, la Hollande, le duché de Varsovie. Mon époux me souriait entre deux discussions. L'aubergiste nous servit un magnifique banquet, mais les émotions de la matinée m'avaient coupé l'appétit. Aurore, en revanche, avait faim. Je m'excusai auprès de nos convives et regagnai la chambre, heureuse de pouvoir enfin me reposer. Je retirai le voile, couvris le devant de ma robe d'une serviette et appuyée confortablement contre un oreiller, donnai le sein à ma fille. J'avais immédiatement adoré allaiter : cette fusion de nos deux corps encore connectés, son petit cœur palpitant contre le mien, sa chaleur, son odeur sucrée, les babillages de satisfaction après le rot. Je l'aurais mangée de la tête aux pieds. Comment les bourgeoises pouvaient-elles confier leur enfant à une étrangère ? Se rendaient-elles compte de ce qu'elles perdaient ? Nous nous endormîmes l'une contre l'autre, comblées.

Je fus réveillée par une bise dans le cou. Louis nous observait, les lèvres radieuses.

— Si tu t'en sens capable, nous pourrions partir demain matin, vers sept heures. J'ai loué une diligence uniquement pour nous. Le voyage ne devrait pas durer plus de trois jours.

J'assentis d'un coup de cils.

— Le cocher m'a déniché une corbeille pour Aurore. Elle y sera bien confortable. Mon père devrait être au courant de tout. Je lui ai écrit à notre arrivée. Tu verras, il va t'adorer. J'en suis convaincu, Madame de Saint-Félix ! m'assura-t-il sur un ton enjoué.

Il ne mentionna pas sa mère et j'eus un mauvais pressentiment.

— Oui, partons demain, le plus tôt le mieux. Il me tarde de rencontrer ta famille, mentis-je avec un enthousiasme feint.

J'avais une peur terrible. Allaient-ils accepter une simple vivandière comme épouse de leur héritier ?

Nous nous couchâmes de bonne heure, enlacés l'un contre l'autre. Notre nuit de noces s'était réduite à des caresses, mon corps n'étant pas encore prêt. J'avais appris dans le harem l'art de faire plaisir à un homme que seules les filles de joie dominaient. Louis en resta bouche bée.

— Je sais maintenant pourquoi je t'ai épousée !

— Et je ne te dévoile pas tout. Tu verras dans un mois...

Nos rires s'envolèrent par la fenêtre. La nuit était claire et étoilée. La bise marine entrait par bouffées.

Les deux premiers jours de voyage se passèrent sans aucune embûche. Les routes étaient moins cahoteuses que celles de l'Espagne ou d'Alger. Je me régalais de voir défiler les paysages vallonnés du sud de la France que je ne connaissais pas. Partout des pins, une roche ocre et parfois la mer turquoise. La voiture allait à bonne allure, au petit trot en campagne et au pas dans les villages. Il nous arrivait d'être retardés par un toucheur de bœufs, un charretier ou un routier, alors notre conducteur maugréait. Les journées étaient longues, de sept heures du matin au dîner, avec une large pause pour le déjeuner. Le roulement régulier faisait dormir Aurore qui ne se réveillait que pour téter. Malheureusement, quand nous descendions enfin dans une auberge, épuisés, elle était en pleine forme et demandait notre attention. Les après-midi, je faisais donc aussi la sieste, appuyée contre la fenêtre.

Le troisième jour, notre diligence quitta la côte pour l'intérieur. Le chemin devint plus accidenté et les chevaux peinèrent sur l'ascension d'un versant couvert de forêts sombres de chênes, de hêtres, de sapins et d'épicéas.

— C'est la Montagne Noire. Nous ne sommes pas loin, précisa Louis, radieux. Ça sent le pays !

L'air s'était rafraîchi, je frissonnai et fermai la fenêtre. Je n'avais pas été malade de tout le trajet, mais l'appréhension de rencontrer le comte et la comtesse augmentait au fur et à mesure que l'on s'approchait. Un nœud se forma au fond de mon estomac. Le lieutenant commença à me parler de sa famille.

— Tu vas beaucoup aimer ma sœur, Emma. C'est une âme charitable. Elle passe son temps à aider les pauvres et n'a aucune envie de se marier. Cela rend notre mère folle. Si tu savais comme elle regrette de l'avoir envoyée au couvent !

Cette nouvelle me rassura. M'en ferais-je une amie ?

— Quel âge a-t-elle ?

— Attends, il faut que je réfléchisse. J'ai vingt-neuf ans, donc elle a vingt-cinq ans, cinq ans de plus que toi. Tu me diras, pendant mes trois années d'absence, elle a peut-être pris un époux. Mais j'en doute.

Louis avait eu trois frères, l'aîné était décédé à la bataille d'Austerlitz, le cadet n'avait pas survécu à celle d'Eylau, le dernier était mort à l'adolescence d'un accident de cheval. Le chagrin de la comtesse avait été immense, mais elle n'en avait rien montré, digne qu'elle était en toutes circonstances. Elle avait enragé quand son unique fils en vie avait été envoyé à la guerre d'Espagne. Cet Empereur allait-il lui enlever tous ses enfants ?

— Elle a une force incroyable. Elle peut paraître froide parfois. Il faut passer outre. C'est une femme de tête comme il y en a peu. Elle gère tout le château d'une main de fer, même le contremaître lui obéit. Tout le beau monde accourt aux dîners qu'elle organise. Elle est très admirée et respectée, tu verras. Elle peut t'apprendre beaucoup. Et sa plus grande qualité est qu'elle m'aime énormément, conclut-il en riant.

Ce portrait n'était pas sans m'inquiéter. Louis vénérait sa mère, c'était clair. Je ferais des efforts pour lui plaire. Mais je n'étais pas disposée à tout. Obtempérer, j'en avais eu assez. Désormais, je chérissais ma liberté de penser.

Derrière l'imposante grille noire qui s'ouvrait sur des piliers en briques rouges, une allée de tilleuls feuillus formait un tunnel vert qui semblait infini. La lumière douce du soir se glissait entre les troncs gris et éclaboussait notre voiture par intermittence. Mon cœur cognait fort contre ma poitrine. Louis me serra la main.

— Nous voilà chez nous.

Je ne lui répondis pas, gardant les yeux rivés sur le chemin.

Le château apparut enfin, majestueux, impressionnant, énorme. Une bâtisse rectangulaire, bordée de deux tours hexagonales, à la couleur rose orangé. Je frémis.

À paraître

Héloïse, Le château de l'ombre, Éditions Jeanne & Juliette, 2024

Mis en pages par DV Arts Graphiques à Saint-Nazaire,
cet ouvrage a été achevé d'imprimer sur Roto-Page
par l'Imprimerie Floch,
à Mayenne,
pour le compte de S.N. Éditions Anne Carrière
39, rue des Mathurins – 75008 Paris
en mai 2023

Imprimé en France
Dépôt légal : mai 2023
N° d'édition : 1096 – N° d'impression : 102555